講談社文庫

夢介千両みやげ

完全版(上)

山手樹一郎

講談社

上巻　目次

夢介千両みやげ（上）

下巻　目次

夢介千両みやげ（上）

第一話　おらんだお銀

いいカモ

東海道大磯の宿を平塚のほうへ出はずれた松並み木、上り下りの旅びとが絶えるともなくつづくともなく、やがて昼近い早春のよく晴れた道中びよりである。

お銀の前を、どっちかといえばのんびりとした足どりで歩いているのは、年ごろ二十四、五の、いかにもいなかくさい、のろまそうな男で、めくらじまの着物のしりっぱしょり、しまの羽織り、浅黄のももひき、紺の手甲きゃはん、道中差し、どこか地方の商家か豪農の手代が、江戸へ用たしに行く、そんな格好だが、手代などにしては案外ふところがずっしり重い。こっちの勘にくるいがなければ、たしか二十五両包み四つ、百両はあるはずだと見てとったから、実は大磯からあとをつけだしたのだが、

前後を見まわすと、ちょうどいいあんばいに、近いあたりにじゃまになる人かげがない。きっかけをつくるなら今だと思ったので、

「もし、にいさん、助けて……」

お銀は声をかけながら、おおげさに男のうしろから駆けよった。

「おらかね」

ひとが、かりそめにも助けてとすがっていくのに、おらかねと念を押すのろまもあるまいと、お銀はあきれはしたが、それならそれでいっそ仕事がしいい。相手がのっそり人のいい顔をふりかえろうとするのを、

「ああ、お願い、うしろを見ないでください。悪いやつにつけられているんです。このまま、道づれのようにして、すいませんけれど、しばらくいっしょに歩かしてくださいまし」

つと肩をならべて、男の左のたもとにすがりながら、わざとゆたかな胸をはずませてみせた。お銀は二十三の女ざかり、自慢の白い膚(はだ)に好みの渋い絹物をすそみじかにキリッと着こなし、足もとはかいがいしく結(ゆ)いつけぞうり、大まるまげを、あねさんかむりにつつんだ姿は、どこかあかぬけがしていて、とても堅気(かたぎ)の女とは見られるがらではない。

「あたし、おっかさんが急病だというもんですから、無理なお金をすこしつごうしてきたんです。いいえ、どうせいなか芸者のすることですから、たかはしれたもんですけど、けさから、なんですか気になる男があとになったり、先になったりして」

「どんなやつだね」

「いまにきっと追いぬくでしょうから、そしたら合い図をします」

そのまましばらく黙って歩いた。

男は別にうしろを気にするでもなく、相かわらずのんびりと肩をならべている。大金を持っている男なら、怪しいやつときいて、すこしぐらいは用心しそうなものだのに、そんなふうはみじんも見えない。よっぽど度胸のすわったやつか、それとも無神経なのか。それに、たいていの男なら、もうそろそろ話しかけて、若い女のひとり旅、根ほり葉ほりききたがるはずだが、それもしない。

「にいさんは江戸へおいでになるんですか」

それとなくもちかけてみた。

「うん」

「じゃ、今夜は戸塚（とつか）か、程ガ谷（ほどがや）泊まりですね」

「そんなところかな」

「すいませんけど、あの、女のひとり旅はどこでもいい顔をしないんです。今夜一晩だけ、ごいっしょに泊めていただけませんでしょうか。あたし、決してご迷惑はおかけしませんから」

「おらはときどき、大いびきをかくそうだよ」

「そんなこと、眠ってしまえばわかりませんもの」

それっきり、いいとも悪いとも返事をしない。こいつ、のろまに見えて、案外こっちの魂胆を見ぬいているのかしら。そうも思ったが、畜生、そんな食わせものなら、なおのこと、今夜はこのからだをかけても骨抜きにしてやらずにおくものかと、お銀はいじになる。この器量で、からだを張りさえすれば、今まで天下に恐ろしい男はひとりもないお銀だった。おたがいに道中師と知っていて、カマイタチと肩書きのあるこの道での大親分に、とうとうおらんだわたりの眠り薬をかがせ、白昼ほんの掛け茶屋の奥で、みごと胴巻きを抜いてやったこともある。こっちをおらんだお銀と承知で、めかけになれとなわをといてくれた役人さえあった。けっきょく男なんてものは、このきれいな膚さえ投げ出せば、たちまち雄犬のようにあさましくなるものだ。

「あねさん、あれかね、けさからおまえさんをつけているという怪しいやつは」

「シッ、にいさん」

お銀はギョッとして立ち止まってしまった。まもなく平塚へかかろうとする花水橋のそば、うしろからふたりづれの侍がスッと追いぬいていった。そのうしろ姿を指さしながら、この田吾作は平気でのら声をあげたのである。しかも、相手が悪い。ふたりは、お銀が大磯の掛け茶屋へ休んで、いいカモをと網をはっていたとき、別のしょうぎにかけていた。ひとりは修行をして歩いているらしい二十七、八の剣客ふう、若いに似ずドッシリと落ち着いて見えるのは、はらも腕も相当できているのだろう。ひとりはその門弟らしい。お銀はカモを見かけると、なにげなくそのふたりに会釈して、一足先に茶屋を出てきたのだ。そして、今こうして、カモとふたりづれになって歩いている。見とがめられたら、どんな疑いをかけられないものでもないと、二重にヒヤリとさせられたが――さいわい気づかなかったとみえて、ふたりはふり向きもせず、もう橋をわたっていた。

「きこえるじゃありませんか、にいさん。いやですね、そんな大きな声を出して」

お銀はほっとしながら、つかんでいた男のたもとを放した。

「違ったかね。おらもどうもすこし変だとは思っただがね」

のろま男はニコリと邪気のない顔をして、街道の前後を見わたす。このうすまぬけめとは思ったが、

「まあ、そんなに気にかけていてくだすったんですか。ご親切わすれません。いいえ、にいさんがつれになってくだすったんで、悪いやつはきっとあきらめて横道へそれたのかもしれません」

そこは万事抜け目のないお銀であった。

色がかり

その者は、小田原から十里あまりの程ガ谷泊まり、柏屋という旅籠へついたころは、もうすっかり夜になっていた。あれからの道々も、このうすまぬけは、あんまりむだ口をきかない。ことによると、案外心じまりのやつで、どたん場へくるとうまく逃げをうつのかもしれないと心配したが、いっしょに泊まるようなら、もうこっちのものだ。俗に、むっつりなんとかいうことばがある。それならそれで、いっそ仕事がしいいのだ。お銀はいささか相手を甘く見て、宿へつくとなるべく上等の座敷を注文した。両隣のふすま一重に泊まり客のあるようなへやでは、人の目や耳を、気がねしなくてはならないのがうるさい。さいわい、奥まった次の間つきの座敷へ案内されて、女中は、ちょうどおふろがあいておりますから、といって去った。

「にいさん、すぐあびていらしたら」

「ゆうべはいったばかりだから、おらはよすべ」

「そうですか。じゃ、あたしちょっとあびてまいりますから」

へやの片すみへ立って、帯をときながら、おや、生意気に用心したかなと、お銀は思ったが、うつ手はいくらもある。内ぶところへ、用意しておいた二十五両包み二つ五十両を持って、男がまず一服つけている火ばちの前へ来た。

「すみませんけど、これ、あすの朝まであずかっておいてくださいまし」

「五十両だね」

「ええ。女の腕で、これだけつごうするの、ほねがおれました。なんですか、持ちつけないものを持っていると、気ぼねばかりおれて、落ち着けないんです」

「たしかにあずかったよ」

むぞうさにふところへ入れるのを見て、では行ってまいりますと、お銀はふろへ立った。湯上がりのさわやかな香をみなぎらせて、お銀が座敷へかえってみると、もうぜんが出ていて、男がちゃんと待っている。そして、男の重そうな胴巻きが、床の間においてあるのを、お銀は目ざとくにらんで、ざまあ見やがれ、すっかり安心しやがったと、ひそかにせせら笑いたい気持ちだった。

「あら、先へ召しあがっていてくだされればよかったのに」

「それじゃ義理が悪かろうと思ってね」

「いやですわ、そんな他人行儀。さあ、お一つ」

ニッコリ取りあげたちょうしも、実は女中にお銀がかってにいいつけておいたものである。黙って杯をあげたところをみると、いける口らしい。

「あたしも一ついただこうかしら。疲れがとれるっていいますから」

二つ三つ酌をしたところで、お銀は気をひいてみた。飲むかねと、案外すぐに男は杯をさして、

「そういえば、旅なれてるとみえて、足が達者だね」

またしてもチクリと油断のならないことをいう。

「ええ、踊りのほうで苦労させられていますもの」

「踊りをやるのかね」

と、男は目をほそめて、酒のせいか、どうやら無口が少しほぐれてきたようだ。

「にいさん、お国はどちらです？」

「おらかね。おらは小田原在の百姓のせがれで、入生田村の夢介というものさ」

「夢介さん、いい名まえだこと」

「なあに、人間はすこし寝ぼすけのほうだ」

「ホホホ、ご冗談ばかし、江戸へはご見物ですか」

「そんなのんきなことではねえ」

「では、なにかご商売？」

「修業に行くだ、道楽をみっちりやってみようと思って」

「お道楽？——」

　こんちくしょう、田吾作のくせに人を小バカにする気かと、お銀はこしゃくにさわったが、

「うん、道楽修業だ。これでも男にとっちゃ命がけの修業だ」

　相手は、大まじめの様子である。どっちかといえば丸顔で、大きな口もとがキリリッとしまってはいるが、地蔵まゆげの、切れ長の目がほそく、そうだ、この顔はどこか鎌倉の大仏に似ている。が、この男のは、よくいえば鷹揚、悪くいえばのろま気に見えて、利口なんだかバカなんだか、ちょっと判断がつかない。

「道楽って、あの、おいらんを買ったり、芸者ぐるいをしたりするあれのこと？」

「おいらんや芸者は、江戸が本場だというからね」

「でも、よくそんなこと、おうちで許しましたね。親ごさんやおかみさんが」

「女房はまだ持たねえが、おやじさまには、このバカやろうって、どなられただ」

「あたりまえですよ、どなられるのが」

「ところが、あたりまえでねえ。おやじさまはおいらん買ったり、芸者を呼んだり、なんでもやってきたくせに、せがれがそれをまねするのはあぶねえと思っているだ。なあに、あぶねえのは、おやじさまだって、せがれだっておんなじこった。せがれがバカやろうなら、おやじだってバカやろうさね。アハハハ、かわいいおやじさまさ」

お銀はあきれてしまった。それでこの百両ひっさらって、家出をしてきたに違いない。よし、そんな百両ならひっこ抜いてやるほうが、かえってこの寝ぼすけの身のためだと、とんだ理屈まで考えるのである。

「けれど、あんたは美人だねえ。江戸の本場へ行っても、あんたぐらいのべっぴんさんは、そういねえだろう」

夢介は、おっとり酔った目を、それが身についた芸で、自然とさわればくずれそうに妖艶(ようえん)な姿態を見せているお銀に、うっとりと向けた。

「いやですわ、にいさん。お口がうまいこと」

お銀は心得て、たちまちとろけそうな目をして見せる。まだ宵(よい)の口をすぎたばかり、どこか近くの料理茶屋から、うきうきした弦歌の声がきこえていた。

とんだ道づれ

　翌朝、お銀は夜のしらじらあけに、柏屋の裏口から音もたてず、スルリと街道へ抜け出した。もうちゃんときのうの旅じたくをしている。

「フフフ、寝ぼすけめ。ざまあみやがれ」

　お銀のふところは、ずっしりと重い。

　しかし、考えてみれば全くおかしな男だった。自分から江戸へ道楽修業に行くというやつである。酒の気はあるし、きっとおつにからんでくるだろうと待っていたが、こっちのからだに見とれてはいたようだが、それ以上にいいよろうとはしなかった。そうか、まだうぶだから、気はあっても、からんで出るてくだがわからない、女がこわいほうなんだ、それならと、まくらをならべて寝るとき、わざとあんどんを消して、

「にいさん、ちょっと手をかしてみて。――ほら、あたしのこの動気」

　男のゴツゴツした手を抱いて、そっと自分の胸へあてがってやった。返事はしなかったが、別にその手を逃げようともしない。いまに乳ぶさでももてあそんでくるか

と、息をのんでいるうちに、なんと、自分でもいっていたとおりゴーッと高いびきをかきだしたのである。

「ふん、よほど金仏だよ、こいつは。ひとがせっかく、これでもただでもらっちゃきのどくだと思って、ちゃんとぜんごしらえまでしてやっているのに」

全くあきれてしまった。

が、案外こんなのに食わせものがある。なにからなにまで知っていて、わざとあけっぱなしにそらっとぼけ、いざとなると、見そこなうねえと、床の上へ大あぐらをかくやつだ。だから、用心して、まくらの下へいれている胴巻きを引き抜くときは、さすがにわきの下へ冷や汗を感じた。そして、なんだバカバカしいと、二度あきれてしまった。寝ぼすけは全く丸太ん棒のように眠りこけて、スヤスヤと子どものような寝息をきかせながら、こっちがゆっくり逃げじたくをしている間、寝がえり一つうたなかった。

「張りあいがないったらありゃしない」

しかし、おかげでまんまところげこんだ百両、これだけあれば、久しぶりに江戸へかえって、しゃれた家を一軒借り、ばあやのひとりも使って、当分のんきに遊んでくらせるのだ。それに、これがあとで人ひとりの生死にかかわるような陰気な金だと、やっぱりちょっとあと味がわるいが、どうせ寝ぼすけが道楽につかう金だ、そう思うと、いつになく気のかるいお銀でもあった。

まだ早立ちの旅人もなく、しっとりと水霜がおりて、人かげ一つない宿場町を出はずれ、やがて街道筋へかかろうとする土橋のたもとのよしず茶屋、むろんまだ店のものはおきていず、ガランとしょうぎがつみかさねてある前を、なにげなくとおりすぎようとすると、

「早いな、ご婦人――」

そこからつかつかと出てきて、肩をならべる武士があった。ギョッとして、見ると、きのう大磯の掛け茶屋にいた若い修行者の、先生と呼ばれていたほうである。

「まあ、先生も早立ちなんですか」

お銀はわざと足をゆるめない。ジャの道はヘビで、まさか女道中師のうわまえをはねるような人がらではないがと、ひと目で見抜きはしたが、しかし人の心はわからない。それに、きのうあのカモをくわえこんだところを見ているはずだし、今じぶんこんなところに、どうしても偶然とは思えないのだ。

「おまえも早立ちだな」

「ええ、おっかさんが病気で江戸へ行くんですけれど、ゆうべ気になる夢を見たもん

ですから」

「そりゃいかんな」

相手はつれだって、グングンいっしょに歩いてくる。

「先生はおつれさんをお待ちになっていらしたんじゃないんですか」

「うん、なあに、あとから追いつくだろう」

いっこうに放れようとしない。

「こんな女と、お武家さんが肩をおならべになって、わらわれはしませんかしら」

「そうでもあるまい。おかる勘平などは、なかなかいきなものだ」

おや、それなら色気のほうかと、お銀は少し安心して、

「おかるが、こんなおたふくじゃ」

と、気軽にわらってみせた。

考えてみれば、相手が侍だろうと、鬼だろうと、お銀にとっては恐れることはないのである。いざとなれば、おらんだ渡りの眠り薬を一服盛って、逆にこの剣客のふところを抜いてやるまでのことだ。これでも、身なりから見て、五両や十両は持っているだろう。ただこわいのは、人のいないところで、いきなりうしろからバッサリやられることで、これだけは用心しなければならない。

「先生は武者修行をしておいでになるんですか」

「うん、三年ばかり諸国をまわってきた」

「お強そうですこと」

「強いもんか、ほかに芸がないから、無粋な竹刀（しない）なんかふりまわして、道場を食ってまわってきたんだ」

　きのうの寝ぼすけにくらべると、うけ答えもハキハキと、どこかいうこともあか抜けがしていて、道づれにはたいくつしない男のようだ。

「うそばっかし。いいおかたと道づれになりましたわ。これなら悪雲助もよりつけませんもの。先生は江戸育ちですね」

「おまえも江戸らしいな」

「なつかしいわ、久しぶりで歯ぎれのいい江戸ことばをうかがうと」

　いざ度胸がきまると、もうこんなうれしがらせをいうお銀であった。

女のたんか

程ガ谷から品川（しながわ）へ六里あまり、朝が早いうえにひとりは修業者、ひとりは女道中師、旅なれてどっちも足が早いから、むだ口をかわしかわし、まだ昼前、江戸へはいってしまった。

高輪海岸十八丁というが、実は八丁しかない。その海が見晴らせるところに、長門屋という料理屋がある。男はここへお銀をさそった。

「江戸はやっぱりにぎやかですね。いなかじゃお祭りだって、こんなに人は出やしません」

「そうだな。わしも三年ぶりだが、品川からこっちは、ちょっと目がまわりそうだった」

「先生はどちらまでお帰りになるんです」

「山の手のほうだ」

むだ口はよくたたくが、身分を洗うようなことをきくと、スルリと逃げてしまう。そのかわり、こっちのことも聞きたがらない。お銀には、やっぱりえたいのしれない、妙な男だった。いったい、この男の目的はなんなのだろう。

「まあ、おまえも一つのめ。ここを出れば、おたがいに帰る家が違う。別れの杯だ」

「なんですか、おなごり惜しい気がしますわ」

「うまいことをいうな。早く家へ飛んで帰りたいしろものが待っているくせに」

「そりゃもう、薬くさいしらがのおっかさんがね」

「アハハハハ、おかげで道中たいくつしなかった」

ちょうしが一本あくころ、女中がかわりを運んできて、

「こちらは九段さまでございますか」

と、きく。

「ああ、海野(うみの)がきたか。通してくれ。それからぜんをたのむぞ」

「きのうのおでしさんですか」

女中が去ったあとで、お銀がきくと、そうだという。が、まもなく、先生おそくなりましたと、ふすまをあけてはいってきた男を見て、さすがにお銀はギョッと顔色をかえた。その海野のあとから、思いもかけないあのうすのろ男の夢介がついてきたからである。

「やあ、きこう、さあ遠慮なくこっちへきてくれ」

「へえ、これはお初にお目にかかります。おらは相州入生田(そうしゅういりゅうだ)村の百姓のせがれ、夢介というもんでごぜえます。このたびはまた、いろいろとお世話をかけまして」

顔を見るなり、この女、ふてえまねをしやがってと、つかみかかるのではないかと思いのほか、ろくろくこっちのほうを見ようともせず、初対面のあいさつをしてい

る。

「申しおくれた。拙者は九段の斎藤新太郎です。見知りおいてください」

「名高い練兵館の若先生だそうでごぜえますな」

「なあに、ちっとばかり名の知れているのはおやじのほうで、わしはまだヒヨッコだで、心やすくたのむ。さあ、とにかく一つ献じよう」

「恐れ入ります」

「お銀あねご、お酌を一つたのむ」

畜生めと、お銀はひそかに歯がみをしたが、相手が名人斎藤弥九郎の長男では、うっかりしたことはできない。どうにもなれとはらをすえて、

「はい、夢さん、お酌」

ケロリとして、しなやかにひざをすすめる。こうなれば海千山千、さんざ人を食ってきたおらんだお銀だ。寝ぼすけめ、どんな顔をするかと思うと、

「こりゃどうも、あねごさん、恐れ入りますだ」

両手で杯をささげて、至極神妙にかしこまっているのである。これには新太郎も、でしの海野も、ちょっと意外だったらしい。

「海野、この勝負はどうやらわしの勝ちだったらしいね」

「残念ながら、たしかに拙者の負けでした」

「アハハハ、ご苦労だった。まあ、ゆっくり一杯やってくれ」

新太郎はおもしろそうにわらって、さて、お銀あねごには気のどくだったが、と訳を話してくれた。実はきのう大磯の掛け茶屋を出て途中までくると、さっきの美人が男のつれと肩をならべて歩いている。新太郎にはどうもそれが怪しく見えた。で、あの女はたしかに、道中師に違いないというと、海野は、わたしはそうは思いません、あれは小田原あたりの芸者で、男は、近在の物持ち百姓だ、女が男をだましたか、男が女にほれて家屋敷までなくしたかそこまではわからないが、とにかく土地にいられなくなって、ふたりで江戸へ駆け落ちをすることになり、きのう大磯で待ちあわせたのだ。女が先へきて待っているのに、男はその茶店へはよらずに、チラリと見ただけで前を通りすぎたのは、見られては悪い男のしんせきかしり合いがこの土地にあるからだろうと、そんなうがったことまでいう。では、かけしよう、ということになり、ふたりは一度花水橋でお銀たちを追いこしたが、平塚でわざとまたあとになった。それから、気づかれないように尾行して、ゆうべふたりが泊まった旅籠（はたご）を見とどけ――、もし女が道中師なら、必ず男の胴巻きを抜いて、早朝にひとりで逃げ出す、そう見たので、新太郎はあの宿はずれで待ち、海野はあとから男をつれて、ここの長門屋で落ち合うことにきめておいたのだ、という。

「まあ、笑ってくれ、全くのおせっかい、物好きからやったことだ。そこで、どうだろうな夢介うじ、きのうからのことはいっさい、道中でたわむれにやった、愉快な茶番と思ってもらって、ここできこうの胴巻きがもち主へかえったら、そのうちのなにがしかを、お銀あねごに祝儀としてやる、それですべてを水に流して、ここはみんなでおもしろく一杯やって別れる、こういう幕にしたいんだが、ひとつ承知してくれぬか」

新太郎としては、好んでケガ人を出したくないという、さばけた気持ちだったのだろう。

「けっこうでごぜえます。もともと、あの金は、江戸で道楽につかうつもりで持ち出しましたんで、あねごさんもせっかくまあ、いろいろとほねをおって一度手に入れたもの、おらはもうじゅうぶんおもしろいしばいを見せてもらっていますだから、そっくりそのままあねごさんの祝儀にしてもらいますべ」

これはまたバカにあっさりしたものだ。

「ほう。きこう、おもしろいことをいうなあ」

新太郎はこのどこか常人とかわったいなか者のおっとりした風貌をながめて、ひど

く興味を感じたらしいが、

「あねご、いま聞くとおりだ。その胴巻きにいくらはいっているかわしはしらんが、せっかくだから、祝儀としてもらっておくがいい。いわずもがなのことだが、これでその金も公明正大になった。おもしろいな、世の中は」

それとなく言外に、悪いことはよせという意見がこもっている。

ツンといじの強い目をして聞いていたお銀が、急に横を向いて内ふところへ両手をいれたと思うと、器用な手つきで二十五両包み四つ百両、それを一つずつつかみ出して、そこへならべはじめた。

「若先生、胴巻きの中にあった金はこれだけです」

「ほう、百両だな」

「せっかくのご意見ですけど、このご祝儀はいただけません。あなたが天下の剣客なら、あたしも女だてらにおらんだお銀と少しは名の知れたあばずれ者、お情けでこんなご祝儀を人からもらったと、評判になりますと、あしたから往来が歩けなくなります。これはそちらへおかえしします。そのかわり、おまえさんたちの目の前で、もう一度この百両、たしかにあたしが腕にかけていただきますからね。九段の若先生、もし手もとが見えたら、そのお刀で、遠慮なくこの手をスパリとやってください。ホホホ、とんだ根性まがりでごめんなさい」
えんぜんと笑っての思いきったたんかだった。新太郎の妙にさばけたような意見も気に入らないし、あの寝ぼすけが、実ははじめから女道中師と知っていて胴巻きをくれてやったのだというような口ぶりもこしゃくにさわる。お銀はいじになってしまったのだ。

「どうだな、夢介うじ」

新太郎は苦笑しながら、夢介の顔を見た。

「けっこうでごぜえます」

夢介はそこにならべてある百両を見むきもしなければ、手にふれようともしない。

「失礼ですが、若先生はどこまで旅をしておいでごぜえましたか」

「こんどは長州までだった。九州へもわたりたいと思ったんだが、つい萩(はぎ)で引きとめられて、一年ばかり遊んでしまってね」

「ずいぶんおもしろいことがごぜえましたろうな。おらも、できれば諸国をまわってみてえと思っています」

「きこうはさっき、なにか道楽に百両つかうつもりだったようなことをいっていたが、それが目的で江戸へ出てきたのか」

「へえ。おらもまあ男ひととおりの修業はしてみましたが、まだ道楽と名のつくものを一つもしたことがござえません。酒、女、ばくち、それから見たい、聞きたい、食いたい、それをひとつぜひ日本一の江戸でやってみてえと思って、こんど出てきました。お侍さまと違って、それがまあおれら百姓の修業だと思いましてね」

「つまり、不動心をためしてみる、そんなところか」

「なあに、物好きでござえます。ただ、いろんなものが見たい、聞きたい、知りたいで。――おかげさまで、まずあねごさんを見せてもらいましたし、それから、日本一の若先生とこうしてお話ができる。いい修業でござえます」

「日本一は困るが、おもしろいなあ、一度ぜひ道場へも遊びに来てくれ。おれの口からいうのも少しおかしいが、おやじの道場は、一度見ておいてもらっても、むだではなさそうだ」

「ありがとうござえます。ぜひ一ぺん見せてもらいにあがります。――ああ、うっかりしていた。あねごさん、一つどうだね」

　夢介は気がついたように、杯をさすのである。

「ご親切に、ありがとう」

　率直にうけたが、寝ぼすけのくせに、まずあねごさんを見せてもらいましたなどと、ひとを小バカにしたいいぐさが、お銀にはなんとも胸にすえかねる。

「夢さん。たった一つだけ教えといてあげますがね、道楽なんてものは、ほんとに自分からほれてみなけりゃ、真の味はわからない。ただ見るだけでいいんなら、絵草紙でも買って、それをみやげに早く国へかえったほうが、あんたのためじゃありませんかねえ」

ピシャリと一本やっつけた。

「いいや、おらは好きな女ができれば、女房にもらって帰る気でいます」

「さあ、たった百両ぽっちで買える女が、江戸にいますかしら」

「あねごさんの前だが、おらは女房を金では買わねえ、ほれて心を買っていくつもりだ」

「面あり。アハハハ、あねごの負けだ」

新太郎が手をあげて、おもしろそうにわらった。

勝負

かれこれ八つさがり、お銀はなにげなく手洗いへ立つふりをして、むろん、例の百両はだれも手につけぬままそこにおいてあるのだから、別に怪しまれもせず座をはずして、そのままお銀は長門屋を出てしまった。

「ちくしょう。こんどこそ、あとでびっくりしやがるだろう」

そう思うと、今まで胸にたまっていたりゅういんが、一度におりた気持ちである。種も仕かけもあるわけではない、お銀が出した二十五両包み四つは、最初から鉛をくるんだにせ物なのだ。ゆうべ夢介に宿場であずけて安心させた五十両もそれである。たとえば、ふろへ立ったあとで、男が封印を切ったとしても、いいえ、あたしのはほんとうの小判だった、それをこんなにせ金とかえて、女のものをとろうとする、おまえさんこそごまのはえだと、逆に泣いておどかすじょうとう手段が用意されている。

それとも知らず、きょうは、海野とかいうでし剣術つかいが、畳の上の百両、いまとるかいまとるかと、はじめからしまいまでにらんでいたのはこっけいだった。さすがにそしらぬ顔はしていたが、新太郎も始終油断はしていなかったようである。

いちばんのんきなのは夢介で、まぬけだから、金のことなどすっかり忘れてしまったのだろう、新太郎の修業話をきくのに夢中だった。

お銀は人目さえなければペロリと赤い舌を出してやりたいところだった。本芝(ほんしば)をぬければ金杉(かなすぎ)四丁目、やや西へまわった明るい春日(かすが)の大通りは、織るような人通りだ。

そのさまざまな人を、まんぜんとながめて歩きながら、お銀はなんとなく人間放れのした寝ぼすけの大きな顔が目にちらついて放れない。あれはほんとにのろまなんだろうか。それとも、性根はしっかり者なのか。ゆうべはせっかく手まで抱いてやったのに、その手を握りかえそうともしない。ひとに任せたまま、高いびきを聞かせやがった。あたしがこれとねらった男で、あたしの器量に魂をとろかされない男なんて、全くはじめてだ。考えると、ちょっとくやしい気さえする。いや、女があれまでにしてふられるなんて、あたしは生まれてはじめて恥をかかされたんだ。

「ちくしょう――」

それに、きょうはまんまと百両とられていながら、その憎い女にあって、腹一つたった顔をしなかったじゃないか。しかも、うすぼんやりした顔をして、あねごさんもせっかく苦労してとった金だし、おもしろいしばいを、もうじゅうぶん見せてもらったんだからと、ケロリとしてぬかしていた。どう考えても、あたしの負けつづきである。

「くやしいねえ、どうしてくれよう」

そして、ふっと気がついた。あたしはいまりっぱににせ金をつかましてきたつもりで、ひとりでよろこんでいたが、あの男だけはちゃんとそれを知っていたんじゃなかろうか。だから、手もふれなければ、見むきもしなかった。やっぱり、ゆうべからのしばいの祝儀にくれた気で、あんなとぼけた顔をしていたのかもしれない。

「よし、もう一度ためしてやる」

くれる気の金なんか、だれがもらってやるもんか。そこまで恥をかかされていたんでは、どうにも女のいじがたたない。

お銀は目を血走らせて、ふっと立ち止まった。金杉橋の近くである。

さて、引きかえしてつかまえたものだろうか、ここに待っていたものだろうかと、迷っているうちに、案外待たされもせず、夢介が少し酔った顔を風になぶらせながら、人の流れについて、こっちへくるのが目についた。

「夢さん――」

かまわず寄っていって肩をならべてやると、

「やあ、あねごさんか」

夢介はニッコリ人なつこいほほえみをうかべて、きれいに澄んだ子どものような目だ。かりそめにも人を疑う、そんな色はみじんもない。

「若先生とはどこで別れたんです」

「札(ふだ)の辻(つじ)というところで別れたよ」

「江戸ってところは、あんまり人がたくさんいるんでおどろいたでしょう」

「ああ、たまげたな。どこまで行っても大きな家がつづいている。たんぼはないんかね」

冗談じゃない。江戸のまん中にたんぼがあってたまるもんか。本気なのかしらと、横目でにらむと、この男はしきりにあたりを見まわしている。どこまでのんびりできているんだろう。

「夢さん、ちょいとうかがいますがね」

お銀はなにげなくきりだした。

「なんだね」

「おまえさん、はじめから、あたしをたちのわるい女だと思って、きのういっしょに泊まってくれたの」

「そんなこと、どうでもいいやね」

「よかありません。いってごらんなさいよ」

「あねごさんは、いいひとだよ」

また小バカにしやがると、ムカッとして、

「どうしてもいわないつもり、夢さん」

思わず相手の腕をキュッとつねっていた。

「あ、いてえ」

「あんたは、ゆうべっから、あたしをバカにしどおしなんだ」

おや、これじゃああたしがこの寝ぼすけをくどいているみたいだ。お銀は急に恥ずかしくなって、ちょっと黙りこんだ。こっちが黙っていれば、ひとのことなんか忘れたように、町をもの珍しくながめまわして歩く夢介である。

「夢さん、あんたさっきのお金、ちゃんと胴巻きへ入れてきたんでしょうね」

「ああ、そうだっけ」

勝負だ。さすがにお銀はじっと男の様子をにらむ。

ちょうど金杉橋の上だった。夢介はふっと欄干（らんかん）のそばへよったと思うと、ふところから取り出したものを、ポンポンポンと川の中へおとした。さっきのにせ金の二十五両包み四つである。やっぱり、知っていやがったのだ。お銀はカッと逆上してしまって、すぐには口がきけない。

どうしてくれよう。ちくしょう、ちくしょう。

お銀はにがしてたまるものか、というように、いつか憎い男のたもとをしっかりつかんでいた。そうだ、どこまでもこの男にくっついていって、いつかはきっとあたしの膚に迷わしてみせる。できないことがあるもんか。そう覚悟がきまって、やっと少し落ち着いてきた。

「夢さん、あれをどうして知っていたの」

「なんのことだね」

「いま川ん中へすてたもののこと」

「そんなこと、いつまで気にするもんではねえだ、あねごさんらしくねえよ」

「気になるんだから、おいいなさいってば」

「そうかね。鉛と金じゃ、目方がちがう。手にとればすぐわかるもんだ」

あッと思った。そんなら、ゆうべからもう見抜いていたんだ。が、いまさら、じたばたしたってはじまらない。

「ほめてあげるわ、感心感心。ごほうびにはね、夢さん、あんたが江戸で修業中は、あたしが養ってあげる。これでも、あねごさんはお金持ちですからね」

「いいや、おらは――」

男がなにかいおうとするのを、いわすのが妙にこわい。

「聞かないってば、あんたは黙ってついてくればいいんです」

ギュッとつかんだたもとを邪険にひきつけて、急にはげしい動気を感じる。おや、ちくしょうと思いながら、ひとりでにほおが赤くなってきた。お銀にとってははじめての経験である。

第二話　なぐられ武勇伝

なぐられっぱなし

　いなか者の目には両国広小路（りょうごくひろこうじ）は、ただあきれるばかりににぎやかすぎてほこりっぽい。しばい、軽わざ、娘浄瑠璃（むすめじょうるり）、因果物など、いずれもこも張りの見せ物小屋がずらりと軒をならべ、ごったがえす群集に興奮した木戸番が、さあ、いらはいいらはいと、口々に呼びたて、わめきたてている。つい人情で、うっかりそっちへ気をとられると、前の人に突きあたったり、うしろからこづかれたり、いなか者には人ごみの中を見物しながら歩くなどという器用なまねはとうていむずかしかった。

「江戸じゃ、生き馬の目を抜くなんか、朝飯前なんですからね。きょうは、あたしが用心棒になって、見物させてあげる」

そういってせっかくついてきたお銀あねごも、いつのまにかはぐれてしまってい た。もっとも、夢介のほうでは別にお銀をたよりにするなどという気持ちは、初めか らない。道中ねらわれた百両の金は、きれいに渡してある。それでお銀の執念は晴れ たものと思っていたのだが、もの好きにも、ゆうべは自分から馬喰町三丁目の井筒屋 というはたごへつれこんでくれた。こまめに身のまわりの世話をやいてくれるし、お らんだお銀とすごい肩書きのあるあねごでも、金さえ、持っていなければ、まさか命 までとろうとはいうまい、そう思って、好きにまかせておいた。もともと、こんどの 旅は、江戸の裏表を見物して、修業のために千両ほど道楽をしてみようというのが目 的なので、さしずめ身につけてきた百両は、お銀あねごという目のさめるような女っ ぷりの道中師に、念入りな仕事ぶりを見せてもらった道楽代、そんな気持ちでいる夢 介なのだ。

そのお銀あねごとどこではぐれたか、見せ物小屋の前をグルリとひとまわりして、 柳橋のほうへ曲がろうとするかど、『五十嵐』という伽羅の油を売るので有名な小間 物屋の前まで押し流されてくると、

「気をつけろい、まぬけめ」

夢介はいきなり横っつらを、いやというほどなぐりつけられた。人相のよくない折

助(すけ)ていのふたりづれ、そのひとりのほうが、出あいがしらに自分のほうからドンと肩をぶつけてきて、胸ぐらをとるのと、わめく、なぐるがいっしょという、まことにあざやかな早わざだったのである。

「てめえ、おれに、なんの遺恨(いこん)があるんだ。けんかなら買ってやるから、突きあたったわけをぬかせ。黙っていたんじゃわからねえや。ぬかさねえか」

「おら、なにも遺恨なんかねえです。突きあたったのは、おまえさんのほうだ」

「おや、このやろう、おれに因縁をつける気だな。おれは松浦の大べやにいるお化け岩だ。さあ、だれにたのまれて因縁をつけにきた」

荒っぽくこづきまわしながら、ああいえばこういうで、理屈もなにもない。要するに、こっちをいなか者と見て、うまくいけばいくらかにする、だめならおもちゃにしてなぐり得、そんなはららしい。このごろ、江戸に市井無頼(しせいぶらい)のやから多く、ばくと盗賊横行して良民を泣かせ、けんか口論日に絶えずといわれている江戸の町なのである。

「困ったな。どうか、もう勘弁(かんべん)してくだせえまし」

「なにをぬかしやがる、勘弁も赤んべんもあるか」

ポカポカとこぶしが降ってきた。いくらかになりそうなら、ここらで相棒がとめにはいって、どこかでまあ一杯という段どりになるのだろうが、その相棒がそっぽを向いている。カモにあらずと見たのだろう。むろん、夢介は初めからなぐられっぱなしで相手にならない。たちまち黒山のように立ち止まったやじうまの顔は、かわいそうにと同情しているのが二分、なんでえ大きなずうたいをしてやがって、一つぐらいなぐりかえせねえのかと、無責任な義憤を感じながらはがゆがっているのが五分、あとの三分はいい見せ物のつもりで、ただ、ゲラゲラとわらっている。

「こんちくしょう、張り合いのねえ田吾作（たごさく）だ。お江戸のまん中へきたら、もっとよく目をあけて歩け。大まぬけめ」

　いつまでもノッソリとなぐられているので、折助もあきれたのだろう。捨てぜりふといっしょに、もう一つ頭をおまけになぐりつけ、力いっぱいドスンと突き飛ばした。が、これはずうたいがガッシリとしているうえに腰がすわっているから、軽く右の足を一歩ひいただけだ。おやというように、折助はちょっとくやしそうな顔だったが、どうせ一文にもならない相手である、そのままあきらめて行ってしまった。

「やれ、とんだめにあわされた」

　夢介はケロリとして、歩きだす。相手がこわいとか、無法になぐられてくやしいとか、そんなことを気にするほど神経質な男ではないのだ。人がきがくずれてまだ十足と歩かないうちに、右を見ても左を見ても、もうすっかり人が入れかわって、無関心な顔ばかりになっている。なるほど、江戸というところは広いなと、これには感心させられた。

八丁堀のだんな

「夢さん」

どうやら人ごみを離れて、柳橋のたもとへ出ると、ふいにうしろから肩をこづく者があった。

「やあ、あねごさんか」

はぐれたとばかり思っていたお銀が、にらみつけるような顔をして立っている。

「そのほっぺた、どうしたの」

「どうかなっているかね」

そういえば、妙にはれぼったくて、少しヒリヒリする。

「なんだって、折助なんかに、色のかわるまで黙ってなぐられていたのさ。あんた一つもなぐりかえさなかったわね。初めからなぐられっぱなしじゃありませんか、バカバカしい」

　考えても腹がたつらしい、胸ぐらをとらんばかりに食ってかかりながら、からだじゅうの血をたぎらせて、世にもそこいじの悪い目がいきいきと、これはまたふしぎな美しさを持っている女である。

「なんだ、あねごさん、見ていたのかね」

「恥ずかしくって冷や汗をかいちまった。あんたって人は、もっと度胸のある男だと思っていたのに。あのざまはなによ。はり子のだるまじゃあるまいし、なにもあっけらかんと、いつまであんなやつにポカポカなぐらしておくことはないじゃありませんか」

「そりゃまあ、そうだけど」

「あんた、男のくせに、ちっともくやしくないの。いいえさ、手も足も出せなかったほど、あんな折助なんかがこわいの」

「ありゃ、理屈もなにもわからないあばれ馬だよ。あばれ馬となぐりっこしたって、やじうまの見せ物になるばかりだもんな」

「きらい、そんな負け惜しみ。折助がこわくて江戸の町が歩けるもんか。そんないくじなしといっしょじゃ、こっちがむだに冷や汗をかくばかりだ。あたしは帰りますからね」

お銀は、たたきつけるようにいってプイときびすをかえした。一つには、水もしたたる大まるまげのとしまが、大きないなか者をつかまえて、プンプンおこっている。またやじうまがもの珍しげに、そろそろ立ちかけたからでもあった。

「本気になっておこっている」

夢介は邪険にげたをならしているそのあでやかなうしろ姿を、一瞬ポカンと見送りながら、惜しいなあと思った。おこって生地を出した今のお銀は、ちょっと好ましい女に見えた。あれですごい肩書きのある女でさえなければ、ほれずにはいられないだろうと、はじめてそんな気がしたのだ。

が、いつまでもこだわっている夢介ではない。柳橋をわたって、ここはまだ朝のうちの閑静な色街をぬけ、平右衛門町から第六天社のほうへ出ていくと、

「おい、ちょっとおれといっしょに来てくんねえか」

どこかで見かけたことがあるような中年の男が、そこの路地から出てきて、つと肩をならべた。おそらく、待ちかまえていたのだろう、なんとなく目の鋭い様子が、おかっぴきというたぐいの男らしい。

「どこへ行きますだね」

「茅町(かやちょう)の番屋だ。八丁堀のだんなが、おまえに用があるといって、お待ちになっているんだ」

はて、どんな用かなと、まるっきり見当はつかなかったが、身におとがめをうけるようなおぼえは少しもないから、顔色一つかえる必要はないのだ。

茅町の番屋で、タバコ盆を前にして待っていたのは、南町奉行所付の同心市村忠兵衛(いちむらちゅうべえ)という定回り(じょうまわ)では幅のきく働きざかりのだんなであった。ああ連れてきたかと、手下の手先をねぎらい、おい、まあこっちへ上がってくれと、微笑をふくんでおうように目で夢介を招く。だんなはわらっていても、少しさがって手先町役人などが三、四人左右に目を光らせて、しゃちほこばっているので、だれにしてもあまり気持ちのいい席とはいえない。

「それでは、ごめんくだせえまし」

夢介神妙にだんなの前へすわって、別にかたくなった様子も見えない。

「おまえ、いま広小路でけんかをしていたな」

「いいえ、けんかではごぜえません。ただなぐられていましたんで」

おや、この人も見ていたのかというような顔をして、夢介ははれぼったいほおをなでた。

「うん、若いのによくがまんした。気ちがい犬を相手にしたってつまらねえ。おまえ、柔術（やわら）の心得があるな」

「いなかでほんのちょっとばかし、まねごとだけでごぜえます」

「そうでもなさそうだ。生びょうほうじゃ、あのかんにんはできにくい。どこだ、くには」

「相州小田原在入生田村の百姓のせがれ、夢介と申しますだ。年は二十五でごぜえます」

「江戸へ見物にきたのか」

「へえ、見物でごぜえます。ついでに少し道楽もおぼえて帰りてえと思いまして」

「いい、心がけだ」

だんなはニヤリとしたが、同じように笑った手先たちの顔には水飲み百姓のぶんざいで、道楽をおぼえるとは、大げさな口をききやがると、それとなくけいべつの色があった。

「あの女の連れは、やっぱり道楽の相手か。いい女だな」

お銀のことらしい。なんとなく忠兵衛がじっと目の中をのぞくようにする。

「いいえ、あれは女のほうが道楽で連れになったようでごぜえます」

「女のほうからくどく、そんなそぶりでもするのか」

「それが、おらにはどうも無粋で本音がよくわかりません。ただ江戸見物なら案内してやるといいますんで、百両あずけて、案内してもらっているでごぜえます」

「どこから道連れになった」

「東海道大磯の宿を出たところからでごぜえました」

「おまえ、あの女の渡世を知っているのだな」

「へえ、以前はおらんだお銀という肩書きがあったそうで、けど、いまは悪いことはしないようで、おらにはなかなか親切にしてくれます」

これはうそだ。現に百両抜かれている。親切は手くだで、なにかあねごらしいいじから、つきまとっているのだと承知はしているが、ここでそれをいったのでは、お銀のからだが無事にすまない。そう思ってのうそを、夢介はぼうようと微笑にまぎらせた。

「そうか。そのことばにうそはねえとしておこう」

忠兵衛もチラッとふくみのあるわらいを見せて、

「おれはまたそれを知らねえで、とんだめにあうようじゃおまえがきのどくだと思ったから、ちょっと呼んでみたんだ。もっとも、あの女がこうした悪事を働いたという手証は、今のところ別にあがっているわけじゃない。このまま堅気になるんなら、大目に見ておいてやるが、しかし、あんまり親切にされねえほうが、おまえのためかもしれねえぜ。こりゃまあ、おれのよけいなおせっかいだ」

「ご親切にありがとうごぜえます。おらはこれでずいぶん堅人のほうでごぜえますから」

「そうだろうな。井筒屋の宿帳には、妹お銀とついていた。だから、女がよけいじになる。この勝負は見ものだろう」

忠兵衛はきげんよく笑って、用があったらいつでもたずねてこい、おれにできる相談にはのってやるからと、どこまでも親切だった。厚く礼をのべて番屋を出たが、それにしても、さすがは江戸の市中取締役、もうはたご屋まで調べがとどいていたかと、その機敏なのに夢介も、いささかびっくりせざるをえなかった。ことによると、札つきの女といっしょに歩いているやつ、一つ穴のムジナかもしれない、半分はそう疑って、手をまわしたのではあるまいか。とにかく、あの女といっしょにいる間は、よかれあしかれ、これでお上の注意人物になったわけだ。

一つ目のごぜん

その日は両国から浅草へ、案内してもらうことになっていた。肝心な案内役はへそを曲げて帰ってしまったが、ここから、浅草の観音さまへは、一本道である。天王橋をわたると、西側に豪勢な札差しの店舗が軒をならべ、東側はお蔵の土手になっている。その蔵前通りを出ると、三好町、黒船町、諏訪町と、このへんはどこまで行ってもにぎやかな人通りが絶えない繁盛の地だ。いろいろな店屋があって、これはないというものはなに一つない。タバコ盆ばかり造って並べてある店があると思うと、伏見人形だけの店がある。ひも屋はひもだけ、キセル屋はキセルだけ、それがみんな大きな店を構えてあきないになっていくのだから、さすがに江戸だ。

駒形へかかって、夢介はふと思い出した。ここに越後屋というドジョウ屋があって、うまくて安い。料理はドジョウの丸煮とドジョウじるのふたいろしかないが、日に二、三度はきっと客止めをするくらい繁盛していると、くにで聞いたことがある。

「浅草へ行くんなら、あしたはひとつドジョウ屋で飯を食ってみよう」

ゆうべ、お銀にその話をすると、

「もの好きね、あんたも。あんなところは、その日かせぎの人が行くんです。浅草にはもっと気のきいたうまい物屋がたくさんあるんだから、あたしに任せといてください」

一言のもとにはねつけられてしまった。これだから、なまじ案内役はじゃまだと思ったが、そのじゃまな案内役がいないのだからちょうどさいわい、かれこれ時分どきではあるし、ドジョウ屋へはいってみることにした。

なるほど、たいへんな繁盛だ。前の土間は腰掛けになっていて、てんびん棒をかついで歩く連中が、わらじのまま食える。その奥が広い畳敷で、ここにも客がいっぱい、おもいおもいに座をしめ、飯を食っている者、酒をのんでいる者、そのぜんがみんな同じようにドジョウの丸煮とドジョウじるだからおもしろい。その中を女中が、おつけでごぜん、お酒でごぜんと、口々に客の注文を通しながら、ぜんを運ぶ者、ぜんをさげる者、まるで火事場のようで、なれない者にはちょっと、どこへすわればいいのか見当もつかない。

「ここへすわらしてもらっても、かまわねえでごぜえましょうか」

夢介は片すみの、十徳(じっとく)をきた老人がひとりで酒をのんでいる前へきて、ていねいに聞いた。

「いいとも。さあ、おすわんなさい」

デップリとした福相な老人が少しぜんをずらしてむかえてくれた。

「おまえさん、はじめてのようだね」

「へえ、きのう、江戸へ出てきたばかりのいなか者でごぜえます」

「それじゃ様子がわからねえだろう。酒はいける口かね」

「好きなほうでごぜえます」

「そうか――おいおい、ねえさん、この人に、お酒でごぜんをあげておくれ――ここでいいんだ。おまえさんのがくるまで、まあ、一つあげよう」

てきぱきとした江戸前の年寄りだった。なべと酒がくると、ちゃんと煮方食べ方まで教えてくれる。ふしぎなもので、こうしてすわってしまうと、そこに一つの城郭ができ、さし向かいにすわった老人のほかは、どんな騒ぎもあまり気にならなくなる。

「ここのドジョウは特別にね、形をくずさないで、こんなに柔らかく骨まで煮てある。そのこつ一つと、安いのとでこんなに繁盛するんだ」

「ドジョウの話はくにできいていましたが、その繁盛がこんなだとは、来てみてはじめてびっくりしました。これじゃ食い逃げをされてもわからないことがありゃしませんかね」

「なあに、それがまた、ここは食い逃げをつかまえる名人でね、食い逃げをしようというようなやつは、たいてい食いっぷりで女中にわかる。ちゃんと若い者に耳打ちをしておくから、まあ逃がしたことはないそうだ」

あたりのそうぞうしさが、いつとなく急にしいんとなった。秋の虫がいちじに鳴きやんだときのような、ちょっと異様な感じである。

見ると、濃い茶羽二重（はぶたえ）の紋服羽織り、ひときわ目だつ貴公子然たる苦みばしった侍を取りまいて、浪人者、道楽者ふう、折助など一団十人ばかり、いずれも人相人がらのよくないのが、山犬のようにあたりをにらみまわしながら、いま座敷へあがろうとするところで、――あいにく立て込んでいるから、それだけの大人数がすわれる場所はない、と見て、遊び人ふうの三、四人が、

「やいやい、きょうは一つ目のごぜんがここを買い切りになさるんだ。みんな早く食って場所をあけろ」

いきなり上へあがって、片っ端から、人のぜんさら小ばちを、必要なだけ一方へ運びはじめた。そのあたりは総立ちになって、行くところがないから土間へ飛びおりるよりしようがない。店の者も客も、一瞬あっけにとられてポカンと立ちすくんでしまった。

「ご隠居さん、なんでしょうね、あれは」

「銭もらいだよ、すてておきなさい」

老人はそっちへ背をむけたまま、平気でドジョウをつついている。

「越後屋も悪いやつに見こまれましたね」

隣の小あきんどふうの中年者が、いそがしく酒を飲み、ドジョウを食い、その合間合い間に説明してくれた。茶羽二重の男は、もと本所一つ目に屋敷があった大垣伝九郎という旗本くずれで、悪いことならなんでもやるという悪党だ。しかも、腕ができるうえに、くそ度胸がすわっている。この春ごろから妙な商売を考え出して、金に困ると子分をつれて、大通りのなるべく繁盛する大きな店先へすわりこむ。別に乱暴を働くわけではないが、相当の包み金を出すまで動かない。こんなのにすわってにらんでいられたのでは、客がよりつかないので、どこでも包み金を出して帰ってもらう。両国かいわいから、このへん一帯がなわ張りだというのである。

「越後屋も早く金を出してしまえばいいのに、このぶんじゃだいぶ食い逃げがありますぜ」

そう話してくれた男も、いつの間にかぜんの上をきれいにして、プイと立って行ってしまった。おそらく、これも食い逃げのほうだったのだろう。

一本勝負

大風一過、あらしのあとというが、その時のドジョウ屋が全くそれであった。一つ目の一団が陣取ったあたりから、客はしだいに逃げ出して、広い座敷に残ったものは雑然たるぜんさら小ばちしちりんのたぐいばかりだ。ガランとした板まえのあたりに若い者や女中がひとかたまりになり、畳にも土間にも客はひとりもいない。いや、片すみにたったふたりだけ残っていた。十徳の隠居と夢介である。

外はいっぱいの人だかりのようだが、店の中はしいんとしていた。目ざわりになるらしく、一つ目の一団はジロジロ、こっちをにらんでいる。隠居はそのほうへ背を向けているが、夢介はそっちを向いてすわっているので、おやと思った。とにかく客だから、酒とおぜんが出て、一杯はじめた一団の末席のほうに腰かけて飲んでいる折助ふたり、そのひとりはたしかに両国で自分をなぐったお化け岩というやつだ。

向こうでも見おぼえがあるとみえて、ときどきこっちを気にしている。

大風一過とはいうが、これまた、次の大風がくる前の、無気味な静けさともいえる。

「人間は若いうちが花だな。おまえさんはいま道楽をおぼえにきたといったが、道楽はこれでなかなかむずかしいもんだ。たとえば、女道楽にしても、あんまりほれられると身が持てない、苦労の種になる。ふられるようでも、またつまらない。やたらに金をつかえばバカと陰でわらわれるし、金をつかわなければ、けちだときらわれる。おれがもう少し若けりゃいっしょにつきあって、道楽のこつを教えるんだが」

「どうだろうかね、ご隠居さん、おら百両なら百両持っていって、はじめからこれだけ遊ばしてくれって、たのんでみようと思うだが」

「うん、そりゃいい。そりゃ負け惜しみがなくて、いちばんきれいだ。なんなら、おれの知っている家へたのんでやるよ。まあ、道楽はいいが、道楽者になんなさんな。道楽がかぎょうのようになると、人間がおちぶれて、つい世間をいやがらせて、銭をもらって歩くようになる。こいつがいちばん人間のくずなんだ」

　隠居がチラッと夢介の目をのぞく。

「おらはくずにはなりません。けんど、ご隠居さん、どさくさまぎれにドジョウの食い逃げをやる、これもくずのうちですね」

　夢介はアハハハとわらった。何者だかわからぬが、この老人は相当思慮もあるようだし、きもったまも大きいようである。すっかりたのしくなってしまったのだ。

「ああ、そんなのは吹けば飛ぶかんなくずさ。まだ罪は軽いが、これまた世の中に案外多い」

あたりまえの声で話しているのだが、しんとしているから、むろん向こうへきこえる。

「ごぜん、追い出しましょうか」

伝九郎のわきにすわっていたすもうあがりらしい大男が、顔色をうかがった。伝九郎がおうようにうなずくと、

「岩、いいつけだぜ」

へいと答えて、お化け岩がズカズカ上がってきた。

「やい、てめえはさっきの田吾作だな。いつまでくだらねえことをしゃべってやがるんだ。さっさと帰れ」

頭からのんでかかって、立ったままの言いぐさである。

「ご隠居さん、かんなくずがなにかしゃべっているようでごぜえますが、わかりますか」

「わからねえね。おれたち人間には、人間のことばしか通用しねえよ」

「こんちくしょう、しゃれたことをぬかすねえ」

いきなり、ぜんを足げに、さら小ばちがガラガラと砕けてけし飛ぶのかと思われた一瞬、夢介の手がヒョイとその足くびをつかんでいた。

「アアッ」

悲鳴をあげてゆがんだお化け岩の顔から、たちまち血のけがひいた。ウウウッと身をもみ、からだをのけぞらせ、やがて夢介が手を放してやると、ドスンと、くずれるようにしりもちをつく。死人色をし、目ばかり恐怖にギラギラさせながら、ちょっと、立ち上がる気力もなさそうである。つかんだ手首のあとが、みるみる紫色にはれあがってきた。

「お年寄りに失礼なことをするものではねえぞ」

「へえ」

「ご隠居さん、そろそろ勘定して、出かけようではごぜえませんか。ケガをしてもつまらねえですからね」

「じゃ、そうするかね」

が、そうはいかなかった。一つ目の連中には、どうしてお化け岩がしりもちをついて、急におとなしくなってしまったのか、よくわからない。バカやろう、うっかりして、足くびの逆でもとられたんだろう、そんなふうに簡単にとったらしく、

「おい、若いの、あじなまねをするじゃねえか。おれがいっちょうもんでやるから、ここへ出ろ」

すもう上がりらしい大きなやつが、ヌッと立ってきて、もろはだぬぎになった。胸毛の黒い、さすがに岩のような胸、腕である。そいつが威嚇するように、わざとドスンドスンと四股をふんで見せる。

「ご隠居さん、どうしたもんだろう、さら小ばちをこわすと、ここんちが迷惑でなかろうか」

「なあに、そんなものは、あとでおれが買ってかえしてもいいが、おまえさんのからだをこわされちゃたいへんだからな」

「その心配はごぜえません。おら、少しかたわ者に、できそこなっていますので、――笑わないでおくんなさい、ご隠居さん」

ノコノコと立ち上がる夢介だった。これも男として決して小さいほうではないが、相手は六尺近く、顔を見あげなければ話がとどかない。

「おらは相州の百姓で、夢介という者だが、おまえさんはなんていうおすもうさんだね」

ふたりに集まっている目という目が、いっせいに殺気だって、かたずをのんでいたときだけに、夢介のあたりまえの声、顔は、至極のんびりとまのぬけたものに見えた。

「おれは、岩ノ松音五郎だ。地獄のみやげによくおぼえておけ」

「すると、ただのすもうの勝負じゃあないのかね？」

「ふざけるねえ。命のやり取りの一本勝負よ」

「そりゃあぶない」

「ええ、むだ口をたたくな。行くぞ。やろう」

ヨイショと気合いを入れて、そこは、けいこできたえた出足早、一気に胸へ突っかけてきた。むろん一突きですっ飛ばして、あわよくばそれで目をまわす、そういう自信がじゅうぶんあったろうし、またその突きをまともに受ければ、たいていすっ飛ばされずにはいないはずである。が、それをまともに受けて、夢介はグイと踏みとまった。同時に敵の手をすばやくつかんでいたのである。

「もう一度聞くが、こりゃすもうじゃないのかね。ほんとに一本勝負の命のやりとりかね」

「な、なにをぬかしやがる」

岩ノ松はまっかになって、取られた両手を力いっぱい振り切ろうとした。

「だめなこった」

夢介はびくともさせない。アッと岩ノ松が顔をゆがめてうめいたのは、つかまれている両手の骨が砕けるかとばかり痛みを感じたからで、自然全身の力が抜け、腰が浮いた。とたんに、みごとなはね腰一本、大きなずうたいが半円を描いて、出入り口の土間まですっ飛んだので、そこからのぞいていた黒山のようなやじうまが、ワーッと悲鳴をあげて大波のようにゆれた。

神出鬼没

夢介はなんとなく恥ずかしい。仲見世の雑踏(ざっとう)の中を観音堂のほうへいそぎながら、何度もあたりを見まわした。もうだれも自分のほうなど見ている者はないのだが、まだあのやじうまに追われているような気がしてならないのである。

「つまらない力なんか出すのじゃなかった」

生まれつきの怪力をかたわのように恥じ、人にかくしている夢介だった。力など自慢するのは、男の中でもいちばんくずな男です、子どものころたびたび母親からしかられて、いつもはやさしい母が、その時だけは一日じゅう決して口をきいてくれない。その悲しかったことが、いまだに骨身にしみこんでいるのだ。早く母親に死に別れたせいもあるのだろう。

きょうだって、けっきょく力は決してなんの役にもたっていなかった。岩ノ松を投げ飛ばすと、半分は恐怖にかられたごろつきどもが、刃物を抜いて一度に立ち上がった。みんな気ちがいじみた目をつりあげている。

「おまえら、この若い衆をどうする気だ」

その時老人がはじめて、みんなのほうへスッと立ち上がった。ことばも態度も静かだが、目だけはキラッと光っていた。

「ああ、相模屋のとっさんだ」

一団の中からそんな声がもれて、ごろつきどもは急に闘志を失ったように見えた。隠居は江戸で有名な仁俠相政の養父幸右衛門老人だったのである。

それまでずっとひと言も口をきかず、冷たい顔をして子分どもの騒ぎを見ていた大垣伝九郎が、無言のまま、つと座を立った。形勢不利と見て、ゆうゆうと引き揚げていくのである。悪党ながら、さすがにこれも一方の旗がしらだ。

「夢介さん、一度きっと家へもたずねておいで。待っているからな」

その隠居とは越後屋の前で別れたが、要するに、血を見ずにすんだのは、隠居のひとにらみがあったからで、自分の怪力などはやじうまのいい見世物にしかならない。しかも、そのやじうまがドジョウ屋を出ると、ワイワイあとについてきそうなので、まっかになって逃げ出した夢介なのである。

「おらはまだ、はらが足りない」

夢介はしみじみと自分が情けなかった。明るい日の中から観音堂へはいると、急にひんやりとして、視界が暗くなる。その奥深いところに、仏のおあかりが夢のようにともって、仲見世の雑踏をぬけてきた身には、ひどく静寂に感じられた。夢介はそのおあかりにすがるように合掌し、じっと目をつむった。

「おっかさん、おら悪いことをしました。ごめんなさい。おらもう決して力を出しません」

子どもの心になって、気のすむまで祈り、訴え、拝み、唱えているうちに、なんとなく心がすがすがしく、ありし日の母の美しい微笑が、ほのぼのとまぶたにうかんできた。ほの甘い胸のにおいまで感じられるのである。ああ、やっとお許しが出た、そう思って静かに目をあけると、やみになれた目に、すぐそばでこれも合掌していた女の姿がはっきり見えた。おや、おっかさんのにおいだと思ったのはこれかと、見ると、柳橋からすねて帰ったはずのお銀である。肩書きのある女だけに、神出鬼没だ。

　黙って回廊を出ると、お銀も黙ってついてきた。

「あねごさん、なにをあんなに拝んでいたんだね」

「あんたは――？」

「慈悲ぶかいおらのおっかさん」

「あたしのいうことをきかないで、ひとりであんなドジョウ屋へはいるから、ばちがあたったんです」

「なんだ、見ていたかね」

　夢介は苦笑して赤くなる。

「大垣伝九郎ってやつは、とても執念ぶかいんですってさ。心配だわ」

「いいさ。こんどはおら、黙ってなぐらしておく」

「そんなこと、あたしがさせるもんか。のど笛へ食いついてやるから」

　そっとつかんでいる男のたもとに力を入れて、すぐに、ジャジャ馬にひょうへんしたがるお銀であった。

第三話　キツネ美女

玉にきず

「どこへ行くの、夢さん」

朝から珍しくたいくつそうにしていた夢介が、大きなからだをのっそり立てたのを見て、お銀はいそいで縫(ぬ)い物を放した。あれ以来、どこへでも夢介の行くところへは、きっとついていくお銀である。

「うむ、ちょっと行ってくるだ」

帯をしめなおしながら、夢介は困った。実はそれがあるから、朝からぐずぐずしていたので、きょうは見物ではない。用たしだ。お銀についてこられては絶対に困るというのではないが、ひとりのほうがいい。そして、たまにはひとりで歩いてもみたい夢介だ。

「きょうは用たしなんだ」

「だから、だからあたしに来ちゃいけないっていうんですか」

お銀の目に険が出た。ちょっと類のない美人なのだが、いじになると、ついすごいあねごの本性が出るとでもいうか、目がカミソリのように光りだす。全く玉にきずというやつだ。

「来たってもいいけど、つまんなかろうと思ってね」

「つまんなくたって、あたしは行くんです。行きますともさ」

柳眉（りゅうび）をさかだててという形容があるが、こうなったらもうだめだ。あねごはまたどういうものか、ひどいやきもちやきである。これも玉にきずだ。

「そうかね、行くかね」

夢介はため息が出た。

「おや、夢さん、ため息をついたわね。そんなにおまえさん、あたしが迷惑なの」

「別に迷惑じゃねえけど、心配はしているだ」

「なにが心配なの」

「おらが言っても、あねごさん、気を悪くしねえか」

「なにさ、男のくせに、はっきりおいいなさいよ、いいたいことがあるんなら」

いつの間にか前へ立ちはだかって、胸ぐらをとらんばかりのお銀だった。

「もしか、もしか、おらがあねごさんを、お嫁にもらいたいと思って、そのお嫁が、いつもおらにくっついて出て歩いたら、おら、ごはん食わずにいなけりゃなるめえと。——そりゃ、まだお嫁でねえし、あねごさんがだれのお嫁になったたって、おらに文句が、別に」

「もういいってば、そんなこと。いやな人ね」

あねごさんはまっかになって、急に男のからだをうしろへ向け、ちゃんと結んである帯を解いてしめなおしてやり、はな紙は持ったか、手ぬぐいは、タバコ入れは、おこづかいはあるのと——この世話をやきすぎるのが、玉にきずなのだ。

「あんまり、おそくなっちゃいやですよ」

「そんな心配はいらねえこった。おらは、どこへ行ったたって、もてる男ではねえ」

「フフフ、感心に知ってるのね。でも、あたしのようなすっとんきょうが、どこにいないともかぎらないもの」

「まあ、気をつけて行ってめえります」

夢介はわらって、へやを出ようとした。

「ちょっと、夢さん」

「用かね」

「あの、いつまでも宿屋住まいも物いりがかさむばかりだから、からだのあいているのをさいわい、あたしきょう一軒さがしてきますからね」

やぶへびとはこのことか、全くみごとな逆襲だった。しかも、ただことばのうえのいやがらせでなく、お銀は本気なのだからこわい。

しようがない、おらが負けるか、あねごがあきらめてくれるか、江戸にいる間は当分根くらべだ。夢介はそう観念したので、まあ、よろしくお願いいたしますと、こんどはさからわず、馬喰町三丁目の井筒屋を出た。

実は、道中でお銀に百両抜かれ、小出しのさいふのほうでいままでやってきたが、それが乏しくなった。お銀にいえばよろこんでこづかいもくれるだろうし、宿賃も出しておくだろう。もともと、そのつもりでついてきた。どうして早くこっちのさいふがからにならないのだろうと、ふしぎでもあり、不平でもあるくらいだ。が、うっかりそんなまかないをうけたら、お銀はいよいよおかみさんぶらなければ承知しないだろうし、だいいち五体満足な人間が女に養われる、そんなことは男の恥だと信じている夢介である。

芝露月町に伊勢屋総兵衛という穀問屋がある。そこが家の取り引き先で、おやじから千両のかわせがとどくことに約束してあった。きょうそこへ金を取りに行くので、そういう堅気の商家へ、しかも初対面ではあり、いくら夢介がのほうずでも、さすがにお銀のようなこわいあねごは連れていきかねたのだ。

ご意見無用

来てみると、なるほど伊勢屋は間口十二、三間もある大きい店構えで、奉公人もたくさんいる。店はいそがしそうなので、遠慮して台所口へまわり、相州小田原在入生田村から来た者でごぜえます、だんなさまにお取り次ぎくださいと、手みやげを出して下女にたのむと、すぐに奥座敷へ案内された。

「わたしがおたずねの伊勢屋総兵衛だが、おまえさんは入生田の若だんなのお供さんかね」

座について、そうあいさつをした主人は、もう年輩の角張った顔が、なかなかがんこそうに見える人である。夢介は相かわらずゴツゴツのもめん物に小倉の帯という格好だから、まちがえたのも無理はない。

「いいえ、おらがその入生田の夢介でごぜえます。このたびはまた、おやじさまがとんだご迷惑なことをおねげえしまして」

「へえ、あんたが夢介さん。こりゃどうもお見それしました」

お茶が出て、菓子が出て、わざわざ家内とせがれ総太郎を呼んで引きあわせてくれたが、まだどうも信じられないふうである。

「失礼だが、このあいだお国から手紙が来て、せがれがこんど江戸へ道楽で千両つかいに出る、よろしくたのむとあったんで、わたしはまたどんな道楽むすこがくるのか、だいたいわたしは道楽はきらいだ、来たらひとつ、みっちり意見をしてやろうと待っていたんだが——いったい江戸へは、いつ出てきなすった」

ことばの様子では、どんなしゃれた男がくるのかと思っていたらしい。あんまり身なりがそまつなんで、おどろいたのだろう。そういえば、ここのせがれの総太郎は、渋いが金のかかった唐桟の対をきちんと着こなし、まげの結びよう、顔のみがき方、手の白さ、どこから見ても大家の若だんなで、このほうがよっぽど道楽むすこに見える。しかも、少しにやけてはいるが、なかなかいい男っぷりだ。これとくらべて考えていたのでは、おどろくのが当然である。

「江戸へついてから、十日ほどになります」

「で、もう道楽ははじめなすったか」

「へえ、百両ばかしつかいました」

「十日で百両――？」

主人は驚いて、

「いったい、どんな道楽につかいなすったんだ、バカバカしい」

「それが、その、やっぱりおもに女でごぜえます。なかなかおもしろうごぜえます」

おっかさんとも呼びたい品のいいおかみさんは、まあ、とあきれ、主人は、困った人だ、と苦りきった顔をした。そして、おつにすましたせがれはわきを向いて、ニヤニヤ笑っている。

「駒形のドジョウも、食ってみました。八百善（やおぜん）の料理、大和田のウナギ、上野のガンなべ、魚河岸（うおがし）のすし、さすがにたまげるものばかしでごぜえましたが、おらにはやっぱり駒形のドジョウが一番でごぜえました」

「女はどこがいちばん気に入りましたね、こつ（千住）でげすか」

せがれがひやかすように口を入れる。いいや、今んところおらんだでげすと、口まねして答えてみようと思ったら、その前に主人が、バカやろうと、せがれをしかりつけた。

「夢介さん、おまえさんのは親が許しての道楽だ。意見がましいことは、なにもいうまい。だが、わたしは道楽者はきらいなんだから、おせじにも家へ泊まっていってくれとはいいたくない。悪く思わないでもらいましょう」

「まあ、あなた、いくらなんでも、それではあんまりおあいそが――」

　おかみさんがきのどくそうに取りなそうとするのを、あいそのないのはおれの性分さ、と主人はムッツリ座を立ってしまった。

「宅は昔からあれなので、ほんとに困るんですよ。気にかけないでくださいまし。けれどね、夢介さん、親の身になれば、子どもの道楽はやっぱり心配なものです。いいえ、男ですから、それは遊ぶのはかまいませんが、悪い女におぼれはしないか、とんだ病気にでもかかりはしないかと、それが案じられるのです。あなたもよくお気をつけになって、ひととおり江戸の遊びの様子がおわかりになったら、一日も早く故郷へ帰って、おとうさんを安心させてくださいましね」

　しみじみとしたことばである。いいおふくろさまだなあ、と夢介はうらやましかった。

「おっかさん、おら、悪い女にはだまされません。道楽してみてえと思った男のいじだから、どうか千両ほどつかわしてくだせえまし。それをつかったら、きっと故郷へけえります」

道楽が男のいじ、しかもまじめくさって、かしこまっているこのいなか者くさい若者を、どう判断していいのか、当惑しているらしいおかみさんから、夢介はとにかく百両出してもらって、伊勢屋を出た。帰るときには、さすがに内玄関にはきものがまわしてあって、見送ってくれたおかみさんが、こんどからは玄関からきてください、出世前の人さまのむすこさんを、台所口からおあげしたと言われましては、わたしが申しわけありませんからと、これも行きとどいたあいさつだった。

すごい若だんなな

「おい、夢介さん――こっちだこっちだ」

店の横手の路地をぬけて表通りへ出ると、先まわりをして待っていたらしい伊勢屋のせがれ総太郎が、物かげから手招きをした。どこから見ても通人という、五分もすきのないしゃれた身ぶりである。

「こりゃ若だんな、お出かけでごぜえますかね」

「なあに、おまえさんを待っていたのさ。どうでげす、小田原の道楽むすこ、辰巳（たつみ）の羽織りはもうつまんでみやしたか」

「羽織りって、あの着る羽織りのことかね」

「アハハハ。着る羽織りとはうれしいね。とてものことに、寝る羽織りといってもらいたかった」

「へえ、羽織りを着て寝るのかね」

「なあんだ、おまえさんはほんとに知らないのか。そうでげしょうな、無理もない話だ。よろしい。それではきょうは拙がひとつ、江戸まえの遊びへおつれしやしょう」

若だんなは大いに得意で、したがって半分はこの田吾作をけいべつしながら——それ辰巳とは深川のことで、ここの芸者は二枚証文と称し、芸も売れば枕席にも侍す、その昔は男装羽織りをきて、名も何次、何吉と男名だったが、今は羽織りという名だけ残って、羽織りはきない。が、吉原の濃艶にくらべて、こっちは清妍侠骨、江戸っ子の遊びはなんといっても辰巳にかぎりやすと、説明してくれた。

若だんながあがったのは、五明楼とかいう二階から海が見晴らせる大きな茶屋だった。なじみとみえて、たちまち酒さかながならび美妓が集まり、それがみんな若だんな、若だんなと、総太郎を下へもおかない。夢介などあってなきがごとく、美妓が酌をしてくれるのさえまれだが——しかし、当の夢介は美酒に酔い、色彩ゆたかな美妓の香にむせび、陶然ぼうぜんとして、ただもう満足だった。

「お供さんは、ひとり者がおかずをもらったように、さっきからひとりでニコニコしていなさるねえ」

若い妓がうまいことをいった。

「いつ田子の浦から出てきたんです」

梅次という、ややとしまだが、この中ではねえさん株らしい美人が、まじめな顔をしてきく。さっきから総太郎のそばをはなれず、たがいになんとなくこづいたり、こづかれたりうれしい仲らしく、それをまた総太郎がこれ見よがしに夢介に見せつけていた女だ。

「おら田子の浦じゃない、小田原在入生田村の百姓でごぜえます」

どっと笑いくずれる声がおこった。梅次は総太郎のひざへ突っ伏して身をもんでいるし、大でき大できと、その肩をなでながら若だんなは大よろこびだ。それさえニコニコしてながめている夢介である。

やがて、総太郎がおつにかまえて、梅次の三味線で小唄を一つうたった。なかなかいい声である。いつ聞いてもいいわねえと、おんなたちは感心した。

「さあ、こんどは田子の浦さんの番よ」

梅次が三味線のひざをこっちへ向ける。

「おら、困る、うたえねえです」

夢介は当惑して、モジモジした。いいから、なにかおやりよ、と総太郎はうすら笑いをうかべる。ひきょうですよ、かくさないで、いいのどを聞かせてくださいよ。歌じゃご器量はさがりませんなど、美妓たちはそうすることが若だんなの御意にかないそうなので、口々に責めたてた。

「おら、箱根の雲助歌しか知らねえです」

「あら、そんなのあたしたちの三味線にのるかねえ」

「いいやね、バチ（場違い）ははじめからしれています。さあ一つうかがわしてもらいやしょう」

通人というものは、とかく、人を冷笑して喜ぶものらしい。しかし、これはどうやらうたわずにすんだ。運よく女中が、お供さん、ちょっと顔をかしてくださいと、呼びにきたからである。

「なにか用かね」

「お帳場でおかみさんが、お目にかかりたいんですって」

ドッシリと女ずもうのように太ったおかみさんだった。だが無格好ではなく、それだけのいろっぽさが出ているのは、さすがに色まちのおかみである。

「お供さん、さっき若だんなにうかがったら、きょうはあなたがお帳場をあずかったんですってね」

「おらが――なにかあずかったって」

夢介にはちょっとのみこめない。

「おや、おまえさん、若だんなのお金をあずかっているんじゃないの」

はなはだあいきょうのあるおかみさんの顔が、こうもかわるかとおどろくほどけわしい目つきをした。

「お金を――おらがかね」

「そうなんだよ。じゃ、まただましたのかしら、憎らしい。若だんなにはもう五十両からの貸しがあるんです。そりゃ、いくら大だなのむすこさんか知らないけど、こっちだっていそがしいお金なんですからね。さっきちょっと催促したら、紙入れはおまえさんにあずけてある、あとでもらうがいいって――なんだえ、ちくしょう、いやに通人ぶりやがって、よくもずぶというそを」

「わかったよ、おかみさん、わかりました。それなら、おらが、たしかにあずかっているだ」

なんとなく夢介は変な気持ちだった。どうもしようがない、がんこなおやじさまのようだから、若だんなも金に困るんだろうと、そこは人のいい男である。さっき受け取ってきた百両の中から、五十両だけ、おかみの前へならべた。

「いやですねえ、おまえさんも人が悪い。あたしはまたつまんないことをいっちまって、顔から火が出るじゃありませんか」

おかみのすごいけんまくはケロリと消えて、けどね、お供さん、若だんなにそれとなくお耳へいれておいてあげたほうがようござんすよ、梅次さんには悪いひもがついている、ほどよくしておくようにってね、急に親切らしく、意味ありげなことばだった。

「へえ、どうもすみませんでごぜえます」

夢介は大きなおじぎをして、そうそうに帳場を出た。

身の上話

すごいのはお銀あねごばかりと思ったら、どうして若だんななんかもいい度胸だし、おかみもただのムジナではない。そしてあの梅次とかいう美人も、ムジナがああいうくらいだから、相当の古ギツネなのだろう。夢介はなんだかひとりでおかしくなって歩いていたが、さて、どこで廊下をまちがえたか、座敷の見当がつかなくなってしまった。

「あれ、困ったぞ、おらまたキツネにばかされたかな」

もうたそがれどきで、客のある座敷にはあかるい灯がはいり、弦歌嬌声（きょうせい）わくがごとき廊下を、いそいで、引き返してみた。また曲がりかどをまちがえたらしい。庭に面して、そこにはひっそりと暗い小べやがつづく廊下へ出て、さあわからねえと、小首をかしげたが、見るとそこの柱にもたれて、若いきれいな妓（こ）がひとり、お座敷着のすそをひいてスラリと立っている。

「ちょっと物をうかがいてえだが」

ていねいにおじぎをしながら、おやと思った。おんなはそで口でそっと涙をふいてから、

「なんでござんす」

と、うかぬ顔を、こっちへ向けたのである。年ごろ十八、九、といえば、この里ではそろそろ古ギツネになりかけるほうだが、これはポッタリとした面だちのどこかにいちまつの寂しさがただようおとなしやかな美人だった。

「おまえさま、泣いていたのかね」

こんな色里へ、しあわせな家の子が、身を沈めるはずはない。たずねてみれば、みんなそれぞれになにかの不幸を背負っていて、客の前ではできるだけあかるくにぎやかな顔をして見せる。それがりっぱなキツネになる修業の第一だ。とはわかっていても、現在目の前でションボリ泣いている女を見ては、冷淡に黙ってはすませない夢介だった。

「いいえ、かまわないんです」

女はそんなところを見られて、なんとなく、気恥ずかしそうだ。

「そうかね、おまえさまがかまわねえのなら、それでもいいが、きれいなねえさんが泣いているのは、気になるもんだ」

夢介は正直である。どこかボッとした人のよさそうな、悪くいえばまのぬけた大きな顔を見ると、女はつい親しみを感じたらしい。

「にいさんは、いなかのかたですね」

「ああ、おらは田子の浦でげす」

「まあ、いやですねえ。いなかのかたを見ると、すぐひやかしたがる、この土地のわるいくせなんです」

すまなそうにまゆをひそめて、この妓はまだ心のやさしさを失っていないらしい。

「なあに、かまわねえさ。おらはどうせ自分のかえる座敷をまごついているようなバチなんだから」

「ああ、廊下をおまちがえなすったんですね。お帳場さんへきいてあげましょう」

「おまえさまは親切だね。その親切なねえさんが、なんで泣いていたのかね。だれかにいじめられたのかね」

「いいえ、いいんです」

「田子の浦じゃ話にならないかね」

「あら、そんなこと——じゃ、にいさん、ほんとうに聞いてくれますか」

そのすがりつかんばかりにサッと輝いたきれいな目をみて、夢介はなんとなくうれしい気持ちになった。野心やもの好きからではない、なにか不幸な女の力になってやれる、その期待がゆたかなのだ。

「聞くとも」

「でも、立ち話じゃ、人に聞かれるのいやだし、あのお座敷、ちっとかりましょう」

おんなはいそいそと、目の前の暗いへやの障子をあけた。そこは三畳の控えの間で、ふすまの向こうはいわゆるちんせきになっているのだろう。その三畳のほうへ向かいあってすわって、まだ障子に外のたそがれのいろがほのあかるかった。こうして見るおんなは、案外きめこまやかに色白く、目鼻だちもいきいきとして、はじめは少し寂しげに見えたが、どうして、身のこなしにあふれるようななまめかしさがただよう男好きのする女である。

「うれしいわ、にいさん」

それがひざを突きあわさんばかりにすわって、じっと目を見あげてくるのだ。

「うれしいかね。さあ、話を聞くべえ」

これはまた人のいい顔をニコニコさせて、色気ぬきの、どこまでも妹にでも対するようなあたたかさだ。

「あたしたちなんかの話、どうせろくなことじゃありませんけど」

おんなは色っぽくため息を一つついて——あたしの家はこの近くの州崎村というところにある。本名はお浜、ここでは浜次と名のっているが、家はどうせあたしが芸者になるくらいだから、貧乏している。おとっつぁんとは義理ある仲で、おっかさんがあたしを連れ子して、いまのおとっつぁんのところへ行ったのだが、そのおとっつぁんはいつも、お浜を芸者になんか売ってすまないすまないと気に病んでいるほどいい人なのだ。それが、不幸続きのうえに、こんど人の借金に判をついたばかりに、たいせつな商売道具の舟をとられてしまった。漁師が舟をとられては、その日から飯の食いあげだ。家にはまだ小さい、弟や妹が五人もあるし、日ごろあんまりじょうぶなほうでないおっかさんは、それを気にして病みついてしまった。ということを、きょうまで浜次は知らずにいたのだという。

「十三になる弟がきょうたずねてきて、それがいちばん上なんですが、ねえちゃん、おれ腹がすいた、といきなりいうんです」

聞いてみると、きょうまでなんにも食っていない、このごろはみんなそうだ、おれがシジミ売りをして、次の妹が看病してそれでおとっつぁんは、ねえさんにそんなことをいうな、心配するからって、かたく止められていたんだけど、小さい弟たちがあんまりかわいそうだから、きょうはねえさんにそっと相談にきたんだと、涙ぐんでいたという。

「なぜ早く知らせてくれなかったのと、あたしは弟をしかって、あるだけのこづかいを持たせて帰したんですが、ほんとうはにいさん、あたし弟の肩を抱いて、いっしょに泣いたんです。あたしに無理な心配をさせまいとして、弟たちに口止めをしているおとっつぁんの気持ちもうれしいし、小さい弟や妹たちが心をあわせて、みんなで働いてくれるのもいじらしい。気ままなからだなら、すぐ飛んでいってやりたい。それにつけても、なんとかしておとっつぁんの舟を早く取りかえしてやらなければ、と思うと、つい涙が出てしまうんです」

「舟さえもどればいいのかね」

いい話だなあ、と夢介は感心した。世の中にはのんだくれおやじ、強欲なまま母、そんな好ましくない家庭の犠牲になって、身を売っている女が多いときく。それがこの妓の周囲にはひとりも悪人のいないのがうれしい。みんながみんなをかばいあって、不幸と戦っているのだ。

「ええ、舟さえあれば、その日のことにことをかかないんです」

「そして、おまえさんが家へ帰ってやれたら、さぞみんながよろこぶだろう」

「そんなこと、夢みたいな話ですけど、きょうも弟が、おれ、うんとシジミを売って、きっとねえちゃんをむかえにくるよ、小さいやつらが、どうしてねえちゃん、家にいっしょにいてくれねえのかなって、みんなでいうんだって。それを聞いてあたしもう、うれしいのか、悲しいのか」

お浜は声をふるわして、またしてもそで口でそっと目がしらをおさえた。もみのそで裏が目にしみる。

「見つけたぞ、浜次」

ガラリと障子をあけて、ふいにどなった者がいる。アッと浜次は夢介のひざへくずれるように取りすがりながら、青くなった。水色羽二重の紋服を着ながしにした、年ごろ三十前後の侍が、左手に大刀をひっさげて突っ立っている。苦みばしったなかなかの好男子だ。

「ふうむ、浜次、こりゃてめえのいろか」

「いいえ、殿さま、そんな――」

「黙れ、その格好はなんだ」

なるほど、いわれてみれば男にしっかり取りすがって、なんとなくひざのあたりがなまめかしくくずれて、あやしい姿だ。

「それ見ろ、言いわけがたつか。ふらちなやつらだ。こら、そこのでくの坊」

「おらでごぜえますか」

「てめえのほかにゃ、ここにでくの坊はいねえ。てめえは、身どもが、金を出してあげておく芸者を、無断でかような暗いへやへくわえこんで、コソコソいちゃついているんだ」

「とんでもない、お武家さま、おらはいちゃついてなんかいない。シジミを、シジミを売る話を――」

「たわけめ、シジミだかハマグリだか知らんが、無断で売ったり買ったり、けしからん。天下の旗本青山大膳（あおやまだいぜん）に、よくも恥をかかせやがった。てめえのような土百姓に、かような恥をかかされて、黙って引きさがったとあっては、江戸の旗本八万騎の名折れ、手討ちにいたすから、それへ直れ」

「いけません、殿さま、そんなやぼな」

「いうな、のけ、斬ってすてる。のかぬときさまもいっしょにぶった斬るぞ」

酔ってでもいるのだろうか、それとも浜次にふられたからか、青山大膳は気ちがいじみて、いきなり刀を引きぬいた。

どぶねずみ

「待ってください、殿さま」

浜次は、刀を振りあげた青山大膳の胸の中へ、夢中になって飛びこむなり、むしゃぶりついた。

「密通だなんて、そんな、違います。これにはわけが、わけがあるんですから」

「言いわけはきかぬ、のけ。天下の旗本を白痴（こけ）にした土百姓、身が成敗（せいばい）してくれるのだ」

「いけません、そんな乱暴――」

ガンガンどなりたてる野太い声と、女の黄色い声と、しかも相手は人斬り包丁を振りまわしている。ケガでもあってはと、夢介がはらはらしていると、いいあんばいに、

「大膳、どうした、抜刀とはおだやかではないな」

連れらしいふたりの男が、声をききつけて、飛び出してきた。同時に駆けつけた女中も、

「あれ、どうなすったんですねえ、お歴々さま」

これはあまりにも場所がら知らずの大無粋に、ギョッと青ざめてそこへ立ちすくむ。

「どうしたもこうしたもない。この土百姓めが、ふらち千万にも、身が座敷へ呼んでおく妓を、かような暗いへやへくわえこみ、無断でコソコソいちゃついていた。勘弁ならねえによって、いま成敗してくれるところだ」

「なにッ、こいつが不義いたずらをしていたと――そいつはけしからん。大膳、かまわぬからたたっ斬れ。こんな土百姓にめくらにされたとあっては、旗本八万騎の面目

がたたねえ。手討ちにしたうえで、当家の主人にしかと掛け合ってやる。たたっ斬ってしまえ」

　止め男になってくれると思いのほか、連れのほうが、バカも乱暴も一枚上のようだ。

「まあ、待ってくださいまし。浜次さん、困るじゃありませんか、おまえさんにも」

「いいえ、おたけねえさん、これにはわけが」

「どんなわけがあったって、お座敷中によそのお客と出会うなんて、おまえさんが悪い」

　おたけはさすがに年の功、如才(じょさい)なく浜次を一本きめつけておいて、すかさず夢介のほうを向いた。さっきお帳場へ案内してくれた女中である。

「お供さんもお供さんですねえ。二階で若だんなが、どうしたんだろうって、心配して待っておいでなさるのに」

「なんだ、するとこの者は、だれかの供できているのか」

「はい、芝露月町の伊勢屋の若だんなのお供さんです。はじめていらっしゃったんで、廊下をおまちがえになった——ね、そうなんでしょう、お供さん」

「そ、そのとおりでごぜえます、お女中さん」

夢介にとっては渡りに船だ。いそいでおじぎをして、事情をきいてもらおうと思ったが、相手はまのびのしているいなか者など、てんで眼中にない。

「こら女、しからばその伊勢屋の座敷へ案内しろ。いくらドブネズミでも、人の奉公人とあっては、主人に無断で手討ちにもできねえ。一応若だんなというやつに掛け合ってつかわす。いいや、ここではもう言いわけはなにもきかぬ。立て、ドブネズミ」

なるべくそうはさせたくないと、女中がしきりに取りなそうとしたが、そばから連れのふたりが、黙れ、奉公人では相手にならん、掛け合いは主人にかぎると、口々にけしかけて――あくどい悪旗本、どうせ金にしたいいやがらせ、とはわかっていても、こうなってはどうでも一度二階へ案内しなくてはおさまる相手ではない。それじゃせめて、そのお刀だけでもおさめてください、とたのんでみたが、

「ならん、話のつくまでは、武士が一度抜いた刀、そう簡単におさめられるか」

がんとして承知しない大膳である。

なんともあわれな格好だった。夢介と浜次は、連れのふたりにえりがみをつかんでひったてられ、全くネコにとらわれたドブネズミ、おたけが先に立って、しんがりは抜刀をひっさげた大膳である。皮肉にも、夢介があんなにさがした座敷は、すぐその真上の二階だった。いきなりそこへドカドカとこの一団が押しこんでいくと、なによ

りも大膳のぬきみを見て、五、六人いた芸者がキャアッとひとかたまりに縮みあがってしまった。おつにかまえて、そのくせ梅次と人前もなくうじゃじゃけながら、えつにいっていた若だんなも、たちまちギクンと棒をのんだようにすわりなおって、顔色をかえる。

「芝露月町の伊勢屋のせがれというのはおまえか」

満座の中へいっしょに突っころばされた夢介と浜次をしりめにかけながら、大膳は立ったままで、グイと総太郎をにらみつけた。

「は、はい」

「身どもは番町に屋敷をたまわる直参三百石青山大膳だ、見知りおけ。ついては、ただいまこれなるドブネズミが、身が座敷へあげておく芸者を無断で下の小座敷へくわえこみ、暗いをさいわいちちくりあっていた。言語道断許しがたきふるまい、すでに手討ちにしようとしたが、女中が飛んでまいって、これはそのほうの供の者だということ。奉公人とあってはかってに成敗もできぬ。よって、一応ことわりにきたのだが、こやつはたしかにそのほうの奉公人に違いあるまいな。どうだ」

女中がそれとなく若だんなのうしろへにじりよって、そっとそでをひいている。早く金を包んで、あやまっておしまいなさいと言っているらしい。それを見て見ないふりがしていられる大膳だからずぶとい。

が、若だんなはすっかりあがってしまったものとみえ、

「と、とんでもございません。殿さま、それは、その男は、てまえどもの奉公人ではございません」

「なに、しからば、きさまの供じゃないというのか」

「へえ、連れで、ただほんの連れでげす。それも、きょうはじめて会いましたばかりで、いなかから道楽をしに出てきたが、まだ辰巳を知らない、それじゃ、どうせわたしはこれから行くところだからと、ついでに案内してきてやりましたんで、決して、それほど深いわけのある連れではございません」

キッパリと言いきるのを聞いて、大膳はちょっと当ての違った顔をしたが、——夢介もこれは意外だった。

飲みっぷり

「困るじゃないか、夢介さん。わたしはとんだいなか者をつれてきてしまった。人さまの座敷の芸者をくわえこむなんて、この里じゃいちばんみっともないことでげす。

わたしの顔はまるつぶれだ。やっぱりおまえさんには骨（千住）あたりの遊びががら相応だった」

総太郎はこっちのわけを聞こうとはせず、ひと言とりなしてくれるでもない。ただ迷惑そうに冷淡な顔をして、頭から罵倒さえあびせかけるのだ。そういうしらじらしい顔を夢介はポカンとキツネにつままれたようにながめていたが——ああそうか、うっかりしたことをいうと、家へまで迷惑がかかる、それでわざと冷淡にかまえているのだなと、人がいいからたちまちそう思いなおした。

「悪うごぜえました。決しておら、くわえこんだんではねえが、廊下をまちがえて、ついこの里のことになれねえもんだから、シジミ売りの話に身がはいりすぎちまって、申しわけねえことになりました」

「いやですねえ。だから田子の浦は、いけはずかしくて、顔から火が出るじゃありませんか。いい若だんなのつらよごし——また、くわえこまれた浜次さんも浜次さんだよ」

梅次がそばから聞こえよがしに、いじの悪いまゆを大げさにひそめて見せる。しょんぼりと、消え入りたいふぜいで、顔さえあげられない浜次が、夢介にはひとしお哀れに見えた。

「いいや、この女が悪いのではごぜえません。おらが、おらがつい話しかけて――」

「黙れ、もういい。話しかけて、いいよって、くどいて、ころがした。ちゃんとわかっている――伊勢屋、それじゃこのドブネズミは、身が成敗いたしても、おまえには文句はないのだな」

大膳がぬきみで夢介をさしながら、いささか拍子抜けの体で、念を押す。

「は、はい。殿さまのお気がすまないというのでげしたら、てまえは別に文句などと」

「そうですよ、若だんな。この人たちはかってにシジミを売ったり買ったり、身がはいりすぎて、そんなとばっちりを持ちこまれたんでは、こっちこそいい迷惑、早くこの座敷を引きさがってもらいましょうよ。おもしろくもない」

梅次は自分の顔でもつぶされたように、プンプンしながらまくしたてる。

「そうか。しからば、なんともしかたがねえ。こら、ドブネズミ、立て」

「殿さま、おら、ほんとにシジミ売りの話しかしねえです。売ったり買ったりはしたおぼえはごぜえません。それでも、それでもお手討ちでごぜえましょうか」

「べらんめえ、今さらなにをぬかしやがる。いいから、黙って立て」

「そんなら、しかたがねえです。ちょっと待っておくんなさい。お手間はとらせねえです」

　夢介は大きなからだを、きちんとかしこまって、いよいよそうと話がきまれば別にあわてることはない。ゆっくりと、きのどくな浜次のほうへ向きなおった。

「ねえさん、おら、田子の浦で、この里のおきてをよく知らねえもんだから、おまえさまにとんだ迷惑をかけました。勘弁してもらいてえです」

「いいえ、あたしこそ、あたしこそ、ついうっかりしちまって」

「なあに、ねえさんにゃとがはねえ。おまえさまはおなごのことだから、殿さまも、まさか斬るとはいわなかろう。それでな――」

　内ぶところへ手を入れて、モジモジやりながら、やがてさっきの余りの切りもち二つ五十両、それを畳の上へおいた。一座の目が、おやというように、その思いがけない大金に吸いつけられる。

「ねえさん、この金、おまえさまにあげる」

「エッ――？　まあ、にいさん、そんな、そんな」

　浜次はびっくりして、おもわず、金と男の顔とを見くらべた。

「遠慮しねえでもいいだ。ねえさんはいい親ごさんや弟妹たちを持っていて、ほんとにしあわせ者だ。おら、うらやましい。だから、この金でな、一日も早くおとっつぁんの船を取りもどして、なろうこったら、おまえも、家へ帰ってやるがいい。小さい弟たちが、どんなによろこぶこったろう。みんなのうれしそうな顔が、おらには見えるようだ。どうか、みんなして仲よく働いてくだせえまし。なあに、みんなして働けば、貧乏神なんかすぐ逃げ出すとも。わかったかね、ねえさん。わかったら、さ、これ持って、今夜はもう殿さまに暇もらって、早く家へ帰ってあげるこった」

「だって、にいさん、おまえ――」

「いいや、おらのことはちっとも心配いらねえ。いいから早く立ちなさい」

「にいさん、じゃ、ほんとにこのお金、あたくしにくださるんですか」

どっちかといえば、まのびのした大きな顔だが、少しも邪気というものがなく、しみじみとしたものがあふれている。

「おら、うそはいわねえだ」

深い男のまなざしだった。

「いただきます。あたし」

うたれたように浜次はその金をとって、おもわず押しいただいた。しゃんとすわりなおして、心から感謝している。そんなふうに見える敬虔(けいけん)な姿だった。やがて、その金をもとのところへおいて、

「梅次ねえさん、すみませんけど、お酒を一杯ごちそうしてくださいな」

フフンと梅次はさげすむように鼻の先でわらって、そっぽを向いた。

が、いいも悪いもない。浜次はかってに杯洗の水をあけて、それへ自分でなみなみと酒をついだ。哀れとも見えたさっきまでのしおらしさは消えて、若々しいしなやかなからだいっぱいに、なんとなく激しい敵意がみなぎっている。これも芸のうちだろうか。両手で杯洗をとって、赤いくちびるをよせたかと見る間に、息もつかずにまことにあざやかな飲みっぷりであった。

「どうもごちそうさま」

あっけにとられている人々には目もくれず、からになった杯洗をそこへもどして一息——夢介はまたしてもポカンとしてしまった。

うそとまこと

「ねえ、そこの通人の若だんな」

浜次がぐんと顔をあげて目を据える。

「おまえさんは今、とんだいなか者をつれてきた、いい恥っさらし、この人は決して深いわけのある連れではないと、はっきりおっしゃいましたね」

「ああ、言いましたよ。それがどうしたというんでげす」

なにをこしゃくなといいたげな若だんなの顔だった。

「そのお供でもない、いい恥っさらしのいなか者に、おまえさんはなんでここの家の古い勘定まで五十両、黙って払わしたんです。ちゃんとここに証人のおたけねえさんがいる。おまえさんはさっき、ここのおかみさんに、若だんな、前のお勘定をいただかなければ、きょうは遊ばせませんよと談じこまれて、いや、紙入れは供の者にあずけてある、心配するなって、いってましたっけね。まあ、紙入れをあずけたのは、ほんとうにもしておきましょう。通人といわれる伊勢屋の若だんなが、自分で案内してきたはじめてのいなか者に、前の借金まで払わせる、そんなあくどいまねは、まさかしやあしない。それはいいとしても、たったきょうお友だちになったたって、友だちは友だちじゃありませんか。いなか者、恥っさらしと人をさげすむ口で、なんだってひと言、これはまだ江戸になれない人なんだからと、わびてやる気にはなれなかったんだ。そんなにおまえさん、人斬り包丁がこわいのかえ。男のくせに、ざまあ見やがれ、赤くなったり、青くなったり、七面鳥のできそこないめ。てめえこそ江戸っ子の恥っさらし、義理も人情もない外道じゃないか。文句があるなら言ってごらんよ」

いつの間にか肩、胸、腰がしどけなくくずれかかって、伝法といおうか、すてばちといおうか、にじを吐くようにはでなたんかだった。若だんなはそっぽを向いたり、タバコを吸ってみたり、黙殺というずるい態度に出たつもりだろうが、ソワソワといたたまらない様子がだれの目にも見えて、赤くなったり、青くなったり、けだし急所をついた痛い毒舌である。

「梅次ねえさん、おまえのいい人、悪くいって、ごめんなさいよ」

浜次はジロリとそっちへ目を向ける。年は梅次のほうが三つ四つ上だろうが、どっちもそれぞれひときわ他にまさる美貌といじと芸とがそなわって、おそらく日ごろからことごとに張りあっている仲なのだろう。

「先へあやまっておいて、ついでだから、ちょとお耳に入れときますがねえ、通人だっていなか者だって、いっしょにくれば同じお客じゃないか。お金がしぼれるから若だんなはたいせつにする。しぼれそうもない田子の浦なんか、たとえ斬られようと知ったことじゃない、それじゃいくら客をだますのがかぎょうの大新地の二枚証文だって、あんまり薄情すぎやしないかえ。だいいちお客さんをつかまえて、いけ恥ずかしい、顔から火が出るとは、なんという言いぐさ、聞いてるあたしのほうが、よっぽど顔から火が出そうだった。いいねえさん株のくせに、少しは考えて口をきかないと、せっかくのご器量がさがりますよ」

「フフフ、おまえこそ五十両拾って、急にのぼせあがったかえ。あんまりきれいな口をおききだと、あたし黙っちゃいないよ」

白い目をすえて、すさまじく逆襲に出ようとするのを、

「おっと、そのことならねえさんの口はかりない。しばらくおひけえなすってくださいましだ」

浜次はみごとにひっぽずし、クルリと旗本たちのほうへ向きなおった。

「ねえ、大膳さん、ごらんのとおりさ。あたしは寝がえりをうっちまった。悪く思わないでくださいよ。そのかわり、もらったこの五十両の半分は、おまえさんたちにわけてあげる。もうそんな人斬り包丁なんかしまって、おとなしく下へさがって待っておいでなさいよ」

「無、無礼なことを、こやつ」

口ではいったが、大膳はあきらかにめんくらったらしい。それをかくすように、いそいで、カッと目をむいた。

「およしなさいよ、あたしにそんなこわい顔をしたって、ほんとうにしやしない。ぐずぐずしていると、天下のお旗本さんといったところで、それもサルしばいだけど、

赤い顔をさせるのはちょっとおきのどく、だからことわったのさ。早く行かないと、あたしはにいさんに、みんなぶちまけてしまう」

「いかん、こやつは酒乱だ」

「ホホホ、こやつは酒乱。言われちゃたまらん怨敵（おんてき）退散、ひっこめひっこめ」

酒がからだじゅうの血をすっかりかもしてきたのだろう、ユラユラとえりもともひざ前もゆるんでみだれがちに、あやうく白い膚がこぼれんばかり。浜次はさんざんに悪たれて、グイと夢介のひざを両手でおさえつけた。燃えるような目である。

「にいさん、あたしはうれしい。あたしのうそっぱちをまにうけて、にいさんは泣いてくれた。あたしだって、そんないい親や兄弟がいてくれたらと、こんなすてばちな女でもたまには夢に描いてみることがあるんです。あの大の男が三人、不景気な顔をしているのを見ると、あたしが筋書きを書いてやろうかって。あたしはこんなすれっからしではねっかえりだから、お帳場でおかみさんの話を小耳にはさんでました。まさか、それがにいさんの自腹とは知らない。どうせ伊勢屋の通人ぶったのが、家から持ち出して女にまきあげられる金だ。少しゆすってやれと、それで、にいさんをだしにつかったんです」

「たまげたなあ、ふうん。うそだったんか、あれもこれも」

夢介はこんどこそほんとうにポカンとせざるをえなかった。かわいい顔をしていながら、これまたとんでもない白ギツネだったのであるか。

「ごめんなさい。にいさんをだますなんて、あたしはばちあたり」

「がっかりしちまった、おら、なんだか」

夢介はぼんやりとため息をつく。

「いや、がっかりしちゃいやだ。いい子になるから、あたし、ほんとにいい子になってみせるから。ね、にいさん、がっかりしないで」

激しく男のひざをゆすりながら、浜次の目から急に大粒の涙があふれたと見る間に、ワアッと子どものように大声をあげて泣きだして、いきなり首っ玉へむしゃぶりついてきた。

悪いひも

それからがまたたいへんだった。むろん、にせ旗本たちはいつの間にか消えていたし、若だんなも梅次もいたたまらず、とっくに姿をかくしている。座敷には女中のおたけと、おいてけぼりをくった芸者たちが三人、立つにも立てずといった顔で、寒そ

うに浜次の狂態をながめていた。それと気がついた浜次は、

「そうだ、今夜はにいさん、あたしがこの五十両で、にいさんをきっとおもしろく遊ばせてあげる」

その思いつきが自分でもうれしかったか、急にたあいもなくはしゃぎだして、おたけを軍師に、からだのあいてる芸者をかたっぱしから呼び集めた。十四、五人も集まったろうか、料理を出して、酒を出して、みんなで遊ぶ、ただしにいさんのよろこぶような隠し芸を出してくれという注文だ。ひととおり歌と踊りの表芸がすむと、物まね、声色（こわいろ）、茶番、さてはあんまの駆け落ち、こじきのお産などという珍芸が出だして、しだいに女たちも酔いはじめ、夢介を遊ばしているのか、自分たちがおもしろがっているのか、わからなくなってきた。

「おもしろい、にいさん？」

「ああ、おもしろいな」

「たまにはあたしたちのような雌ギツネだって、こうやって裸になって遊びたいんですよ。苦労なんか忘れちまって」

夢介は、ただニコニコと、もうさっきのあくどい事件などケロリと忘れているのんびりした顔つきである。

「うれしいわ、にいさんがそうやってよろこんでいてくれると」

浜次はいよいよ酔っぱらって、だれにも負けずにはしゃぎながらも、ときどき夢介の顔色を見にくるのだけは忘れない。そして、座がしらけないように、そうかといってあんまり乱れもしないように、それとなく神経を使っている。年は若いが、あれだけのしばいを平気でやってのけたあくたれ芸者、さすがにしっかりしたものだと、夢介はひそかに感心した。

「さあ、もうじゅうぶん遊ばしてもらいました。お礼におらが箱根の雲助歌をうたって、お開きにしてもれえましょう」

夢介も酔ったのだ——めでためでたの若松さまよ、枝もしげれば葉もしげる。少しぶっきらぼうだが、がらだけに幅のある声だった。ひなびた哀調が、かえってこういう粋をきそう里ではもの珍しい。おんなたちがやんやとよろこんで、みんなで玄関まで見送ってくれた。

「では、おやすみなせえまし」

「お近いうちに、またどうぞ」口々に心から親しみをこめて送ってくれるのへ会釈して、玄関を出ようとすると、

「にいさん、待って。そこまであたし、送ってあげる」

なんとなく歯をくいしばっていた浜次が、いきなりつまをとるなり、はだしでフラフラ飛びおりてきた。

「あぶねえから、おまえさま酔っているし」

「あぶなかありません」

そのくせ、腰がさだまらず、ころびそうになるのを、それ、あぶねえと腕をかかえこむように助けて、暗い外へ出た。ふけて、もう宵の口ほどのさわぎはないが、一晩じゅう酔客美妓の送りむかえ、流し芸人、地回り、使い走りなど紅灯のかげに人通りはたえない色まちであった。今晩は、あら、浜次さん、いいごきげんなどと、酔態さだまりなく男にぶらさがり、夜目にも白いはだしを見て、笑いながら声をかけていく妓もある。

「それじゃ足が冷たかろう」

「いいんです。子どものとき、年じゅうはだしでした。あたし漁師の娘だもの」

「シジミも売ったかね」

酔っているから、夢介もつい口が軽い。

「知らない、いじわる」

もつれあいながら裏通りへ出て、大戸はおりているがやお屋のかど、そこをはいった路地の奥があたしの家だ、ちょっと寄っていってくれと、浜次がだだっ子のように腕をつかんで放さない。その前へ、暗い路地口からヌッと出てきて立ちはだかった男がある。

手ぬぐいをぬすっとかぶりにして、前のあわないこいきな着流しに、前むすびの細帯、右手をふところへ入れながら、こっちをのぞくように身構えたのは、あいくちに手をかけているのだろう。

「浜次――浜次だな、おまえは」

「だれさ、おまえは」

浜次は恐れげもなく、男の胸にすがったまま、フラフラと目をさだめていたが、

「ああ、梅次さんの七さん、なにかご用？」

「てめえ、よくも今夜、五明楼で梅次に、あか恥をかかしてくれた。礼をいうぜ」

「おやまあ、それはわざわざ、このお忙しいのに」

「ふざけるねえ。そのやろうは、あの時の田子の浦だな」

「そうですよ。あたしのたいせつなおにいさん」

「ついでに、つらへ焼きをいれて、礼にしてやるから、そう思え」

「ふうんだ、男のくせにいろ女の仕返し、梅次さんが梅次さんなら、おまえもよっぽ

ど二本棒、当節は深川の船頭悪七も、たいそうなりさがったものだねえ」

あぶないと、夢介は浜次をとっさにうしろへかばった。悪七があいくちをぬいたのだ。

「か、かんべんしてくだせえ。このねえさんは、酔っているで」

「なにをぬかしやがる」

「いけねえ、おまえさま。おなごのいうこと、本気にして――かんべんしてくだせえってば」

「くそ、てめえもいっしょだ」

いまにも猛然と飛びこんできそうな意気ごみなので、女を背に夢介は油断なくジリジリと軒下のほうへさがりながら、なんとかけんかはしたくない、と思った。ふと手にふれたのは、車をはずして、はめ板に立てかけてあるやお屋の荷車である。無意識にこれをつかむなり、

「待ってくだせえ、おまえさま。おなごに、乱暴しちゃなんねえ」

まるで軽い板きれでも扱うように、ヒョイと前へ突き出してたてにとった。ちょうど車の長さだけの距離ができて、

「アッ、このやろう、なにをしやがる」

相手は夢中で向けられた車のしりをあいた片手でつかみ、グイと押しかえしたが、びくともしない。逆に、おらけんかはいやだ、かんべんしてくだせえ、往来のほうへ押しかえしながら、その強力に思わず前のめりになった悪七のからだを、すくうようにひっかけ、アッという間に宙へつるしあげた。悪七ははしご乗りといった格好で、あぶねえ、このやろうと、車へしがみつき、はじめてその途方もない男の力に青くなったようだ。

「かんべんしてくだせえ、おまえさま」

夢介は悪七が宙乗りをして、手も、足も出ないでいる車を、そっともとのところへ持っていって立てかけるなり、

「さあ、いまの間に逃げるだ」

これもびっくりしている浜次を、片手でむぞうさに胸へ抱きあげ、いちもくさんに暗い路地の中へ逃げこんだのである。

やきもち

翌朝、夢介はまだ日の出前に、ぼんやりと馬喰町三丁目の井筒屋へ帰ってきた。あ

れから、浜次を家へ送っていって、くどきゃしない、あたしのにいさんになって、どうしても今夜は泊まっていってくれと、だだをこねてきかない酔っぱらいを、やっとふとんの中へおしこみ、表へ飛び出したまではいいが、はじめての土地で方角がわからない。どこをどう歩きまわったものか、とうとう途中で夜が明けてしまった。

あねごはまだ眠っているだろうからと、しのぶようにそっとふすまをあけたが、いけない、ちゃんとまくらもとの火ばちの前へすわって、つんと横を向きながら、タバコを吸って、鉄ビンには湯がたぎっているし、寝床は宵にしいたままらしい。つまり、夜っぴて夢介の帰りを待っていたという姿だ。

「ただいまけえりました」

すぐにグッスリと一眠りしたかったのだが、どうもしかたがない。夢介はあいさつをして、モッソリと、火ばちの前へすわった。お銀は返事もしないのだ。そのいじの強い横顔をながめながら——はあてな、こりゃ、ほんとうにきれいな女だったと、今さら目をみはった。深川でたくさんの芸者を見てきたばかりだが、中でも梅次と浜次が立ちまさって見えた。こうしていまお銀をながめていると、ふっくらとした面だち、女盛りの肉づきしなやかに、顔も姿もこのほうが格段に美人なのである。夢介は別に器量好みではないが、上には上があるもんだと感心し、これが、肩書きつきのあねごでさえなければなあと、またしても考えさせられる。

「夢さん、おまえ、そんなにもあたしがきらいなの」

そのお銀がキセルをおいて、ふっとこっちを向いた。意外にも目にいっぱい涙をためている。

「たまげているんだよ、おら」

「――？」

「あねごさん、辰巳の羽織りってのを知ってるかね。着る羽織りではない。深川の芸者のことだ。おら、人にさそわれて、ゆうべはそこへ道楽に行ってみたが、みんなきれいな羽織りだと、そのときは見とれていた。けれど、帰ってきて、あねごさんを見ると、どうして、やっぱりあねごさんのほうがよっぽどいい。向こうがもめんの羽織りなら、あねごさんは羽二重かな。おせじではねえです」

ニッコリわらっている男の、太平楽の顔を見ているうちに、お銀はカッとなってきた。ゆうべからさんざん待たされて、さては捨てられたのかと、あんなに気をもまされた悲しさ、腹だたしさ、もうがまんができない。

「くやしいッ」

思わずひざをひざへのりあげるように胸ぐらをとって、むちゃくちゃにこづきまわしていた。なんとまたその胸の、びくともしないガッシリとたくましい分厚さなのだろう。

「さ、おいいなさい、ゆうべ、あんたの相手に出た妓はだれ？　どこの、なんて芸者なの、おいいなさいってば」

「おらの相手かね。さあ、みんなで芸者は十四、五人もきたかな」

「おとぼけでない。その中でたったひとり、けさまでふたりっきりになった妓がいる。さ、おいいなさい、その妓の名を」

目の色も顔の色もかわっている。ああ、やきもちかと気がついて、これが玉にきずではあるが、その心根を思うと、やっぱりかわいそうになる。

「あねごさん、勘ちがいしちゃ困りますだ。おら、ただ羽織りを見てきただけで、泊まりはしねえ。九つ（十二時）前に大新地の五明楼というのを出たが、江戸はなれねえから、酔ってはいたし、帰る道がわからなくて、けさになった。それだけのこった。それでもいけねえかね」

「ようござんす。あたし、これから五明楼へ行って、ちゃんときいてきますからね。あたしももとはあの土地の女だったんだもの、いまだって友だちはたくさん残っている。だまされやしませんからね」

「へえ、あねごさんがあすこの羽織り、こりゃ初耳だ。やっぱり悪いひもがついていたかね」

「なんですって」

「あすこの羽織りには、たいてい悪いひもがついている。気をつけろって、おかみさんがいっていた。こんどはおらがやきもちやかしてもらう番かな」

「バカばっかし」

ほれた弱味で、お銀にはとてもおこりきれない。

「なんだってまた、それならそれで、かごをひろってこないんです。帰る道もわからないくせに、一晩じゅう歩いている人がありますか。だいいち、そのさそった人が気がきかないじゃありませんか」

どうやらきげんがなおったらしいので、夢介はホッとしながら、思わずあくびを一つすると、

「夢さん、あくびなんかしたって、きょうは寝かしやしませんからね。きのうあたしは一軒いい家を見つけて、ちゃんと約束をしてきました。ひっこしをするんです。だれが寝かしてなんかやるもんですか」

お銀はとどめをさすようにピシリと一本きめつけて美しくにらみつけるのであっ

た。

第四話　ちんぴらオオカミ

新所帯

お銀はのぞみどおり、夢介と一軒家を持った。

新シ橋の北詰、通称向柳原といわれる神田佐久間町四丁目で、小あきんどが軒をならべる裏通りから、魚辰というさかな屋のかどを横丁へはいった三軒目、もとは蔵前の大番頭のめかけが住んでいたとかで、下が四間、二階が八畳一間、黒板べいをめぐらして門に見越しの松がのぞいているという、おあつらえむきのしゃれた構えだ。

「どうお、いい家でしょう」

お銀はすっかり気に入ってしまって、ひとりでよろこんでいる。なにしろ、新所帯だから、ひととおり必要な道具をそろえるだけでも、なかなか金と暇がかかる。お銀はばあやをひとり雇って、毎日買いあつめるのに当座は夢中だった。

　水もしたたる大まるまげにうす化粧、少し顔はきついが、ちょっと類のない器量の女がばあやをつれて買い物に出て、帰りには、きっとばあやが大きなふろしきづつみを持ち、あとからタンス、長火ばち、鏡台などというしかも豪華な新しい道具が車でつく。いったい、あれは何様のおめかけだろうと、近所の評判にならずにはいなかった。が、そのあとが悪い。ばあやと、恐ろしくがんじょうそうな下男まで用心棒についていると、ふしぎがるのだ。あいかわらずのもめん物で、からだこそ大きいが、ノッソリといなか者まる出しの夢介は、とうていお銀の亭主には見られないらしい。

　世間のやつらの目は、なんて節穴なんだろう。しゃくにさわるねと、お銀はおもしろくなかった。で、かどの魚辰の若衆が、はじめて、台所へ盤台をかつぎこんで、ご用聞きにきたとき、

「ばあや、ちょっとうちの人に、すいませんが、おさかなを見てください、おいしそうなマグロがあるんですけどって、だんなを呼んできて」

　お銀は特に、うちの人とだんなに力をいれていいつけた。ノッソリ出てきた夢介は、

「あねごさん、おら百姓だから、さかなはよくわからねえがね」

と、頭からやった。お銀が、うらめしそうににらみつけたが、もうまにあわない。

以来近所では、あねごのおかみさん、あねごのおかみさんの家でとおってしまった。

しかし、あの田吾作だんなにはもったいない女だなと、それでも夢介はだんならしいということになったが、お銀はまだ不平で、

「あたしがどんなだんなを持とうと、大きなお世話じゃないか。ねえ、ばあや。人間の値うちなんか、なりふりできめられはしない」

せめて、ばあやをつかまえて、うっぷんをもらしているのだった。

が、不平といえば、お銀には人知れず、もっと根本的な大きなはんもんがあった。

それは、毎晩ちゃんと奥の離れへ床を並べて寝て、ばあやでさえ夫婦として少しも疑わない仲なのだが、夢介はあいかわらずいっこう本当のおかみさんにしてくれないことである。せっかく一軒家を持っても、これでは全く意味がない。お銀は念入りに寝化粧を濃くして、友禅の長ジュバンにきかえ、ときにはなにげなく思い出したというふうに、その姿のままくらもとへすわりこんで話しかけたりしてみるのだが、夢介の寝つきのいいのにはまた無類で、二つ三つ返事をしたかと思うと、たちまち大いびきをきかされてしまう。

「まるで、あたしは毎晩いびきの番をしてるみたい」

あねごは心からため息が出た。昔のおらんだお銀なら、黙って色じかけに出る手くだも度胸も持っていたのだが、今はそんなあばずれたまねをして、もしあいそをつかされたらどうしよう、それが本気で心配になる弱い女にされてしまった。こんなはずじゃなかった。あたしはこののろすけを、いじで色ガキにおとして、途中でヒラリとからだをかわし、追いすがってくるやつを、ざまあ見やがれとわらってやるつもりだったのに、すっかりあべこべになってしまったと、しみじみ情けなくなるときがあるが、自分で自分の心を、どうしようもないこのごろのお銀なのである。

「でも、まんざらきらわれていることもないようだから」

いやなものなら、一つ屋根の下に、こうして毎晩まくらをならべて寝るはずはないと、それがいつかはうれしい日が期待のもてるせめてものたのみの綱で、また毎日の生きがいでもあった。

ひっこして五日め、夢介は朝から、ちょっと出てくるといって、ひとりで出かけていった。出ればきっと、なにかまぬけな失敗をしてくる男、一つにはそれが心配で、絶対にひとりで出したくないのだが、ばあやという他人の目があるてまえ、あんまりあけすけにやきもちもやきかねる。

「夢さん、あたしはお嫁だから、しかたなくがまんして留守番をするんですからね、きょうは深川へ羽織りなんか着に行くとしょうちしないから」

出がけにそっと胸ぐらをとってやると、

「羽織りなんか着るより、おらにはあねごさんの友禅の長ジュバンのほうがきれいでいい」

「しらない、毎晩いびきばかり聞かしているくせに」

お銀はつい顔を赤くさせられて、夢介を送り出してからも、やっぱりちゃんと知っていてくれるのだと、しばらくたのしい胸のときめきが、おさまらなかった。

女客

その昼すこしすぎである。

「ごめんくださいまし」

江戸にはまだ知人というものがないので、だれもたずねてくるはずはない玄関へ、はじめてなまめかしい女の声がおとずれた。あいにく、ばあやは近所へ使いに出たあとなので、お銀は自分で立っていって、思わずおやと目を見はった。年ごろ十八、九、どうやら一目で深川あたりの芸者とわかるあだっぽい女が、これもお銀を見て意外だったらしく、びっくりした目を、いきいきとまともに見つめている。それはまず、お互いにどっちのほうが美人だろうと、内心ひそかに相手のアラをさぐりあう、といったふうなにらみあいだった。

「どなたです」

この妓は少しはすっぱだ。それに、きめもあたしより荒くて、そばかすがある。お銀はたちまち自信ができたので、落ち着いて声をかけた。

「あたし、深川のお浜って者ですけど、こちらは夢介さんのお宅ですね」

「そうですよ」

「夢介さんおいでになるでしょうか。このあいだ五明楼で、五十両いただいた浜次だといっていただけばよくご存じなんですけど」

お銀はギクリとした。五十両なんて大金を、ただの女にやるはずはない。ちくしょう、あたしはやっぱりだまされていたのかしらと、現在その女が目の前にいるだけに、猛烈なやきもちがこみあげてきた。それをあやうく自制したのは、相手のほうが年が若い、かりそめにも自分はここのおかみさんだ、おかみさんらしくふるまわなくてはならないという自尊心があったからだった。

「あいにく、うちの人はいま出かけて留守なんですよ」

「あら、じゃ、やっぱりあなたは、夢介さんのおかみさんですか」

世にもがっかりしたような、お浜の顔である。ざまあ見やがれと思い、しかし、やっぱりおかみさんですか、とは、なんて言いぐさをするあつかましい女だろうと、腹にすえかね、

「どうしてなんです」

「あたし、あの、がっかりしちまいました。ごめんなさい、おかみさん。あたし、このあいだの晩、酔っぱらって、夢介さんに、抱いてもらったり、寝せつけてもらったり、さんざんだだをこねちまって」

お浜はおかまいなしにのろけながら、うっとりとした目を伏せるのだ。お銀はクラクラ目まいがしそうになって、あの男がそんなことを、どうしよう、もう生かしちゃおかない、ふたりともと、その時はたしかにおらんだお銀の本性にかえっていた。

「あたしねえ、おかみさん、はじめはあの人、あんないなか者でしょう、だから、あんなにいさんがほしい、親切で、やさしくて――でも、いい人にするには、なんだか土くさくて、そう思ったんです。そのうちに、一日たち、二日たち、ずいぶん考えたんですけど、にいさんじゃやっぱりもの足らない、土くさくたって、いなか者だって、かまうもんか、あんな人のおかみさんになってみたい、少しもの好きかしれない

けど、あののろまのところが、考えれば考えるほど好きになっちまって、どうしてあの晩、ほんとうに、おかみさんになっておかなかったんだろうと、それがくやしい」

「おや、じゃおまえさん、まだ別に膚は――」

「それだと、どんなにうれしいかしれないいんですけど、ここにこんなきれいなおかみさんがいたんでは、にいさんがあんなにあっさりしてるの、やっと今わかりました。なんだか、あたし、急にふぬけになっちまったようでごめんなさい」

お浜はほんとうにくずれるように、玄関先へ腰かけてしまった。ああよかったと、なによりそれを安心すると、ざまあみやがれと、またしても優越を感じ、それにしてもこの妓は、若いのになんというおくめんなしのおきゃんなんだろうと、さすがのあねごも、いささかあおられた形だ。

「おまえさん、少し失礼じゃないかえ。ひとのたいせつな亭主をつかまえて、土くさいの、のろまのと」

「だって、あたし、そこがとても好きなんです。もう一度だけでいいから、酔っぱらって、あのにいさんの大きな胸に抱かれて、あまったれてみたい――ねえさん、にいさんはとてもねえさんに親切なんでしょうね」

「ホホホ、そりゃ、おまえさん夫婦ですもの」

大いに得意であったが、もしこれがいびきの番人でなかったならばなあと、その点相手とあまり変わりのない自分が、内心情けない。

「あたし、ねえさんをちょいと殺しちまいたくなったな」

「そんなに、おまえさん、あの人にのぼせあがってしまったのかねえ。あんな人のおかみさんになるのは、あたしのようなもの好きばかりと思っていたのに」

「そうはいきません。なんなら、ねえさん、あたしににいさんを譲ってくれないかしら。あたし、とてもたいせつにしてみせるけど」

これはまた、ひとの家の玄関にすわりこんで、どこまでものほうずな女にできているのか、お銀は全くあきれてしまった。

せっしゃの大金

そのころ――。
家の玄関で女ふたりが、奇妙なにらみあいをやっているとは知らず、夢介はのんびりと両国横山町(よこやまちょう)の表通りを、家のほうへ帰りかけていた。けさはまた、芝露月町の伊勢屋へ、二度めの百両を取りに行ってきた帰りである。

伊勢屋では、がんこ者の総兵衛は夢介をけぎらいしてあわず、おかみさんが出てきて百両わたしてくれたが、五日で百両は少しつかいすぎますね、やっぱり深川のほうへおかよいですかと、心配そうな顔をしていた。

「総太郎さんも羽織りでごぜえますか」

念のためにきいてみると、

「ええ、なんですか、夢介さんが、もう少しなれるまでつきあってくれというからと、そんなことを申して——ご承知のとおり、主人はああいう堅人ですし、夢介さんはまだひとりでは遊べないんですからねえ、せめて、家をあけるのだけは、やめさせていただくといいんですけれど」

ことばはおだやかだが、その底に心配と迷惑がこもって、うらみごとめいてくるのは争われない。総太郎はここでも自分をだしに使って、人のいいおふくろさまから、そっと金を引き出しているのではあるまいか。夢介は、びっくりした。が、ほんとうのことをいえば、よけいこのかわいそうなおふくろさまが心配するだろう。

「すみませんでごぜえました。おら、きょうからは決してもう深川へは行きません。こんどからは、まちがわねえでくだせえまし」

堅く誓いながら、一方では、念をおすようなことをいって、逃げるように伊勢屋を辞した。その足で、よっぽど深川へまわり、総太郎をさがし出して意見してやろうと思ったが、どうも自分のいうことなどききそうもない若だんなである。重い気持ちで、足は自然と家のほうへ向いているのだ。

家といえば、家のことは、すっかりお銀の好きにまかせて、なんにも口出しはしないことにしているが、とにかく相手はすごい肩書きのあるあねごである。それを一軒かりて、当分はいっしょに住むはめになったのだから、誤解のないよう、一応は八丁堀のだんなの耳にいれておくほうがいいかもしれぬ、そんなことを考えながら、ぼんやり歩いていると――横山町はすぐ目の前に両国広小路をひかえていて、いつもにぎやかな人通りだ。その人波が妙にゆれて、そこだけ二つに分かれたと見る間に、小さなつむじ風のように走ってきた男が、いきなりドスンと胸へ突きあたってきた。小さいと見たのは、まだ十四、五の小柄な小僧だったからで、

「あぶねえな、おまえさま」

夢介は思わずその肩を両手で押えつけていた。よければよけられる。が、よければ小僧のからだが前につんのめっていきそうだからである。ところが、意外だった。

「なにしやがる、まぬけめ、放さねえのか。放せってば、こんちくしょう」

小僧はオオカミのような目をむいてわめき、もがき、両手をふりまわして、なぐり

かかろうとさえする。が、夢介の力だから、つかまれた肩はくぎ抜きにはさまれたようなもので、びくともしない。夢介は夢介で、このめちゃくちゃにあばれまわる小さなオオカミを、つかみはつかんだが、ポカンとあきれてながめているのだ。そこへ駆けつけてきた国侍とも見えるふたりづれ、

「やあ、下郎よくつかまえた。その小僧をわたしてくれ、たたっ斬ってやる」

ひとりが血相をかえて刀のつかへ手をかけたのである。

「とんでもない、お武家さま。まあ、待ってくだせえまし」

夢介は二度びっくりして小僧をうしろへかばう。

「とんでもなくはない。とんでもないのはその小僧だ。ふらちにも、せっしゃの大金をすりおって、勘弁まかりならん」

「大金を？　――ほんとうでごぜえますか、そりゃ」

「武士がいつわりを申すか。せっしゃが、ろくろっ首の絵看板を――アッ、逃げた。大金が、大金を、こら、待て」

「まあ、待ってくだせえまし」

逃がしたわけではないが、うっかり手がゆるんだすきに、むろんあたりはもういっぱいの人だかりだ。その人ごみの中へ、オオカミ少年はパッともぐりこんでいく。あ

わてて追おうとする国侍の前へ、夢介はとっさに大手をひろげていた。

「おわび、おらが、小僧にかわって、おわび」

「だめだ、逃げた。うぬ、せっしゃの大金を」

「お武家さま、落ち着いてくだせえまし」

「黙れ、けしからんやつだ。ウヌッ」

腹だちまぎれに、武士の張り手がいきなり夢介の大きな横っつらへ飛んだ。

「いくら、いくらでごぜえましょう、その大金というのは」

なぐられながらも、夢介は必死である。

「三両二分と二朱。きさまのために、国への江戸みやげが、くそ、子どもと家内が」

「いいえ、おらがきっと、お立てかえ、子どもと家内、いいえ、ご家内さまへ、お立てかえ」

いそいでふところへ手を入れた夢介は、紙入れをつかみ出して、おやと思った。自分のものとはまるっきり違う大きな皮ざいふである。

「アッ、せっしゃの大金――さては、きさま、あの小僧とグルだったのだな。許さん、こやつ」

そのさいふをひったくるのと、胸ぐらをつかむのと同時。近藤、自身番はないか、自身番は、と国侍は狂喜するような格好で、連れへ大声でわめきたてた。やじうまがゲラゲラわらっている。

いいがかり

夢介はなんと言いわけをしても、国侍たちはきかない。ネコにつかまえられたネズミというあわれな姿で、夢介はえりがみをとられ、横山町の自身番へひったてられることになった。やじうまどもが、おもしろがってゾロゾロついてくる。

番屋にはおりよく、顔見知りの定町回り市村忠兵衛が立ちよっていて、町年寄り、名主などの連中と雑談をしているところであった。

「なるほど。つまり、三両二分と二朱の大金がはいっている皮ざいふが、この者のふところから出た。よって、この者はきんちゃく切り小僧の仲間に違いない。かように申されるのだな」

「さようでござる。そのうえ、ふらち千万にもこやつは、その小僧をわざと逃がしおったのだ」

「よくあいわかった。八丁堀同心市村忠兵衛、しかとこの者をおあずかり申す。あなたがたもこれに懲りて、あまりろくろっ首娘の絵看板なぞに目をひかれんよう、気をつけてお引き取りなさい」

「ご忠言、千万かたじけない」

国侍ふたりは、意気揚々と引きあげていった。

「どうした、色男。おまえまた、だいぶひっぱたかれたようだな、ほっぺたがまっかだぜ」

あとで忠兵衛はグッとくだけながら、みじめな夢介にわらいかけた。

「へえ、二つ三つ」

「よくひっぱたかれる色男だ。お銀が聞いたら、さぞまたくやしがることだろう」

「ああ、そのことにつきまして、お届けしようと思っていたところでごぜえますが、こんだ一軒かりましたでごぜえます」

「知っているよ。向柳原の、ありゃちょっとおつな家だ」

「へえ」

夢介はおどろいて、だんなの顔を見上げた。

「で、どうなんだ、あのほうはまだおあずけか」

「へえ、寝化粧したり、長ジュバン着たり、おらも若いから、ときどきは心から困ることがあるです」

「アハハハ、負け惜しみがなくていいな。遠慮しないで、なにも人助けだ、かわいがってやったらどうだ」

「まだいけねえようです。ひどいやきもちやきで、そんな仲になったら、うっかりほかの女と口きいても、おら、ほんとに寝首かかれるかもしれねえです」

「なるほどな。そうかもしれないな。しかし、いまおまえが突っ放すと、またぐれる。それもかわいそうだ」

「いいえ、ぐれねえように、それだけはかわいがってやるつもりでごぜえます」

「まあ、そうしてやることだな。鬼女の深情けとでもいうか、とんだ命がけだ。命がけといやあ、おまえは一つ目のごぜんとかいうしろものの一味にだいぶ恨まれている。知っているか」

「知らねえです」

これは初耳だ。駒形のドジョウ屋の武勇伝を思い出すと、夢介はいまでも顔が赤くなる。それにしても、さすがになんでもよく知っている八丁堀のだんなだ。

「別に恐れることもなかろうが、まあ、気をつけるにこしたことはない」

「ありがとうごぜえます」

ただそれっきりで、だんなは忘れたようにきんちゃく切りの件にはひと言もふれなかった。そして、町年寄りたちのふしぎがっている顔は無視して、別れぎわに、用があったらいつでもたずねてこいと、きょうも親切にいってくれた。いいだんなだな、あんなものわかりのいい人と話していると、心がたのしくなる。夢介は軽い気持ちになって、両国広小路を横切り、浅草橋へかかろうとした。

「おい、あんちゃん。――いなかのあんちゃん」

ふとうしろから呼ぶ者がある。さっきのオオカミ小僧だった。

「やあ、おまえさんか」

のんびりと笑いかけるのへ、小僧はあいかわらずオオカミのような目を光らして、ちょいと顔をかしてくんなと、おとなぶった口をきく。おでこで、鼻が平べったく、もし笑ったらはなはだあいきょうのある顔になるだろうが、自分がせいぜいすごがって、せいかんそうなからだつきまで、相当の小悪党になりきっている。

「あんちゃん、さっき、おめえのふところへあずけといたさいふ、けえしてくんな」

人通りのない郡代屋敷の裏へつれこんで、オオカミ小僧はグイと夢介の顔を見あげた。ちんぴらのくせに、頭から相手をのんでかかった不敵なつらがまえである。

「あれはさっき、お武家さんにかえしたよ」

「おめえ、だれにことわって、そんなよけいなまねをしたんだ」

「けど、ありゃもともとあのお武家さんのさいふじゃないのかね」

「ふざけるねえ。だれのものだって、一度すってしまやおれのものだ。すりは職だぞ、ぬすっとじゃねえや。そのおれのものを、てめえはなんだって、あのサンピンに黙ってけえしやがったんだ。承知できねえ。さ、ちゃんともとのとおりにしてここへ出せ」

　全く理屈もなにもない無知の暴言だが、それより、おとなをおとなくさくさくも思わず、まかりまちがえばあいくちを相手のからだへたたっこもうと、ふところへ右手をいれて構えているどうもうさ、夢介はなんとなく身内が寒くなった。

「困ったな」

「困ることはねえじゃねえか。あんちゃん。おまえの胴巻きにゃ百両はいっている。半分よこせとはいわねえ。さっきのさいふのかわりに、三十両出しな。それで負けておこう。いやか、おうか。早くしねえと、おめえのためにならねえぜ」

　職を自慢するだけあって、こっちの胴巻きの中まで見抜いている。

「しようがない。じゃ、小僧さん、三十両出すよ。そのかわり、ちょっと家へよってくれねえかね」

「なにをぬかしやがる、そんないなか者の甘い手になんかのるもんか」

「いいや、おらはまだ、こう見えても、人をだましたりしたことはねえ男だ。あんまりおまえさんが、子どものくせに度胸がいい、おら、その度胸の話をききてえと思ってね。お礼にゃなんでも好きなもの、うんとごちそうするがねえ」

「よし、それじゃここで三十両出しねえ。そしたら、行ってやる気になるかもしれねえや」

そんな抜けめのないことをいう。

おどろいたことには、夢介がいうなり三十両、小判でわたしてやるとオオカミ小僧はすぐかたわらの大きな松の木を見あげておいて、おい、もういいぜ、と声をかけた。とたんに、その茂った太い枝から、十二、三と十ばかりのきたない小僧がふたり、じゃ、あにき、おりてもいいのかと、サルのように身軽に飛びおりてきた。小さいほうは手製の吹き矢を持っているし、上のほうのはふところいっぱいに用意していたつぶてをつかんでは捨てている。ちゃんと伏勢がかくしてあったのだ。舌をまかざるをえない。

「おい、おめえたちに、そら、一両ずつやるぜ。それから、このあんちゃんが、家へこい、なんでも好きなものをおごってやる、とおっしゃるんだ、おめえたち行くか」

「行くよ、三太あにい。おいらはウナギどんぶりが三つばかりごちそうになりたいね」

小さいほうが、すっかりあかによごれているが、無邪気な顔をしていった。

「おいらは、三太あにいが行けば行く」

大きいほうはお人よしで、オオカミ小僧のいうなりしだいらしい。

大やきもち

途中、オオカミ小僧は三太、次は松公、いちばん下は新坊というのだと、名まえだけはわかった。が、親のあるものやら、ないものやら、家はどこで、どうして三人がいっしょに組むようになったものやら、そんなまじめなことを聞けば、たちまちはぐらかされそうで、夢介にはまだ、こういう小僧たちの気心が全くわからない。だから、用心して、途中ではあたりさわりのない食物の話しかしなかった。なにが好きだとか、おらは、いなか者だから、駒形のドジョウが、いちばんうまかったとか、ほんとにウナギどんぶりが三つも食えるかとか、それさえ相手になるのは、無邪気な新坊だけで、オオカミの三太はフフンと鼻の先でいじ悪く冷笑しているし、松公はうっかり話にのってきそうになりながら、そのたびに、オオカミ小僧の顔色をうかがって、ハッとしたように口をつぐんでしまう。

なんとかして、まずこの小僧たちが、安心して口のきけるようにしてやることだ。

夢介はそれをあれこれと考えながら、柳原から新シ橋をわたり、向柳原のいわゆるおつな構えの家まで小僧たちをひっぱってきた。

「さあ、みんな、ここがおらの家だ」

くぐりから三人を案内して、自分が先に玄関のこうしをあけ、

「おうい、おかみさん、いま帰ったよ」

子どもたちに聞かせるために、夢介にしては珍しく、あねごをおかみさんと呼び、わざとおどけた声を奥へかけた。

が、いけない。きょうのお銀はすっかり常軌を逸していたのだ。

「夢さん、あたしはくやしい」

走り出てくるなり、目をつりあげて、いきなり、男の胸ぐらを取ったのである。

「このあいだ、あんたは深川へ行って、さんざん恥をかかされたんですってね。相手は露月町の若だんなとかいうスットコドッコイと、梅次とかいう芸者だっていうことじゃありませんか。なんだって、おまえさん、そんなやつらにバカにされて、五十両

の勘定まで払ったんですよ」

「待ってくれ、あねごさん」

「お聞きなさいってば。あたしは金なんか惜しくない。けど、田吾作だの、恥しらずだのと、ひとのたいせつな男を、満座の中で、それがくやしい。きょう浜次って妓がたずねてきました。あんたは、あんたって人は、あんな妓に、のせられて、シジミ売りの話なんかをまにうけて、また五十両、おまけに、あの妓を抱いたり寝かしつけたり、あたしはくやしい」

「もういいよ、きょう、きょう、きょうは――」

「よかありません。なにが、きょうはです。あたしは承知しない。あんたがあんまりのろまだから、あたしまでバカにされるんです。あの妓がきょうきて、なんといったと思います。にいさんだけじゃがまんできない、がっかりしちまったから、おかみさんになりたい。それもこれもみんなあんたがのろまで――あんな妓に五十両だましとられて、そのうえ、抱いたり、寝かしたり、あんたは、あんたは、いつそんな親切をあたしに。くやしい、あたしにいびきの番ばかしさせて」

「やめないか、あねごさん」

夢介は、すっかりもてあまして――こんなことはまた珍しい。まるでお銀は気でも違ったように泣いてしゃべりつづけ、こづきまわし、むしゃぶりつき、とめどがないのだ。

いかにのんびりしている夢介でも、そこまで口走られては、子どもたちのてまえ、顔を赤くせずにはいられない。

「お客さまが、あねご、お客さまがあるんだ。みっともない。お客さまがわらうでねえか」

しっかりと押えつけて、耳もとへささやいてやると、

「エッ、お客さまが――」

さすがに、お銀もギクリとして、はじめて玄関へ目をやった。奇妙な小僧が三人立って、おもしろそうにこっちを見てわらっている。

「まあ――」

「いいよ、おかみさん、もっとやれよ。おもしろいや」

うれしそうに声をかけたのは、オオカミ小僧の三太である。

「アハハハ、そのあんちゃんは、全くのろまだぜ。さっきも横山町で、いなか者のサンピンに横っつらをなぐられたんだ。おまけに、おれにおどかされて、三十両とられて、ごちそうしてやるから家へこいといったぜ。こんな人のいいあんちゃんは珍しい

や。もっとおこってやれよ、おかみさん」

　その人をくったようなちんぴらのつらがまえ、言いぐさに、一度は顔を赤くしたお銀だが、急にムカッとして、

「なんだって、もう一度いってごらん、承知しないから」

「いけない、あねごさん、お客さんにむかって、おらのたいせつなお客さん」

　夢介がおどろいて取りなそうとしたが、まにあわなかった。

「何度でもいうぜ。そのあんちゃんは、お人よしだというのさ。かかあにこづきまわされて、あねごさんあねごさんとあやまってやがら。そのまたかかあが、いい女のくせに、やきもちやきで、泣いたりひっかいたり——おもしろかったなあ、みんな」

「うん。けど、おいらはやきもちより、ウナギどんぶりのほうがいいな」

　新坊はつまらなそうに吹き矢をいじりながらいう。

「だめだよ。ここんちはかかあ天下だから、やきもちしか出ねえとよ。さあ、行こうや。ウナギどんぶりはおれがおごってやらあ」

　オオカミ小僧が先立ちで、ゾロゾロと三人、くぐりから出ていく。

「ちくしょう、ちんぴらのくせに、おとなを小バカにするなんて」

　飛び出していきかねまじきお銀を抱きとめて、夢介はなんとも悲しい気持ちだっ

た。せっかく、あの不幸な小僧たちに、うんとごちそうして、よろこばしてやりたい、できれば世をひがんで曲がった悪の芽を、あたたかい心でつつんで、こんな世界もあるんだと教えてやりたかったのに、きょうのお銀はおとなげなく、めちゃくちゃにぶちこわしてしまった。どうにも、あきらめきれない。

「あねご、おらのお客さまそまつにすると、ほんとにお嫁にしねえぞ」

グイと、からだをこっちへ向かせ、のぞきこんだ目に、真剣な深い光があふれて、エッと、思わずたじろぐお銀の耳へ、

「もっとやさしい心になれ。おらは、器量より、心のやさしい女が好きだ」

キッパリとささやいた。そして、急に押しのけ、玄関からはだしで飛びおりる。ふりかえって、

「もう一度、お客さまを呼んでくる。あやまってくれよ、おかみさん」

夢介は念を押して、くぐりからあたふたと表へ駆けだした。

「やさしい女――お嫁」

お銀はぼうぜんと男のことばを奥歯にかみしめながら、まっさおになってしまった。せっかくいいおかみさんになりかけていたのに、気がついてみると、泣いたり、わめいたり、きょうの狂態は自分でもあんまり度はずれである。あんな子どもたちに

まで笑われていたではないか。恥ずかしい。こんなことで、ほんとにあの人にあいそをつかされてしまったら、どうしようと、それを思うと、いても立ってもいられない。

「待って、夢さん。あたしも行く。お客さまにあやまります。きっとあやまるから、堪忍して」

われにもなくはだしで飛び出し、夢中で路地へ走り出るお銀であった。ボロボロと涙が、たあいなくほおへあふれてくる。

第五話　春駒太夫の恋

べっぴんさん

左衛門河岸から浅草橋通りへ出ようとするかどの、天水おけのかげから、ぼんやり大通りをながめている小柄な小僧がいる。そのうしろ姿を見て、おや、と夢介は思った。ぼんやり立っているように見えて、実はなにかに身がまえている。そんなふうなからだつきに見えたのと、それがどうやらこのあいだ三十両まきあげられ、お銀が、やきもちをやいている間に逃げられて、ごちそうをしそこなってしまったちんぴらオオカミの三太あにいに似ているからだ。

三太なら、松公という小さな弟分がついているはずだがと思って、あたりを見まわしてみたがきょうはどこにもいないようだ。

「はあてな、それにしても、このちんぴらすりは、なにをねらっているんだろう」

と、見ているうちに、表通りを、トビの者がふたり連れで通り、あとから六部がひとり、番頭ふうの若い男とすれ違った。その番頭がチラッと見て、すれ違ってからまたふり返っていたのは、二十四、五とも見えるとしま女で、かな文字を散らした紫ちりめんの羽織りをゾロリと着こなし、豊かな髪はつぶし島田、白い素足に黒塗りのげた、すそさばきに燃えるようなひちりめんを平気でちらつかせているあたり、品には乏しいが、パッと人目につく濃艶な女ぶり。おそらく、両国にかかる小屋興行の中でも、なんのなにがしと名を売った女太夫ではあるまいか。はたちばかりの若い女でしをひとりつれている。

ちんぴらオオカミは、やりすごして、フラリとそのあとをつけだした。と見て、夢介がそのまたあとからノッソリとつけていく。花が散ったばかりの春のまだ昼前、カラリと晴れた日で、大通りはにぎやかな人通りだ。

夢介は、朝からお銀が買い物に出たので、その留守をさいわいにというわけではないが、久しぶりで駒形のドジョウじるが恋しくなり、ブラッと家を出てきた。あたしはねえ、夢さん、どうしても、あんたが食べろというんなら、死んだ気になって食べられないこともないけど、あのドジョウの丸煮だけはかんにんしてもらいたいんです。姿を見ただけでも、寒けがするんですから。また、あんたって人は、なんだってあんな、ヌルッとした薄っ気味の悪い化け物が、そんなにお好きなんでしょうね、と味けなさそうな顔をするお銀なのだ。それほどきらいなものを、むりに食わしてよろこぶ悪趣味はない夢介なので、あとで誤解のないよう、つまり、きょうひとりで出かけるのは、駒形へドジョウを食いに行くのだからと、ばあやによくいいおいて、そうしておかないと、また胸ぐらをとりかねないあねごなので、念には念を入れて家を出てきた。

が、今ちんぴらが女のあとをつけていくほうは浅草橋で、駒形とは正反対の方向である。なにもドジョウはきょうにかぎったわけでもないが、あのおでこのちんぴらオオカミが、女をつけてどんなまねをするか、その仕事ぶりをぜひ見たいという物好きな夢介でもない。そうだ、いっそこのちんぴらをドジョウ屋へさそって、ごちそうをして、悪事のほうは未然にふせいでやる。そのほうがよかろうと、夢介は思った。

「あにきさん——三太あにきさん」

ポンと軽くうしろから肩をたたくと、ビクッと飛びあがるようにしてふりかえって、

「なんだ、おまえはいつかの田吾あんちゃんじゃねえか」

ちんぴらオオカミは、まずいところへ来やがったといわぬばかり、ふきげんな目をオオカミのように光らした。

「どこへ行くところだね」

「大きなお世話だよ」

「おら、このあいだはすまねえことをした」

「そうかい。あばよ」

三太オオカミはめんどうくさそうにいって、さっさと歩き出す。一度ねらった獲物、のがしてたまるもんかというように、不敵にも女のあとを追うのだ。いっしょに肩をならべて足を早めながら、

「あにきさんは、ドジョウはきらいかね」

夢介はのんびりと話しかける。

「チェッ、あばよって、いってるじゃねえか。わかんねえのか」

「けど、駒形のドジョウ屋へ、おら、このあいだの埋め合わせに、いっしょにつきあって——」

「いやなこった。ドジョウが食いたけりゃ、おめえのあのやきもちやきのかかあといっしょに行きな」

そういいながら、ふっとあの時のことを思い出したのだろう。

「ドジョウ屋でやきもちやいて、胸ぐらをとられるのもおもしろいや。アハハ。田吾あんちゃんにゃ、もったいないくらい、いい女だけどな」

「ああ、おらのかかあもいいが、あの前を歩いている女もべっぴんさんだね」

すかさず夢介は気をひいてみる。

「へえ。あんちゃんすみにおけねえな。どうでえ、おいらがひとつ取りもってやろうか」

「ほんとかね、あにきさん」

「ほんとうよ。そのかわり、ちっとばかり高いぜ。三十両に負けといてやらあ」

ちんぴらのくせに、このほうがよっぽどすみにおけないことをいいだす。

「三十両出すと、どうなるんだろうな」

夢介が前の女のうしろ姿に見とれるようにすると、わかってるじゃねえかと、三太は、ずるそうに笑って、こいつはほんとにものになるらしい、それなら女のふところをねらうより、三十両のほうがうまいしるだと、急に乗り気になったのだろう。

「ありゃ、あんちゃん、東両国にかかっている娘手品の人気者で、今評判の高葉屋(たかばや)春駒太夫なんだぜ。知ってるかい」

「そうか、手品を使う太夫さんか」

「手品ばかりじゃねえ、踊りもいちばんうめえんだ。顔はいいしよ、だから、みんなお駒ちゃんといって、ものにしてやろうと大騒ぎなんだが、しっかり者だから、なかなかうんとはいわねえんだ」

「じゃ、だめだな、おら、こんな田吾作だから」

「なあに、おめえ、そこが腕じゃねえか」

おや、どこへ行くんだろうと、ちんぴらオオカミはちょっと目をみはる。春駒太夫のお駒ちゃんは、広小路を両国橋のほうへ曲がらず、まっすぐ横山通りへはいっていくのだ。そうか、しゃれてやがる。お座敷がかかって、昼飯でもごちそうになりに行くんだろう。いいかい、あんちゃん、おいらに三十両出しゃ、まず楽屋へ一両がとこすしでも通す。それから楽屋番に一分も握らして、楽屋へ通って、太夫に会わしてやらあ。けど、あんまり長くいちゃいけねえ、じゃまをしねえようにあっさり立って、帰りに祝儀を五両もはずむ。そこでそっと晩飯に誘うんだ。先へ行って、そうだなあ、同朋町の『梅川』あたりがいいや。いいへやをとっておいて、太夫に迎いの使いを出す。そこまでは、おれがうまく運んで、きっと太夫を引っぱり出してみせらあな。あとは煮て食おうと焼いて食おうと、あんちゃんの腕しだいよ。

「どうでえ、男ならポンと三十両投げ出してみな。あれだけの太夫は、ちょっと柳橋にもいねえぜ」

大の男を手玉にとるようなことをいって、おやと、またちんぴらオオカミは立ち止まった。向こうへいっぱい人だかりがして、ざわめきたっている。その人だかりのうしろへ、お駒ちゃんの春駒太夫がふと立ち止まっているのだ。なにごとだろうと、こっちも近づいてみて、

「あれえ、こいつはおもしれえや。田吾あんちゃん、おめえのおかみさんがけんかしてるぜ」

三太はうれしそうに目を輝かして、夢介のそでをひいた。

雌ヒョウ

横山町二丁目の上州屋久兵衛呉服店は、そのころ両国でもいちばんのしにせといわれ、朝から繁盛する店だ。その店先へ一つ目のごぜんと恐れられる顔大名大垣伝九郎が、例の茶羽二重の着流し姿で、貴公子然とはいってきて、黙って腰をおろした。取り巻きは浪人者らしいのがふたり、このあいだ駒形のドジョウ屋で夢介に投げ飛ば

されたすもうあがりの岩ノ松音五郎と、そのあにき分であだなを鬼辰(おにたつ)というあばれ者。これは向島の三囲稲荷(みめぐりいなり)の境内にある力石を、五、六十貫まで平気で差し上げたという評判の力持ちだ。そのほか四、五人の遊び人ごろつきが、お供という格好で、中に深川の悪船頭七五郎(しちごろう)の顔も見える。総勢十人ばかり、いずれも人相のよくないのがズラリと並んだのだ。

「やいやい、一つ目のごぜんのご入来だ。座ぶとんはどうしたんだ。早くタバコ盆をさしあげねえか。でっち、でっち、茶は玉露(ぎょくろ)でねえと、ごぜんは召しあがらねえぜ」

わめきたてたのは深川の悪七で、こんなのに店先をジロジロにらまれては、呉服屋の客はたいてい女が多いから、とてもいたたまれない。せっかく買い物にはいろうとした者もためらってしまう。この店がまえで、少なくとも十両、早く包んで出さないと、まずこの厄病神はみこしをあげないだろう。

客たちはみんな買い物を中途にして、あわてて立ってしまうし、番頭小僧たちは大いそぎでバタバタと出ている反物太物をかたづけはじめた。中にひとりだけ大まるまげに結って歯をそめていないから囲い者かなにか水商売の女とも見える、すばらしい美人が、いっこう立とうともせず、ゆっくりとかまえて男物と女物の品定めをしている。それがお銀だった。

お銀は、駒形のとき、人ごみの中からドジョウ屋をのぞいていたから、一つ目のごぜんを見るのははじめてではない。フン、なんだい、物もらいめ、だれがこわがってなんかやるもんか、と胸の中で冷笑しながら、わざと見向きもしないのだ。かえって、相手をしている中年の番頭のほうが、落ち着かない様子でソワソワしだしたのがおかしくなる。

大垣伝九郎は、もういっぱいの人だかりの表を、見るでもなく見ないでもなく、銀ギセルでタバコを吹かしながら、おうように取り澄ましているが、取り巻き連中は、相手が水ぎわだったとしま女だけに、気になるし、目ざわりだし、全くこっちを無視しているのが、こづらにくくもあったのだろう。たまりかねたように、悪七へ鬼辰が、お銀のほうへあごでしゃくって見せた。ヘイ、とうなずいて、立ち上がって、

「おう、ねえさん、だいぶごゆっくりのようだね。なにを見たてているんだね」

ノッソリとお銀のほうへ進みよった。

「あの、いい人にきせる着物なんですけど、どんなのが似合うか迷っちまうんです。男がいいから、どんなのだっていいにはいいんだけど」

手に取った男物の柄から目を放さず、できるだけ甘ったるい声で、ウットリと、こんなしばいは役者以上のお銀だ。悪七があてられぎみに、苦い顔をして、

「そりゃそうでござんしょう。だから、どんなのでもさっさと買って、早く帰んねえ」

「ちょっと、すいませんけど、にいさんこの柄、肩へかけてみてくださいよ」

「冗、冗談いうねえ。おめえ、あすこにおいでなさる一つ目のごぜんを知らねえのか」

「おや、まあ。だって、ちゃんと目は二つありますね。うちの人と、どっちがいい男かしら」

そらっとぼけて、ながめるようにするのを見て、それでも小バカにされているんだと気がつかないようなら、夢介の上をいくまぬけになる。

「ふざけるねえ。女だと思ってやさしく出りゃつけあがりやがって、いいかげんにして立たねえと、つまんでほうり出すぜ。深川の悪七を知らねえか」

悪七はほりものの腕をグイとまくりあげて、みえを切るようににらみつけた。

「ああ、おまえさんなの、深川の梅次さんとかいうキツネ芸者に養ってもらって、ありがたがって、下のものまで洗っているにいさんてのは」

「なんだと――」

やじうまがニタニタして、ざわめくのを見て、これは全く思いがけなかったらしい。

「ホホホ、ごめんなさい。あたし、とんだことを口走っちまって」

はでにあやまられてみると、男として、いよいよ引っ込みのつかない悪七だ。

「女でなけりゃ、勘弁しねえんだが、まあいいや、さっさと帰れ。一つ目のごぜんのお目ざわりだ」

「そんなことないでしょう。そりゃ一つ目のごぜんさまは千両箱をつんでお買い物においでになったかどうかしりませんけれど、あたしだって、ただ物もらいにきたこじきじゃありません。ちゃんとお金を持って買い物に来ているんですもの、まじめな人間がお目ざわりってことは、ないと思うんですがね」

そのとおりだよう、ひっこめひっこめ、下のもの洗い、とやじうまの中から声をかけたやつがあって、群衆がゲラゲラ笑いだした。もう納まらない。

「いったな、あま、もう勘弁しねえ」

目も歯もむいて、いきなりつかみかかろうとするや、

「バカ――!」

お銀は、そこはわざ師だから、いつの間につかんでいたか、タバコ盆の灰を一握り、パッと相手の悪七へ目つぶしにたたきつけておいて、水あさぎのすそさばきもあ

ざやかに、軽く飛びのいた。ワッと目をおさえて立ちすくむ悪七、そこまではよかったが、とたんにジリジリしていた仲間のごろつき三、四人が、われさきにと立ち上がった。

つい鼻先のそんな騒ぎを、馬耳東風、横目にもかけず、一つ目のごぜんは、ゆうゆうとタバコを吹かしていられるのだから、これは相当なしろものに違いない。

力くらべ

「あんちゃん、おかみさんがあぶねえぜ」

ちんぴらオオカミがからかうように、夢介のわき腹をこづいた。

「三太あにきさん、ちょっと待っていておくれよ。さっきの話があるでね」

夢介も危険と見た。野性の雌ヒョウのような女、しようのないお銀である。三、四人のごろつきどもが、手どりにしようと詰めよるのを、白い目を光らせて、右足を引いてヒッソリと身がまえている腰から足へ、なんとなくピチピチと張り切った筋肉のはために は美しいせいかんさ。それより、かみそりでも持っているのではなかろうか。帯の間へ入れている柔軟な手の指のほうがこわい。気がたっているから、手ごめにされればむろん斬るだろう、と見たから、ごろつきども用心しているので、血を流させては、ただではすまないお銀の前身である。

ごめんくだせえまし。少々通してくだせえまし。夢介はやじうまをかきわけて、おや、このやろう、あとから来やがって、前へ出ようったってそうはいかねえ、押すなってば、と何人かがのんきな憤慨(ふんがい)をしている間に、やっと乱闘直前の店の前へ飛び出した。

「お銀、なにするだ」

この時はのんびり男も真剣になって、こわい目をしたに違いない。アッと、お銀がうろたえ、ほれた弱みだから、たちまち赤くなるのへ、逃げるんだとすばやく目くばせをしておいて、

「皆の衆、勘弁してやってくだせえまし」

クルリと、ごろつきどものほうへ、立ちふさがるようにして大きなおじぎをした。

「なんだ、なんだ、てめえは」

と、力んで強がったやつと、アッ、てめえは、と知っていて顔色を変えたやつと、その間に、腰かけていた岩ノ松音五郎が隣の鬼辰に耳うちをしたので、

「みんな、ちょっとどけ」

鬼辰が野太い声をかけて、ノッソリと立ち上がってきた。六尺近い大男で、着物の前がよく合わず、黒々とした胸毛がのぞいている、古まないたに目鼻をかいたような、浅黒い顔だ。

「おう、若いの、このあいだは岩ノ松が、ごていねいなあいさつをもらったってな。その礼に、一丁いこう。おれは鬼辰っていう者だ。したくをしねえ」

パッともろ膚ぬぎになる。五、六十貫は平気で差すという江戸でも指折りの力持ちだから、ほかに能はなさそうだが、からだだけは岩のようだ。

「とんでもごぜえません。おら、あれにかわっておわびに出ましたんで。このとおりあやまります。どうか、勘弁してくだせえまし」

絶対にけんかはいやだし、二度と無用の力は出さないと、観音さまに、おふくろさまに、このあいだも誓ってる。夢介はもう一度ひざまで両手をさげた。

「ならねえ。あれだか、これだか知らねえが、さんざん憎い悪態をついた女を逃がせば、てめえが相手だ。さあ、したくをしろ」

「そんな無理いわねえで、親方さん――」

「ええ、めんどうくせえ」

鬼辰は短気に、いきなり右で夢介の胸をとり、あれ、勘弁してくだせえと、しりごみするのをかまわず引きつけて、左の手が帯にかかった。とたんに、ヨイショと、まことにぞうさもなく、夢介も男としては、決して小さいほうではないが、そいつを高々と、もうもろざしにしていた。そのまま力に任せて投げ飛ばされれば、骨がくだけ、目、鼻、口から血を吹き出して即死する。

アッと、やじうまのほうが色を失って、次にくる悲惨な場面に目をそむけた。が、鬼辰は投げない。いや投げられないのだ。グタリと差し上げられている夢介の両手が、松の木のような鬼辰の右手をつかんでいるのだ。

「ううむ、こんちくしょう――!」

鬼辰は歯をくいしばって、うめいた。夢介が両手をジリジリと締めつけているのである。青竹をねじ切るだけの怪力がある夢介だ。不用意に胸、腹を差し上げたのが、鬼辰の不覚だった。右手が締め木にかかって、しぼりあげられるようで、痛い。骨がくだけそうに、激痛は全身へひろがってくる。ウウッと、がまんして、まないたのような顔がゆがみ、まっさおになって、あぶら汗がうく。

「いてえ、あッ痛ッ」

ガクリと地にひざをついた。同時に、胸ぐらと帯をつかんでいた手がゆるんだので、夢介はヒラリと前へ飛んで立った。

「勘弁してくだせえまし、親方さん」

やじうまには、夢介がキリシタンの術でも使ったように見えたのかもしれない。ヒッソリと目をみはったまま、まだからだじゅうを堅くしている。

大垣伝九郎が、無言でスッと立ち上がった。夢介のほうは見向きもせず、白々とした面をして、相かわらず堂々たる引き揚げぶりだ。ゾロゾロッと、一同があとにしたがったが、鬼辰は岩ノ松にささえられて、ヨロヨロと、右の手を左で痛そうにかかえながら、その格好がいかにも哀れに小さく見えたので、はじめてやじうまがワアッと笑いだし、はやしたてた。

すりのひけつ

夢介が三太をつれて、同朋町の『梅川』というウナギ屋へあがり、さあ、なんでもいいから好きなものをドッサリ食っておくれと、くつろいだときである。

「あんちゃん。おまえ、なにか術を知っているのか」

ちんぴらオオカミはふしぎそうな顔をした。

「そんなもの、おら、知らないよ」

「だって、鬼辰のやつ、どうしてさっき、あんなに青くなったんだ」

「急に、しゃくでもおこしたんだろう。おら、運がよかったんだ」

「そうかなあ」

三太は半信半疑だが、いつまでそんなことにこだわっていない。小生意気にあぐらをかいて、ニヤニヤと笑いだした。

「どうしたかね、あにきさん」

「うん。おれも忍術を使うんだ。これを見てくんな、田吾あんちゃん」

ふところから、ヒョイと女持ちの赤い紙入れを出して、夢介のひざの前へほうり出すのである。思わず手に取ってみると、プーンとにおい袋の香が濃く、中はからだろう、重みはない。

「それ、よかったら、あんちゃんに売ってもいいぜ。あんちゃんの好きな、春駒太夫のさいふだ。いいにおいがするだろう」

「おどろいたなあ。あにきさん、これすったんだね」

夢介はわけもなく、ただ目をみはっていた。

「すったよ。なんでもありゃしねえ、ズマ師じゃ日本一の女太夫だっていうから、おいら、一度やってみてえとねらっていたのよ。なんでもありゃしねえ、赤ん坊の手をひねるようなもんだ」

ちんぴらオオカミはししっ鼻をヒクヒクさせて、内心は有頂天のようである。

「そうかなあ、さすがにあにきさんだな。どんなふうにやったんだえ」

「わけなしさ、さっきあんちゃんが、上州屋の前から、いそいで逃げだしたろう。やじうまが歩きだして、太夫も人にもまれてやがった。おいら、前から押されていくふりをして、ちょいと、あすこへさわったんだ。女はあすこにかぎるんだぜ。あんちゃん、よくおぼえときな。日本一の太夫でも、女は女さ。ビクッとしやがった。フフフ、それっきりの話さ、なんでもありゃしねえ」

人のものを盗むのに、罪悪などとはてんで考えてもいないようなちんぴらオオカミの、いってみればはなはだ無邪気な顔なのだ。これは全く無知なのである。

「おどろいたなあ。中にいくらはいっていたね」

「五両と二分二朱、なんかきっと買い物に行くとこだったんだな。わりに持ってやがった」

「このさいふ、いくらで売ってくれるね」

「そうよなあ、あんちゃんだから。一両に負けとこうか」

どうせ入れ物は捨てると聞いているのに、抜けめのないちんぴらだ。

「けど、あんちゃん、おまえそんなものを持って帰ると、またあのおかみさんに、胸ぐらとられるぜ」

「うん、そりゃそうだけど」

「だから、春駒のことなんか、あきらめるんだね。悪いことはいわねえ。あのやきもちのおかみさんのほうが、よっぽどいい女じゃあねえか」

意見をするようにいうのである。

「けど、お駒ちゃん太夫もいい女だ」

「田吾あんちゃんのくせに、欲がふけえや」

「とにかく、これ売ってもらうべ」

夢介は、ふところをモソモソやって、小判を一枚出した。

「よし、売ったよ」

ちんぴらは、小判をとってしまって、

「あんちゃん、悪いことはいわねえから、好きなだけにおいをかいでしまったら、神田川へでも捨てて帰りなよ。家へ持って帰ると、すぐおかみさんにみつけられるぜ」

妙に目を光らしていう。

「だめかなあ」

「だめだとも。おまえのおかみさん、ただ者じゃねえ」

「へえ、どうしてだね」

「おまえが逃げ出すのを見て、デレッと見とれてやがんのよ。やきもちやきだけに、ほれてやがんだな。よだれがたれそうで、見ちゃいられなかった」

人のいい夢介は、あるといえばある女との秘密をのぞかれたようで、なんとなく、ちんぴらの目がまぶしかった。

「おかみさん、おめえがこっちへ逃げてきそうになると、おもしろかったぜ、顔を赤くして逃げだしやがった。夢さん、しからないで、だとよ。チェッ、わらわしやがる。てめえのほうが、よっぽどかかあ天下のくせに——なあ、そうだろう、あんちゃん」

「うん、まあ、そうだな」

「そのすきに、おいら、ちょっと奥の手をつかって、あすこをねらったのよ」

「ヘエエ」

さすがに夢介も、あいた口がふさがらない。

「フフフ、女のくせに、びくともしなかったぜ。おいらの顔をちょいと見て、悪い子、といいながら、メッと、にらんで、すぐわらいやがった。おいら、びっくりして逃げだしちまった。ありゃ春駒太夫よりたいしたしろものだな」

そういう三太オオカミこそ、たいしたしろものである。夢介はすっかりあおられぎみで——しかし、どうやらこの小僧とだんだん友だちになれそうなのが、大きな収穫だった。たらふくウナギを食わせ、みやげまで持たせて、こんどはぜひ家へ遊びにきてくれ、その時は、ふたりの弟分もいっしょのほうがいい、おかみさんには、もうやきもちをやかないように、よくいいきかせてあるから、こんどこそ、このあいだの埋め合わせに、なんでもごちそうするからと、堅く約束をして、『梅川』を出た。

「じゃ、あんちゃん、ごちになったな、礼はいわねえぜ。ついでに、やきもちさんに、ずいぶんあすこを用心しなって、いっておいてくんな」

一足外へ出ると、ちんぴらオオカミはもうそんな憎まれ口をきいて、鼻の先でわらいながら、プイと風のように飛んでいってしまった。夢介には、どうもまだ、ちんぴら小僧の性根はつかめないようである。

女護ガ島

まもなく夢介は、人のいい顔をして、両国橋を東へわたっていた。

やがて八つ下がり、東両国の掛け小屋興行は今がかきいれの時刻で、軒並み、花ぼんぼり、旗のぼり、さては笛、太鼓、三味線に景気をそえて、いらはいの客引きの声も必死なら、どれへはいって残る春の日の半日の喜びを、たんのうしつくそうかと、雑踏する客も血眼（ちまなこ）といっていい。

その中でも、春駒太夫を呼び物にしている高葉屋一座は、軽わざ、曲芸、手品、娘手踊りなど色とりどりの芸人をそろえ、しかもそれがほとんど娘ばかりというのに人気を集めて、早くも大入り客止めという景気のようだ。

夢介は別に娘の曲芸や手品を見る気はない。ただ春駒太夫に会って、さっきちんぴらオオカミがすった紙入れをかえしてやりたいのだ。むろん、中身の五両二分と二朱は、自分が立てかえて入れてある。

けれど、相手は芸人だ、ただ会わしてくれでは曲がなかろう。そこは義理がたいいなか者のことだから、ひととおり表の絵看板を見て引っ返し、さっきちんぴらがしゃべっていた手順で会ってみようと思いたった。近くのすし屋へ行って、正直にすしを一両高葉屋一座の春駒太夫にとどけてくれというと、すし屋が目を丸くした。一つ十六文のすしだから、一両では六百いくつになる。いくら春駒太夫が大食いでも、いや、楽屋じゅうで食ったって、そうは食いきれませんよ、すし屋のおやじがわらいだす。それじゃ、どのくらいあったらよかろうかときくと、一座がざっと三十人と見て、ひとりが十ずつ三百もあれば、それでも多すぎるくらいだという。

「それじゃ、ここへ、二分おいていくから、すまねえけんど、小田原の田吾作から、春駒太夫さんへと、どうかたのみます」

あとですし屋のおやじが、たいしたのぼせ方だと、わらったかもしれない。すしがとどいて、とどいたとたんに、今日はでもなかろうと、ゆっくり東両国をひとまわりして、夢介が一座の楽屋口をおとずれたのは、もう夕方近かった。楽屋番は片目の、いじの悪そうな老人である。

「ほんの、おしるしでごぜえます。気を悪くしねえでくだせえまし」

夢介は大きなからだで、ていねいにおじぎをして、一分つつんだ紙包みを老人にさ さげた。こんちくしょう、年寄りをからかいやがる、とでも思ったのだろう、ひったくるようにして、いきなり紙包みをあけて、ほんとうに一分はいっていたのでびっくりしたらしい。

「いったい、おまえさんはだれなんだえ」

「おら、さっき春駒太夫さんに、ほんの少しばかしすしをとどけた、小田原在の田吾作でごぜえます」

「へえ、おまえさんかえ、あんな紀文みてえなお大尽のまねをしたのは」

　年寄りはジロジロと、改めて夢介のやぼな身なりを見まわす。どうでごぜえましょう、ちょっとでいいから太夫さんに会わしてもらえますめえか、とたのむと、

「そりゃ、案内はしてやるがね、くどこうたってだめだよ、お大尽。あの娘は春駒でなくて、あばれ駒さ。といっても女だから、別に乱暴はしねえが、きげん買いで、気むずかしくて、めっぽう口が悪い。もっとも、気に入らねえやつだと、その口もろくにきかねえんだ。つまり、芸一本、男なんかに、見向きもしない。というのは、まあ高葉屋の親方の娘だからそれですむんだが、そのかわり、二十四にもなって、まだ男を知らない。一分くれたからおせじに教えてあげるんだ。ならば、てがらにくどいてみろやいさ」

　笑いもしないで、いいたいだけのことをかってにしゃべって、これはどうやら太夫の自慢をしたところなのだろう、さあ、こう来なせえ、と先に立った。

　狭い板張りの廊下が、歩くたびにギシギシと鳴って、右手のよしず張りをむしろと幕でおおった向こうが舞台らしい。なにか口上につれて、静かな三味線がきこえ、客はしいんと鳴りをしずめているようだ。左のこれも継ぎはぎだらけの幕で仕切った中は大べやとみえ、女たちがあけっ放しな冗談をいいあったり、憎まれ口をたたきあっ

たり、ドッと笑う声の中には男のようなつぶれ声もまじって、なんとなくすさまじく、娘一座だから、安おしろいと髪油をごっちゃにした女のにおいが、動物の体臭でもかぐように、ムンムンと鼻につく。総じて、小屋掛け一座の楽屋裏は、わいざつでうすぎたなく、継ぎはぎだらけで、これはたいへんな女護ガ島だと、夢介は思った。

そのいちばん奥の入り口に、春駒太夫さんへと白く染め抜いた水色ちりめんののれんが下がっていた。先に立った年寄りが、ヒョイと顔を突っ込んで、

「ああ、菊ちゃん、太夫は舞台だな。さっきのすしのお大尽がみえたからな。太夫のごきげんがうかがいたいって、おっしゃるんだ。出がらしの番茶の一杯も出し、なあに、おこって帰るといいなすったら、それでもいいんだから、おまえさんたち、もうすしはゲップの出るほど食いすぎて、たくさんなんだろう」

ゲラゲラ笑う女の声がして、こういう種類のおやじの腹の中も、夢介にはちょいとわかりかねる。

「ありがとうごぜえました」

ていねいに頭を下げている中に、おやじはもうさっさと引っ返して行ってしまった。

「ごめんくだせえまし」

しかたがないから、夢介はのれんの外へ立って、改めて声をかけた。はい、と答えて顔を出したのは、菊ちゃんという女なのだろう。

「アラッ」

顔を見てびっくりしたらしい。さっき太夫のお供をしていた女でして、なるほど、上州屋での騒ぎを師匠といっしょに見ていたろうから、これは目を見はるのも無理はない。

「おじゃまさしてもらっても、ようごぜえましょうか」

「さあ、どうぞおはいりくださいまし」

菊ちゃんが首を引っこめたのれんをくぐって、中へ一足はいった夢介は、あれえ、と自分の目を疑いたくなった。

玉膚

春駒太夫の楽屋は、畳にすれば六畳ばかりの、天井のひくいへやで、鏡台、衣装つづら、手品の小道具などが雑然とおいてあり、友禅の厚い座ぶとん、衣紋竹(えもんだけ)にとおして一方にかけてある着物など、女くさいはでな色彩が、いきなり目についた。その衣装つづらの前に芝露月町の伊勢屋の若だんな総太郎がすわって、こっちを見ながらニヤニヤわらっている。

「あれえ、若だんなじゃごぜえませんか」

日ごろ通人を気どっている若だんなが、どうしてこんな掛け小屋芸人などの楽屋へきているんだろうと、夢介はポカンとしてしまった。

「ヘエエ、やっぱりおまえさんですか。小田原在の田吾作だというから、はてなと思っていやしたが、なあるほど、おまえさんでなくちゃ、あのやぼはできない。太夫が馬じゃあるまいしと、すしの山を見て、だいぶおかんむりでげしたぜ」

通人は相かわらず口に毒がある。

「あら、そんなことありません。太夫さんはただ、こんなにたくさんって、いっただけじゃありませんか」

若いでしのお菊ちゃんが、いそいで言いわけをいったが、これはどうやら総太郎のいったほうがほんとうのようだと、夢介はお菊ちゃんの顔色を読んだ。

「で、なんでげすか、おまえさんやっぱり、あのすしできっかけをつけて、あわよくばみやげ話に、ちょいと太夫をつまんでみようってんでげすか。どうもすみにおけない人だね」

「それじゃ、若だんなもちょいと太夫さんをつまみにきていなさるんで。そうでござえましたか。おら、また珍しいところで出会った、と思っていましたです」

それを真顔でいってのけたので、お菊が吹き出した。

「冗談じゃやない。悪じゃれにもほどがあるよ。夢介さん、わたしはただ太夫とごはんたべる約束があるから、待っているんだ。あいかわらず困った人でげすな」

そこへドヤドヤと、春駒太夫のお駒が後見の女でしふたりをしたがえて、舞台から帰ってきた。紅白のかさねに、金糸で縫いのある紫の肩衣（かたぎぬ）、はかま、思いきり紅おしろいの濃い汗ばんだ舞台顔も、若くて膚に張りがあるから、あくどい感じはなく、さすがに一枚看板といわれるだけにパッとヒボタンが咲いたようなあざやかさだ。それが、やや強い目でジロリとすみにいる男たちのほうをにらんだが、あいそう一ついわずに、全く無視して、ご苦労さま、と出迎えたお菊に、まず髪の花かんざしを取ってわたし、立ったまま肩衣をはね、はかまをぬぎ、スルスルとだて巻きを解いたかとおもうと、アッという間に勇ましく着物をぬぎすて、下はひちりめんのけだし一つ、

「いやに暑いんだね、きょうは」

お菊の手から手ぬぐいをとって、太夫は、顔からまっ白な胸、わきの下、豊かな乳ぶさのあたりまで、汗ばんだ玉の膚を乱暴にぬぐいだす。ふたりの女でしもそれなの

で、狭いへやはたちまち女いきれでむせかえるばかり、夢介はうろたえて、どうにも目のやり場に困ってしまった。そして、なるほど、これじゃ若だんなが楽屋へきたがるわけだと、感心したのである。

「太夫さん、さっきおすしをいただいたかたです」

やがて、はでな楽屋着にしごきを巻きつけ、くつろいで、横ずわりになった太夫の前へ茶を出しながら、お菊が耳うちをした。と見たら、夢介はモッソリとすわり直って、

「お初にお目にかかりますだ。おら、小田原在入生田村の百姓のせがれで、夢介という者でごぜえます」

ていねいに名のりをあげ、大きなおじぎを一つした。

「あんた、さっき上州屋の前で、はでなしばいをしたわね。おもしろかったわ」

と、口ではいいながら、じっと見すえるようにして、ニコリともしない春駒である。

「恥ずかしいことでごぜえます」

「おすしをどっさり、ありがとう。でも、女の楽屋なんかへきて、裸になるところを見て、そんなにおもしろいかしら。かぎょうだから、あたしたち、楽屋へはいったと

きぐらいは、少し裸で気楽に休みたいのよ。気どっていると窮屈なんだもの」

なるほど、これは相当のジャジャごまだが、いうことは正直で、はなはだもっともである。

「悪いことをしましたです。おら、用がすんだらすぐ帰りますで、かまわねえから、裸で休んでいてくだせえまし」

「おこるわよ。そんなにいつまで裸でいちゃ、カゼをひきます。変なことをいう人ねえ」

「まあ、太夫、かんべんしてやってもらいやしょう」

若だんながニヤニヤしながら、横から口を出した。

「全くこの人は少し変わり者でね、すしの山でちょいと太夫をつまんでみたい、つまめるだろうと、安直に考えてきたんだそうで、おもしろいお大尽でげす。ね、お菊ちゃん」

「おや、若だんな、まだいらしたんですか」

お駒は人をくった目をした。

「こりゃひどい。まだいらしたか、はないでしょう。きょうは梅川をつきあってくれるはずだったでげしょう」

ケロリとしてわらっているのは、これもなかなか人をくった通人である。

いじっ張り

「夢介さんとかいいましたね。用ってなんです。あたしをつまむ用――?」

女たちが、クスクス笑いだした。

「これ、この紙入れを、太夫さんに届けてえと思ってきましたです」

夢介はモソモソと、ふところから女持ちの紙入れを出して、そこへおいた。おや、というようにお駒は手にとって、

「これ、さっき上州屋の前で、ちんぴらすりにすられたあたしのさいふだけれど、どうしてこれをあんたが――?」

ちんぴらオオカミにすられたことをちゃんと知っていて、ふしぎそうな目を夢介に向ける。

「へえ、日本一のズマ師の太夫でも、きんちゃくきりにふところをすられることがあるのかねえ。こいつはおもしろい」

総太郎がうれしそうに、ポンとひざをたたいてのり出した。

「なにがおもしろいんです、若だんな」

「なあに、こっちのことでげすがね。きんちゃくきりにふところがねらえる太夫なら、男ぎらいの太夫を、男がねらえないこともないはず。ちょいとうれしくなってきたって話でげす」

若だんなの通人は、ちゃんとまた、一押し二押し三押しのこつも心得ているらしい。

「おきのどくさま。あたし男ぎらいだなんて、そんなかたわじゃないんです。これでも女ですからね――ね、夢介さん、この紙入れ、どうしてあんたの手にはいったんです」

「それじゃ、太夫さんは、これすられたってこと、知っているんでごぜえますね」

「知ってるわ」

夢介は拾ったことにしておくつもりだったが、知っているのではしようがないと思った。

「かんべんしてやってくだせえまし。あの小僧さんは紙入れがほしくってすったんじゃない。日本一の太夫さんと腕くらべしたかった、そういっていましただ」

「じゃ、あんた、あのちんぴらと心やすいの」

「心やすいってほどではねえが、あの小僧さん、おらに、もし好きなら太夫さんをとりもってやる、三十両出しな、っていいますんで——話だからおこらねえでくだせえよ」

「おこります、ひとをバカにして、あんた、まさか三十両出しはしなかったんでしょうね」

「どうしようかと思いながら、浅草橋から上州屋の前まで行ってしめえました。それから、飯を食いながら相談すると、田吾あんちゃん、もうあきらめな、おまえのようないなか者じゃ、せっかくとりもってやってもくどくことをしらねえだろう。そのかわり、この紙入れをやる。おれは腕くらべに勝ったんだから、こんなものはいらねえ。あんちゃん、これ持って、すしでも楽屋へ届けて、せめて顔だけでも拝んでくるといいやっていわれたです。で、ありがとうごぜえました。おかげで、おら、ようく顔を、正直にいうと、少しきまりが悪いが、見ねえふりして玉の膚まで拝ましてもれえましたから、その紙入れは太夫さんにおけえし申します。これも白状すると、にいはかがしてもれえましたが、中には手をつけません。どうぞ改めてみてくだせえまし」

自分がアホウになって、夢介はちんぴら三太の罪をかばっておく。疑わしそうに、

ジロジロ顔を見ていたお駒が、

「せっかくだけど、これはいりません。あんなちんぴらに一度すられて、よごした紙入れをかえしてもらったといわれちゃ、ズマ師で売った高葉屋春駒の名がすたります。いやなこった」

　赤いくちびるをプッととがらせながら、手にしていた紙入れをいきなりそこへ投げ出した。からだじゅうがすねていじわるく、それがいっそうなまめかしい女に見せるのだから、さすが芸人である。

「太夫さん、そりゃ少し了見違いだと、おら思います」

　夢介はおっとりと、両手をひざへ直した。

「どうして。どこが違うんで」

　負けずにお駒が白い目をする。

「ズマ師はきんちゃくきりではねえでしょう。これが舞台ですられたんなら恥ってこともあるが、往来を歩いていれば、あたりまえのおなごだ。変なまねまでしてすったきんちゃくきりは自慢にもならないが、おなごだから、ハッとしてついすられた。失礼だけど、おら、太夫さんにもそんなおなごらしいところがあると思って、いっそう好きになっているくれえです」

「しらない、いやな人ねえ」

お駒はにらんで、ちょっと赤くなったが、これはだれも知らないからジャジャ駒が珍しく顔を赤くするなんてと、みんなキョトンとしている。

「若だんな、このひとたちといっしょでよければ、今夜ごはんつきあってもいいわ」

勝ち気だから、負けたとはいいたくないのだろう。紙入れはそのままに、女たちのほうをあごでさしながら、総太郎のほうへ目を向けた。

「けっこうでげすとも。同朋町の梅川なんかはどうでげす」

「どこでもいいわ。そのかわり、お酒たくさん飲みますからね」

「いよいようれしいねえ」

「したくして、あとからすぐ行きますから、いい座敷取っといてくださいよ」

「ほんとうだろうね、太夫。すっぽかしなんかは罪でげすぜ」

「舞台じゃ人の目をごまかすのが商売でも、楽屋じゃおなごの春駒ですからね、二枚舌はつかいません」

「しからば、御意のかわらぬうち——梅川だよ、太夫」

念を押して、総太郎は急にいそいそと立ち上がり、じゃ夢介さん、またそのうちに会いやしょう、というのもほんの口先だけ、日ごろのきどり屋が、そそくさと楽屋を出ていった。よっぽどお駒の玉の膚にみせられていると見える。

「フフフ、若だんなも十日ぶりで、やっと思いがかなったねえ」

女でしたちが顔を見合わせてわらっていた。

お吟味

「さあ、おらもおいとましますべ。太夫さん、長いことおじゃましました」

やがてたそがれである。総太郎が去ると、夢介もそうそうに改めてあいさつした。

「いけない、まだ紙入れの話がつかないじゃありませんか」

「あれまだ強情張るのかね」

「張るわ。せっかく来たんだから、もう一度玉の膚見せてあげる。見ないふりなんかしないで、ついでにあの着物着せて」

立って衣紋竹にかけた着物を目で教え、しごきを解いて、もうハラリと楽屋着をぬぎおとした。

「いや、早く着せてくれなくちゃ。カゼをひくじゃありませんか」

まぶしい玉の膚をくねらせてじれて、さすがに両の乳ぶさをそっと両手でかくす。

「おら、果報負けがしなけりゃいいが」

　着物を取って、ノッソリうしろから肩へかけてやりながら、そのくらいのしゃれっけはある夢介である。若いお菊がプッと吹き出していた。

「さあ、したくがよければ、みんな出かけようよ。夢介さん、その紙入れ持って、いっしょについてきて」

「へえ、おらも行くのかね」

「玉の膚見せてあげたんだから、そのくらいの義理はかえすもんよ」

「おらはかまわねえが、若だんなが変な顔しねえだろうか」

「かまやしない。あの人、はじめからノッペリした変な顔なんだもの」

　四人の女たちに取りまかれて、せまい楽屋を出ると、たそがれの東両国はもう群衆もまばらになっていた。女たちのたあいないおしゃべりを聞きながら、両国橋をわたって、まもなく同朋町の梅川の門をくぐると、家には春の灯がはいっている。妙なゆきがかりで、きょうは二度、梅川の客になる夢介である。

　が、こんど通されたのは、昼間の裏二階と違って、橋がかりをわたっていく奥まった離れだった。どこかにかくれべやでもありそうなぜいたくな構えで、この座敷をとった若だんなの下心が読めそうな気がする。その若だんなは、女たちといっしょには

いってきた夢介の大きな顔を見ると、はたして思った以上のいやな顔をして、

「あれ、夢介さん、おまえなにをとまどいしたんでげす」

と、露骨にあきれかえってみせた。

「いいえ、この人はあたしがひっぱってきたんです。ここでもう少しちんぴらすりの吟味をしてやろうと思って」

ここへおすわり、とお駒はわざとこわい顔をして、夢介を自分のそばの座ぶとんへ引きすえた。その間に、床の間を背負った総太郎の両側へは、心得きっている海千山千の女でしたちが、ペシャリとすわってしまう。

「なるほどねえ。ちんぴらすりを使って、お駒ちゃんともあろう太夫の裸をのぞきにきた、こりゃただではすまされない。だいたい、その人ときたら、そんないなか者くさい物堅そうなふうをしていて、このあいだも深川の若いあくたれ芸者をみごと手玉にとって、場所もあろうに、その場でちょいとねじ伏せたという性悪（しょうわる）でげすからな。太夫、うっかり油断して甘く見くびって、あたら玉の膚を、とんだ手ごめにされても知らないよ」

どうも若だんなの口には毒がありすぎるようだ。

「夢介さん、あたしを手玉にとってみない、ここで」

「そりゃ太夫さんのほうが、本職だべ。さらをお手玉にとったり、からの箱からかさを出したり、口から卵産んだり、おなかへ赤ん坊はらんだり——痛いッ」

お駒がいきなり、ひざをのりあげるように、両手で男の福々しい両のほおを、いやというほどつねりあげたのだ。なかなか放そうとしない。

「いつあたしがはらんだの、男もないのに」

「痛い、痛い。そこが手品だから——」

若だんながつねってもらいたそうな顔をしてにらんでいた。

はじめからこれだから、ちょうしがきて、酒がはずむと、お駒はよく飲んでひとりではしゃぎ、夢介にばかり悪ふざけをして、若だんななどは全く眼中になかった。その若だんなへは、女でしふたりが両方からベタベタとしなだれかかり、もったいないほど濃厚に取りもたれているのだが、夢介ばかりを困らせているお駒に気がつくと、やっぱりおもしろくなかった。

「太夫、その人のちんぴら吟味ってのは、どうなるんだね。そろそろすましてもらいたいもんでげすな」

とうとうたまりかねて、早く帰せといわぬばかりのいやみをいいだした。

「そのおさしずには及びません。いま始まるところだから、黙って見ていてください」

　酔って、胸もひざもゆるみがちに、しどけなくなったお駒は、そこいじの悪い目をチカリと光らせたが、

「こら、菊、吟味の筋があるによって、この男をうしろ手に縛りあげろ」

　フラフラと立ち上がり、自分のしごきを解いて、そこへ投げ出した。ほんとですか、太夫さん、と、おとなしいお菊があきれるのへ、奉行はうそはいわぬ、こうするのだと、お駒はいきなり夢介におどりかかっていった。

「ごめんなせえまし、太夫さん。おら、なにも縛られるような、そんな、悪いこと」

　あきれて夢介がのがれようとするのを、黙れ、黙れ、とお駒は背中をひざで押えつけ、ほんとうにしごきで縛りあげてしまった。そのなわじりをお菊にとらせて、自分は少し離れた脇息（きょうそく）へ、足をふんばって男のように腰かける。まるでだだっ子だ。

　なにが始まるのかと、さすがに一同は目をみはっているし、ちょうどちょうしを運んできた女中は、おやまあ、とびっくりして、わらいながらそこへすわってしまう。哀れにもとぼけているのは夢介で、しかたがないから、しょうぜんとそこへうなだれて見せる。

「これ、小田原在入生田村の百姓夢介、面（おもて）をあげろ。そのほうきょうちんぴら小僧を

けしかけ、春駒太夫の紙入れをすりとらせしうえ、ぬけぬけとそれを楽屋へ届けにまいって、太夫の玉の膚をのぞき見した段、まことに不届きである。あまつさえ、男もなき太夫が、手品で子どもをはらんだといいふらせし罪、ことに許し難し。よって、きょう、市中引きまわしのうえ、死罪獄門を申しつけるからさよう心得ろ。ただし、上の慈悲にて、いまわのきわに、なにか望みがあればいってみよ。かなえてつかわそう。どうじゃ」

恐れ入りました、と夢介は頭を下げ、

「いまわのきわに、たった一つ、おら、ウナギで飯が食いてえです」

「よしよし、かなえてつかわそう。お女中、ごはんをすぐこれへ——酒はどうじゃな」

「お酒はもうたくさんでごぜえます」

「黙れ。たくさんとあれば、拷問(ごうもん)にかけても、のませてつかわすぞ」

乱暴な奉行で、罪人の顔を押えつけて、杯を口にふくませ、お菊に鼻をつまませて、むりに酒をのませるのだ。女たちは手をたたいて、ゲラゲラわらった。そのうえ、女中が飯びつを運んでくると、自分が茶わんとはしを取って、子どもにでもするように養ってやり、それをまた夢介が、のんびりと八杯までおかわりをしたのだから、若だんなはすっかりあてられてしまった。

春のやみ

やっと飯がすむと、しおき場へまいるのだ、立て、といって、お駒はなわじりをひったて、廊下へ出て、橋がかりをわたると、しごきを解いて肩をならべてきた。

「夢さん、さっきの紙入れ持っている？」

「ああ、あずかっているだ」

「あれで勘定して、もう帰りましょう」

そうかと、夢介ははじめてお駒の心がのみこめ、これも強情な女だな、と感心した。

「黙っておいてけぼりにしちゃ、若だんながっかりするだろうに」

「かまやしないわ、あれだけ遊ばしてやったんだもの」

梅川を出ると夜はややたけて、同朋町から浅草橋へ、ほとんど人足の絶えた春のやみである。

「太夫さん、どこまで帰るだね」

「天王橋のそばよ」

「そんなら、門まで送っていくべ」

「ついでに、おぶってくれない。歩くのいやんなっちまった」

「あんまり悪ふざけしたからだ。さあ、おぶっていくべ」

だれにでも親切で、のんびりとできている邪気のない夢介である。正直に背中を向けたので、お駒はピョンと飛びついた。ガッシリと幅のひろい、それはまことにおぶわれごこちのいい背中である。

こんなとこ、あねごに見られたら、それこそ今夜は命がいくらあっても足りなかろうと、そこは人情で、夢介はふとお銀の顔を思い出しながら、

「太夫さん、眠るとカゼをひくぞ」

肩にピッタリ顔を伏せて、黙りこんでいるお駒に声をかけた。

「ね、昼間のあの奇麗なひと、あんたのおかみさんなの」

そのお駒が、ふっと妙なことをききだした。

「まだおかみさんでねえけど、おかみさんになりたがって、おらを小突きまわしてるあねごだ」

夢介は正直である。

「あんた、あのひと好きなんでしょう」

「さあ、きらいだっていえばうそになるし、好きだっていえばおかみさんにしなけりゃなんねえし、おら、返事に困るだ」

答えもなく、五足六足歩いたと思うと、

「くやしい、あたし」

ひっそりしていたお駒が、急にからだじゅうをたぎらせるように、両手で夢介ののどをしめつけ、しがみついて、耳たぶへかみついた。そののどがまたたくましく、そんなことでは貧乏ゆるぎもしない夢介だ。

「ア痛ッ、おらを、殺す気かね、太夫さん」

「殺す、殺すわ。殺して、あたしも死ぬ」

ヌルヌルと首筋へ涙がつたわって、夢介はくすぐったい。うるんだ春の星が甘ずっぱくわらっていた。

そのころ――。

ばあやは先へ寝かせて、ぽつねんとひとり、宵から夢介の帰りを待ちこがれていたお銀は、コトリとくぐりのあく音に、もう目を輝かして、小鳥のように立ち上がっていた。きょうは昼間、上州屋の店先で、とんだ荒事を見つけられている。しかられる

のがこわいから、いつものやきもちさえ出ず、

「お帰んなさい」

ただソワソワと、声も心も甘く、玄関の障子をあけた。

「こんばんは。エヘヘヘ、だれとまちがえたんだえ、おかみさん」

これはまた思いがけないちんぴら小僧の三太が、人を小バカにしたような顔つきをして突っ立っている。

「あら——」

と、あきれて、正直にがっかりした。が、この前このちんぴらをぶあいそにしたといって、ひどくあの人にしかられている。

「よくきたわね。さあ、おあがんなさいよ」

まんざらからせじではなく、もうあの人も帰る時分だし、もてなしておけば、きっとよろこんでくれると、お銀は貞女らしく思いかえして、たちまちえがおになった。

「あんちゃんの留守に上がりこんで、間男とまちがえられちゃいやだな」

三太はちんぴらのくせに、そんなませた憎まれ口をききながら、茶の間へ通されて、ちょこなんとあぐらをかく。

「だいじょうぶよ。うちの人は神さまみたいな人なんだから」

お銀は茶のしたくをしながら、どこをほっつき歩いてるんだろう、うちの神さまは、と悲しくなる。その耳へ、

「いやだぜ、よだれなんか流しちゃ。知らぬはかかあばかりなりさ、おめでてえもんだ」

三太が聞こえよがしにつぶやく。

「なにがおめでたいの」

「おかみさん、黙って一分出しな。おいらいい話を売ってやるぜ。一分じゃ安いもんだ」

「買ってあげてもいいけど」

「前金にしてくんな。聞いちまったあとで、そんな話って、けちをつけられちゃつまらねえ」

抜けめのないちんぴらオオカミである。お銀は、どうせやらなくてはならないこづかいだからと、わらいながらきんちゃくから一分出して、はい、と三太のきたない手のひらにのせてやった。

「ありがてえ」

「話ってなあに」

「ちょいとしたおいろごとでねえ。なあに、たいしたことでもねえんだが、ここの田吾あんちゃんが、きょうぜひ春駒太夫に会ってみてえというんだ。知らねえかな、東両国の高葉屋一座で一枚看板の娘ズマ師さ。いい女だぜ。そりゃ、ここのおかみさんは特別だが、まあ両国一だろうな」

「うちの人、子どもみたいなんだから、手品が珍しいんでしょう、きっと」

「それなら、表からはいって手品を見物しそうなもんだが、おかみさんとこの神さまは、太夫の楽屋へ、はいりこんでたぜ。あれで、あのあんちゃんは、なかなか女運がいいんだね。客のお座敷へなんかめったに出ない太夫を、どうくどいてひっぱり出したのか、夕方、梅川へつれこんだ。おやおや、とおいらもびっくりして、庭へ忍びこんでみた。そして、二度びっくりしちまった。離れなんだ。そりゃ取り巻きはいたけど、壁のうしろに、ちゃんと暗いへやがあらあね。そこは見えなかったが、おどろいたね。あんちゃん酒をのんで、太夫につねられたり、なめられたり、そりゃ、まあいいけど、しまいに太夫のしごきでうしろ手にしばられたんだ」

「どうして、しばられたんだろう。なんか、おいたしたの？」

お銀はうそでもそんな話を聞かされると、腹がたってくる性分だ。が、まさか、子どもの前でツンツンもできないから、やっとがまんしている。

「甘いなあ、おかみさんは。しっかりしてくんなよ。太夫はあんちゃんをしばっておいて、自分でお酒のましたり、ウナギでごはんをやしなってやったり、ふたりともうれしそうにデレデレと、見ちゃいられねえのよ。あんちゃん、よろこんで、八杯もごはん食わしてもらったぜ。たいへんな子どももあったもんさ」

「いいのよ、あの人は無邪気なんだから」

「へえ、無邪気なのかね、あれで。そうかもしれねえな。ふたりで、梅川を出ると、あんちゃんが、太夫、おんぶしてってやろうか、っていうのよ。やっぱり無邪気なんだな、きっと。太夫がまたバカに無邪気でよ、うれしいわって、おんぶして、しがみついて、耳へかみついたり、鼻をつまんだり――おいら、浅草橋んとこまで見ていて、あんまりバカくさいから、こっちへきちまったが、あれからふたりで、どこまで行ったかなあ。ふたりとも無邪気なんだから、今夜は帰ってこねえかもしれねえぜ」

ニヤニヤわらって顔をながめているちんぴら悪党だ。

「あれえ、神さまが帰ってきたかな」

コトンとくぐりが鳴ったのである。

「おかみさん、聞いてみな、いまのことうそじゃねえんだから」

なんとなく青い顔をして、そそくさと玄関へ立って行くお銀のうしろ姿へ、三太はペロリと、赤い舌を出している。

子もり歌

「やあ、三太あにきさんか。よくきたな」

酒で赤い顔を、ニコニコさせながら、灯の中へすわった夢介を、その夢介の耳へ、お銀はそっとかみそりのような目を向けた。

たしかに、かまれた歯の跡がついている。キリキリッと胸へ差しこんでくる大きな火の玉を、ちんぴら小僧の前だから、いっしょうけんめい押えつける。

「おまえさん、ごはんは——？」

「そうだなあ、そう腹もすいていねえから」

ぬけぬけと答える男の大きな顔をながめて、くやしいと思ったとたん、

「そりゃあんちゃん、すかねえはずで。ウナギで八杯、春駒太夫にやしなってもらったんだもの」

人の悪いちんぴら小僧が、すっぱぬいた。

「あれえ、あにきさん、見ていたかね」

夢介は目をパチクリやっている。

「ああ、すっかり見物しちまった。太夫はあんちゃんに、ずいぶんほれてたなあ」

「そうだなあ。芸人さんだから、おしばいがうまいんだろうな」

「へえ、あれしばいかねえ。しばいなら、お半長右衛門の道行きってやつだな。あんちゃんが太夫をおんぶして、太夫があんちゃんにしがみついて、どこまで行ってきたんだい、あんちゃん」

「酔ってるから、天王橋の家まで送っていってきたのさ」

「ふうん」

ニコニコしているあけっぱなしの顔と、黙ってその顔をながめているお銀の白い顔と、

「チェッ、おいら、帰ろうと」

ちんぴら三太はプイと立ち上がった。

「どうしただ、あにきさん」

「つまらねえ。おかみさん、今夜はちっともやきもちやかねえんだもの。さいなら」

アッとあっけにとられているうちに、もう風のように玄関から飛び出していく三太だった。格子がしまって、くぐりがあいて、パタンとしまるまで、じっと耳をすませ

ていたお銀あねごが、

「夢さん、あんたは、あんたって人は——」

一度に爆発して、胸ぐらをとろうか、ひっかいてやろうかと、火のようになってかからだごと胸の中へぶつかっていく。それをヒョイと大きな手でうけとめて、赤ん坊でも抱き取るように、軽々と胸へ抱いて立ち上がった夢介である。

「いい子だから、大きな声出すでねえ。三太あにきさんが聞いているだ。な、いい子だから、このまんま、おとなしく寝んねするだ。今夜は、おらが、国の子もり歌うたってやるべ」

それはお駒というだだっ子をいうなりにおぶってやった夢介が、お銀にすまないような、かわいそうなような、そういう深い愛情をそのまま形に出した姿なので、お銀は座敷じゅうを抱いてやさしくゆすぶりまわられると、たちまちからだじゅうの力がたあいもなく抜けてしまい、男の厚い胸へ顔を伏せてただ悲しく、さめざめと泣きじゃくりだした。

第六話　お銀のふくしゅう

はだか弁天

　夏のまだ明るい夕方だった。お銀はひとふろあびて汗を流して、内ぶろだからだれに気がねもなく、そのままはでなゆかたを脱ぎすてて薄べりの上へ立てひざをして、ちょっと涼んでいた。目は見るともなく、湯上がりのにおうばかりうす桜色した自分の膚をながめて、ムッチリとしまざかりをみなぎらせて盛り上がっている乳ぶさ、フックラとみぞおちから下腹へ、腰から足へとあやしい曲線を描いていく肉づき、それはわれながらうっとりするような、しみ一つない美しさで、いままでこの膚に迷わない男はひとりもなかった。それを、あの人だけは、いくらこっちが身も心もささげつくして、だからときにはあけすけに、一つかやの中で、しみじみため息をついてみせてやるのに、ちっともかわいがってくれようとはしない。

「夢さん、せつなくて、あたし」

「どうかしたかね、あねごさん」

「ここなの、ここが苦しくて」

うちわのような手をつかんで、そっと胸乳の下へ持っていっておしつけてやると、

「食いあわせでも悪かったかな。今夜、なに食ったたっけかな」

と、大まじめなのである。

「いや、あんたは。ここ心臓じゃありませんか。心臓に食べあわせなんてあるかしら」

「そいじゃカッケかな」

そらっとぼけて、それでも少しはかわいそうになるのだろう。少しさすってやるべ、おとなしく寝るだ、と静かに二つ三つさすってくれて、おや、手がおもくなったなと思うと、もう大きないびきをかきはじめるのだ。こんな寝つきのいい人も珍しい。

しかし、お銀にはちゃんとわかっている。決してきらわれているのではないのだ。ただ、あたしのこの血の中に、まだなんとなく荒々しいものがあって、ときどきそれ

が出る。それに、前身が前身だから、もし子どもでもできて、その血が子どもにつたわるようではと、のろまのようでいて考え深い人だから、それを心配しているのだ。そして、そういうあたしを、心ではかわいそうに思い、いつかはほんとうの女らしくなるだろうと、その時を気長に待っていてくれる。

「うれしいわ、夢さん。あたし、きっと心からやさしい女になってみせる。それまで、捨てちゃいやだから。捨てられるくらいなら、いっそあんたを殺して、あたしも死んじまう」

せつなくなって、おもわず両の手で乳ぶさをおさえながら、アッ、殺すなんて、そういう血が悪いんだ、どうしてあたしはこうなんだろう、とお銀は気がついて、つくづく情けなくなってしまう。

「そうだ。この血は、なにか神信心をしなければ、なおらないかもしれない。あしたから観音さまへ、はだしまいりをしてみようかしら」

いいところへ気がついたと、急に目の前があかるくなったような、うれしくて、われにもなく観音さまの方角へ両手を合わせながら、第一に、やきもちを慎むこと、第二、荒っぽいことはもうノミ一匹でも殺さないこと、第三、ことばづかいを優しくして、男のような悪態は絶対に口にしないこと、そして、早くいいおかみさんになって、あの人の赤ん坊が生めますように、と拝んでいるうちに、うっとりと胸が甘くしびれてきた。とたんに、ガラリとふろ場の板戸が引きあけられたのである。

夢介は夕飯までには帰るといって出て留守だったし、ばあやにしては戸のあけ方が手荒すぎる。目をあけてみて、びっくりした。思いもかけない大の男がふたり、戸口へ折れ重なるようにして、さすがにこっちのまる裸に目をみはっている。このあいだの一つ目のごぜんの取り巻きで、ひとりは深川の悪船頭七五郎、ひとりはすもうあがりの岩ノ松音五郎だ。

なにしにきたんだろうと思うより先に、お銀はアッと、とっさにゆかたをとってひざに投げかけて、

「バカ、早く戸をおしめよ。あっけらかんと女の裸なんかをながめているでれ助があるかえ。目がつぶれるから」

カッと強い目をして、にらみつけて、いま観音さまに誓ったばかりだが、つい荒っぽい悪態が口から飛び出す。

が、そんなことでしりごみするくらいのやろうどもなら、人の家へあいさつもなく押しこんできて、いきなりふろ場の戸などあけはしなかったろう。ふたりはちょっと顔を見合わせて、うなずきあい、深川の悪七が先で、ドカドカとふんごんできた。

「アッ、なにをする」

「静かにしろい、このあいだの礼にきたんだ」

日ごろのお銀なら、びんしょうな身のさばきで、むざとはかってなまねはさせなかったろうが、まる裸では、女だからひざから手が放せないし、うっかり立つことも、あばれることもできない。

「ひきょうだ、こんなところへ――ちくしょう」

わずかに身もがきする間に、すもうあがりの岩ノ松が、まっ白な両腕をねじあげるようにうしろへまわして力任せに押えつけ、その間に悪七がぬれ手ぬぐいでさるぐつわをかませ、そこに脱いでおいたお銀のはでなしごき、細ひもで手足を縛りあげてしまった。ゴロリと青い薄べりの上へむぞうさにころがされたお銀は、世にも美しい光沢をたたえて、肉体の花ともいいたいまぶしいようななまめかしさが、たわわに乱れ咲くといった感じである。

「フフフこのままただ運んでしまうのは、なあ、あにき、もったいねえ気がするな」

悪七が見とれながら、ゴクリとなまつばをのんでいる。

「いけねえよ、七、一つ目のごぜんはすごい大将だからね。指一本でもつけてみろ、首が飛ぶぜ」

岩ノ松は大まじめだ、からだの大きいわりに、これは気が小さいらしい。

「だって、もったいねえや。黙ってりゃ、わかりゃしねえや」

「いけねえってば。ぐずぐずしていて、あの土百姓でも帰ってきてみろ、たいへんじゃねえか。さあ、行こう」

見せておくのは目の毒だというように、岩ノ松はお銀のからだへ、フンワリとゆかたをかけて、さっとひっかかえてしまった。

「チェッ」

先に立ってふろ場を出る広い肩幅を、悪七はヘビのようににらみつけていたが、しかたなくあとからついて玄関へ出ると、そこにかごが一丁横づけになっているのだ。ちゃんと夢介の留守を知って、なにかたくらんできたのだろう。

ほえる犬

一足違いのようにして、夢介はのんびりと家へ帰ってきた。

「いま帰りました」

格子をあけて、玄関へあがったが、いつも走るようにして出迎えるはずのお銀の、足音さえない。買い物にでも出かけたかな、と思い、夫婦のようにして暮らしていればそこは人情で、夢介さん、きょうは珍しく早いんですね、とからだじゅうでよろこびながら、それでいて、どこかに女のにおいはしないかと、目、鼻がひそかに鋭くやきもちをやいている濃厚なあねごの顔がないと、やっぱりなんとなくものたらなくて寂しい。

「おらも、だんだん怪しくなってきたかな」

と、サラリと茶の間のふすまをあけて、びっくりした。そこに、たすきがけのばあさんが、手足を縛りあげられ、さるぐつわまでかまされていたからである。

「ばあやでねえか。どうしただ」

いそいでなわをといて、抱きおこしてやると、

「すいません、だんなさん」

ばあやはまっさおな顔をして、なにから話そうかというように、くちびるを、ピクピクとあえがせている。

「どこもケガしなかったかね。水、持ってきてやるべか」

「いいえ、あたしなんか。そんなどころじゃないんです。ふたり、大きな男がドカドカと、いきなりあたしを縛りあげて、それから、おかみさんはちょうどおふろでした

が、そこへ押しこんで、やっぱり縛って、かごでつれていったんです」

「かごでかね」

「はい。声なんかたてる暇もないんです。ひとりのやつが帰りがけに、おれは深川の七五郎っていう、一つ目のごぜんの一の子分だ。田吾作は知っているはずだから、帰ってきたら、よくおぼえていて、そういえ。一つ目のごぜんが、このあいだの礼をするんだ。同朋町の梅川で待っているから、すぐ出向いてこい。おかみさんは先へつれていく。くるのがこわければ、こなくてもいい。そのかわり、女は、おかみさんは、もう二度と返さないから、そう思えと」

「いつごろのことだね、それは」

「つい、さっき、まだ同朋町へつくかつかないかのころなんです」

「そうか。じゃ、ばあや、おらすぐ行ってみてくる。おまえほんとにどこもなんともないかね」

「いいえ、あたしはだいじょぶですから、早く、早くおかみさんを見てあげてやってくださいまし」

夢介は、そのまま家を出た。悪いやつにねらわれたものである。こっちはほんの行きあわせたのが悪縁で、駒形のドジョウ屋で一度、このあいだは横山町の上州屋で一度、一つ目のごぜんの仕事をじゃました格好になっている。ことに、上州屋のときは、お銀がはでな悪態をあびせかけていた。大垣伝九郎としては、顔にかかわることだろうし、今後の仕事のじゃまにもなる。そう思ってたくらんだ仕返しだろうが、こっちはむろん、そんなけんかを買う気はない。ただあやまって、金ですむことならさいわい、きょうは露月町の伊勢屋からとってきた百両が、手つかずにふところにある。これをみんなさし出しても、お銀のからだを無事にもらってこよう。まさかかたわにしようとはいうまいから——。

夢介のはらは、とっさにきまっていた。やがて、すっかり日がかげって、江戸の町はこれから夕風が涼しくなる時分だった。

「ごめんくだせえまし」

梅川の玄関へ立つと、走り出てきたとしまの女中が、このあいだの春駒太夫の時の座敷で、顔をおぼえていたとみえる。

「あ、夢介さんでしたね」

「へえ、小田原の夢介でごぜえます。おらの女房がきょう、こちらへごやっかいになっていますそうで」

「おかみさんが——？」

「はい。一つ目のごぜんのお座敷だと聞いてきましただ」

「アッ、じゃあの裸のおかみさん」

　女中がサッと顔色をかえた。

「あれ、おらのおかみさん裸かね」

「どうしましょう。大きな声ではいえませんが、悪い人たちで、うちでも困っているんですよ」

「まあしかたがない。案内してもらいますべ」

「だいじょうぶかしら、にいさん」

　不安そうに女中が先に立って案内するあとから、奥の広間へ行ってみて、さすがの夢介もアッと目をみはった。

　正面の床の間を背に大垣伝九郎が、例によって無表情な冷たい顔つきでゆうぜんとぜんの前におさまり、両側に浪人者らしいやつがふたり、以下左右に力持ちの鬼辰、岩ノ松音五郎などというあばれ者たちが十人ばかり大あぐらをかいて、その座敷のまん中に、裸とは聞いたが、これは一糸もまとわぬお銀が、手足を縛られ、さるぐつわまでされたまま横ずわりに引きすえられ、じっと観念の眼を閉じて、うなだれている。ガックリとまげのおちた首すじのあたりから胸へかけて蒼白（そうはく）になって、石のようにからだをかたくしているのは人一倍勝ち気な女だから、死ぬよりつらい、こんなはずかしめをうけて、もう命は捨てる覚悟だが、ただでは死なない、どうしたら相手をかみ殺せるか、そればかりを必死になってのろいねらっているのではあるまいか。そういう気がまえが、すさまじい殺気となって、張りつめた美しい膚からあやしく燃えあがっているように見える。

酌に呼ばれている芸者たちは、あまりの無残さに目をそむけ、といって逃げ出すわけにもいかず、みんななんとなく青ざめているが、鬼のような男たちは、このまたとない美女の全裸に興じて、わいざつな冗談を投げあいながら、酒をくらっているようだ。

ノッソリと顔を出した夢介は、やあ来たぞ、田吾作だ、と目ざとく見つけて、連中がひしめきたつ中を、ノコノコまっすぐお銀のそばへ進んだ。

「やいやい、なにをしやがるんだ。すわれ、すわらねえか」

末席の悪七がおどろいて、わめきたて、片ひざ立ちになる間に、見むきせず、そばに落ちているゆかたをひろって、ヒョイとお銀の肩からかけてやった。見あげたお銀の目が、ハッとうろたえるように深沈と燃えたが、夢介は一つうなずいて見せただけで、ゆっくりと末席へさがり、大きなからだをかしこまって、

「お歴々さま、おそくなりまして、まことにすまねえでごぜえます。小田原の百姓、夢介といいますもので、おまねきにあずかり、まかり出ましてごぜえます」

別にわるびれもしなければ、意気ごんでもいない、のんびりとしたあいさつだった。いわば、敵の中へのりこんで、することがけたはずれに落ち着いているうえに、このあいさつだから、一座はちょっとのまれた格好だったが、

「ふざけるねえ。なんだっててめえ、この女に着物をかけやがったんだ。だれの許しをうけてよけいなまねをしやがんだ」

悪七が乗りかかった舟で片ひざ立ちのままかみついている。

「別に、どなたのお許しもうけねえでございますが、お歴々さまの前で、女の裸は失礼でごぜえます。犬でねえから、人間の恥っさらしだと思って、着物をかけてやりました」

「ならねえ。こりゃ一つ目のごぜんのおさしずで、しおきのために裸にしてあるんだ。早くもとのとおり、着物をどけろ」

かさにかかってがなりたてる悪七の顔を、夢介はながめて、ニヤリとわらいながら、もう相手にならなかった。駄犬を相手にしてもしようがないし、片ひざ立ちの格好だけはすごそうだが、この駄犬はただほえているだけで、決して飛びついてはこら

れないことを、ちゃんと知っているからだ。

小判で百両

「七五郎、もういい」

伝九郎の右にいるやせぎすな浪人者が悪七を制して、ギロリと夢介をにらみすえた。妙に底光のする目が気ちがいじみて見えるのは、酒乱なのかもしれない。

「おい、土百姓、これはおまえの女房か」

「へえ、おらの家内でごぜえます」

「この女は、このあいだ横山町の上州屋で、一つ目のごぜんに悪口をついた。よって、しおきのために、さらし物にしておいたので、なにもわれわれが好んで女の裸を酒のさかなにしているわけではない。あいわかったか」

「へえ。よくわかりましてごぜえます」

「だいたい、この女といい、おまえといい、なんで一つ目のごぜんにたてをつきたがるのだ。返答によっては、そのまま座は立たせぬぞ。申してみろ」

やせぎすの浪人はそっと刀を引きつけながら、いたけだかになった。距離が遠いので、抜き打ちというわけにはいくまいが、酒乱だから、こいつはほんとうに抜くかもしれないのである。

「とんでももござえません。おら、土百姓でござえますから、決してたてつくなどと、そんなことは、できるもんでござえません。ただもののはずみで、そんなふうに見えましたら、どうぞご勘弁くだせえまし。以後はきっと、この女めにもよく申し聞かせて、ふり向いても見ねえようにさせますだ——そこのおなご、ちょっとすまねえが、その盆を貸してくだせえまし」

夢介は芸者に盆を運んでもらって、ふところからモゾモゾと二十五両の包み四つ、その封印の一つずつを切ってザラザラと小判で百両、盆の上へ盛りあげた。そのさんぜんと輝く小判の山に、不意をつかれた一座は、ただ目を見はる。

「失礼でござえますが、ここに百両ござえます。これをおわびのしるしに、一つ目のごぜんさまに差しあげますで、おらのたいせつな女房、勘弁してもらえれば、ほんとうにありがたいしあわせでござえます」

夢介は盆を押しやるように、ていねいに頭を下げた。見ようによっては、全く歯がゆい、のろすけに見える格好である。

「どうしましょう、ごぜん」

やせぎす浪人の目からたちまち殺気が消えて、正直なものだ、そっと伝九郎にうかがいをたてるのだ。

「あんなに申すのですから、こんどだけは許してやりますかな」

その伝九郎は例によって、さっきからのこの騒ぎを見るでもなく、見ないでもなく、おんなに酌をさせて、むっつりと杯をあげているが、同じように、承知するでもなく、しないでもなく、わずかに一つあごをしゃくった。そのあご一つにくばっていた取り巻きの目が、ホッと安心してうきうきしたようである。

「おい、土百姓、お許しが出た。今後はならんが、こんどだけは許してつかわす。その女をつれて帰れ」

「ありがとうごぜえます」

夢介はうれしそうに立ち上がると、さっさとお銀のそばへより、身動き一つせず、じっとうなだれたままの女のからだを、たいせつそうに、ゆかたでつつみなおし、ほおずりしないばかりにして、ヒョイと抱きあげた。

「では、お歴々さま、ごめんこうむりますでごぜえます」

あっけにとられている顔や、なにかいいたげにあざ笑っている目には、もう見向きもせず、夢介はノッソリと廊下を出て、黙ってついてきたさっきの女中に、どこか小べやがあいていたら貸してもらいたい、とたのんだ。その小べやの障子をしめきって、はじめて手足のしごき、細帯をとき、さるぐつわをとってやったのである。

やっとからだが自由になったお銀は、手早くゆかたの前をあわせて、しごきをしめ、あられもない姿をさらされたのが、恥ずかしいというよりもくやしいのだろう、ひっそり背を向け、すわったまま、あわれに歯をくいしばっているようだった。

「お銀、あんまり思いつめるでねえぞ」

夢介はいたわるように、ひと言いったきりで、そこではなにもいわなかった。

頼んでおいたかごがきて、それにお銀をのせて家へ帰ったのは、もう宵に近いたそがれだったが、家へ帰っても、お銀はなんとなく目を血走らせて、思いつめている。

「あねごさん、つまらねえ考えおこすでねえぞ」

一つかやの中へまくらをならべてから、今夜のお銀は薄化粧も忘れて、いきなり背中を向けてしまったので、夢介はしみじみと話しかけた。

「女を裸にして、あんなまねするのは、人間ではねえ。あれはみんな気ちがいだ。いや、気ちがいよりもっと悪い人間のくずだよ。おらが小判の封印切ってみせたら、あんなにほえついていた犬が、悩みもいじもケロリと忘れて、すぐに尾をふっていたでねえか。こじきより見下げはてた根性だ。そりゃ、あねごさんはあんなまねされて、死ぬほどつらかったろうが、相手が人間のくずの気ちがいじゃしようがねえ。災難だと思って、もうあきらめて、きげんなおすがいいだ」

お銀はかたくなに返事をしなかった。いつも寝つきのいい夢介が、今夜はすぐにいびきもかかず、しばらくたってからまたポツンといった。

「気晴らしに、しばらく湯治にでも行ってくべえか。どうだね、あねごさん、あんまりいじになって、わずらいでもされると、おら、やきもちやかれるよりつらい思いしなけりゃなんね。たいせつなお嫁だもんな」

お銀が急に顔をうずめたと思うと、薄い掛けぶとんの肩のあたりが激しく揺れて、すすり泣きの声がもれてきた。

「もういいから。な、もういいから」

夢介はつと手をのばして、その肩のあたりをさすってやりながら、お銀が泣き寝入りに寝つくまで、やさしくさすりやめなかった。

しかえし

四五日、夢介は外出をひかえた。お銀は、もう忘れたからと、翌朝からはつとめていつものようにふるまうのだが、どこかものしずかで、あけっぱなしでなくなったところが気になる。

「あねごさん、きょうはおらが戸口のところで番しているから、ゆっくりふろへはいるがいい。おらは決してのぞいてみたりはしねえから、だいじょうぶだ」

軽く冗談を持ちかけてみても、夢さん、背中流してあげるから、いっしょにおふろへはいらない、と平気でいっていたお銀が、このごろは、ただ深沈と目でわらって見せるだけで、妙に慎み深い。なにか心にたくらむものがあるからだと、夢介は見るのである。

それに、顔色もさえないようだし、ああいう執念深い女だから、やっぱりしばらく江戸を離れたほうがいいかもしれない、いよいよ夢介がそう思いをきめた朝である。

「田吾あんちゃん、いるかえ」

ちんぴらオオカミの三太が、格子をあけて、飛びこんでくるなり、大きな声を出した。

「やあ、三太あにきさんか」

夢介はいそいで玄関へ出て、

「よくきたな、お上がり」

「そうしちゃいられねえんだ。おいら、聞いたぜ、あんちゃん」

オオカミはずるそうに、ニヤニヤとわらって見せる。

「なにを聞いたんだね、あにきさん」

「おまえのおかみさんの裸、すごくきれいなんだってね。まるで弁天さまのようだって評判だぜ」

このちんぴらには、ときどき顔を赤くさせられる。茶の間でお銀も赤くなっていることだろう。

「うむ、まあおかげさまで、——だからおら、たいせつにしているのさ」

「チェッ、朝っぱらから、のんびりとのろけている場合じゃねえぜ、あんちゃん」

「そうかね」

「あたりめえよ。おまえのたいせつなおかみさんを、裸にしたやつが、いま茅町（かやちょう）の大黒屋の店先へすわりこんだ。おいら、ちんぴらでも、あんなあくどいやろうは大きらいだ。おおぜいで、女ひとりをしばるなんて、男のすることじゃねえや。なあ、あんちゃん、そうだろう」

「うん、そりゃそうだ」

「あんちゃん、一両出しなよ。おいら、すけだちをしてやるぜ。男なら、おめえ、どうしてもここでしかえしをしなくちゃ、弁天さまのおかみさんに対してすまねえや。いいから、黙って一両出しな」

三太は抜けめなく、ヒョイと右手を出す。人をくったちんぴらオオカミだ。

「そうか、じゃ、一両出すべ。まま、上がっておくれ」

「なんだ、これからあんちゃん、したくしようてのか」

「いいや、おらは百姓だからな。しかえしだなんて、やくざさんたちのまねはできない。すけだちはいいんだ。けど、せっかくあにきさんが親切に教えてくれたんだから、一両はお礼に出すべ——お銀、おらの紙入れを取ってくれ」

が、返事がない。はてなと思って、茶の間をあけてみると、いままでそこにいたお銀の姿がない。

「だんなさん」

とばあやが台所口から顔を出して、

「おかみさんはいま、台所口からお出かけになりましたけれど」

いかにも不安そうな目だ。

「出かけたお銀が——」

しまった、と夢介は思った。紙入れをつかんで、いそいで玄関へとってかえして、

「あにきさん、さあ、一両、おらをその大黒屋へ、案内たのみますだ」

「やるのか、あんちゃん。こいつはおもしれえや」

一両握って、ドングリ眼をサッと輝かし、おどりあがらんばかりの、騒動好きなちんぴらオオカミである。

そのころ——。

第六天社わきの大きな酒屋、大黒屋（だいこくや）の前は、朝っぱらから黒山のような人だかりだった。例の一つ目のごぜんが取り巻きをつれて、ズラリと七、八人、店先へすわりこんでいるからである。すぐそこに番屋はあるのだが、そんなものをこわがる連中ではないし、また別に乱暴を働くわけではなく、ただすわりこんでいるだけだから、番屋でもちょっと手のつけようがない。

やじうまは、きのどくだなと思っているのが三分、なにかはじまるとおもしろいんだがと見ているのが七分。

「ごめんくださいまし。ちょっと通してくださいまし」

お銀は、そういうやじうまの中を、たくみにすりぬけていた。あとからきて、前へ出ようったって、そうはいくけえ。いじの悪い目をしてふりかえった男も、とき色の手絡（てがら）をかけた大まるまげ、黒いうすものを素膚に着て、女盛りの白い膚が透いて見えるかとばかり、水ぎわだったお銀のとしまぶりをすぐ鼻の先に見ると、なんだ、ねえさんか、ついでに足を一つ踏んでいってくんな、などとひょうきんなやつもいて、たちまち人がきの前へ押し出された。

二足三足、店のほうへ進んで、スラリと立ったお銀の姿は、はじめから挑戦的で、目がカミソリのように光っている。おや、やじうまはそのけはいに好奇の目をみはったが、むろん店先に並んでいる連中がうっかりするはずはない。

「やあ、お銀だな。てめえ、性懲りもなく、なにしにきやがったんだ」

まっ先に立ち上がって、ほえついたのは駄犬の悪七だった。

「ホホホ、物もらいのこじきたちが、よく並んだこと。みんなそれでも人間なみの着物を着ているから感心だよ」

「なんだと」

「そばへお寄りでない、臭いから。お寄りでないっていうのに」

かん高いお銀の声に、ゲラゲラと笑いだした者がある。

「ぬかしやがったな、こんちくしょう」

いきなり立って、むぞうさにすべりかかろうと、悪七が大手をひろげた瞬間、お銀の手から白いものが一つ、サッと飛んだ。みごとに眉間にあたって砕けた。卵だ。いや、卵の殻の中へ目つぶしをしかけたやつらしく、砕けたとたんに、パッと粉が煙のように散って、ワアッ、悪七は目をおさえ、ガクンとそこへ両ひざをついてうずくまってしまった。

「やろう、しゃれたまねを——」

バカなやつである。目つぶしの卵は一つきりと思ったか、すもうあがりの岩ノ松が、つづいてふたりばかり、一度に飛び出してくるところを、さすがに前身はおらんだお銀、この四、五日恨みに身を焼きつくしてきたのだから、まことにあざやかだった。三つの目つぶしが、つづけざまに白い尾をひいて、三人が三人ともそれを眉間にくらい、アッと両手で目を押えて、そこへうずくまってしまう。

「さあ、こんどはだれの番。あたしの膚を見たやつは、みんな当分めくらにしてやるから、遠慮なく出ておいでよ」

お銀はもう手のつけようのない雌ヒョウにかえって、強い目をつるしあげていた。やじうまはどよめきたって、のびあがりながら手に汗を握っている。

「おのれ、許さん」

やせぎす浪人が、すっくと立ち上がった。すごい目をすえて、これはじゅうぶん腕に自信があるのだろう、右手に扇を取り、油断なく身がまえながら、ツツッと迫ってくる。

「おきどりでない、こじき浪人のくせに」

憎しみをこめて、どこにそんなに持っているのか、またしてもお銀の手から、はっしと目つぶしが飛ぶ。さすがに一つはヒョイと首を曲げてかわしたが、とたんにまた一つ、こんどはかわす間がないから、右手の白扇でたたき落とした。これもまことにあざやかだったが、卵が目の前で砕けて粉の煙がたったと見ると、

「アッ」

ギョッとしたように、やせぎす浪人は棒立ちになり、目を押えて、顔をゆがめてしまった。おらんだお銀といわれるだけあって、しかけの薬になにか秘術があるのだろう。

と見る間に、一つ目のごぜんの大垣伝九郎はゆうゆうと立ち上がって、例のごとく引き揚げはじめた。

「お待ちよ、こじきのごぜん、女にうしろを見せるのかえ。ひきょうじゃありませんか」

そうだ、ひきょうだぞ、やれやれと、やじうまはよろこんで騒ぎだしたが、伝九郎はもうふりかえっても見ない。残る連中があわてて、倒れたやつをひとりずつひっか

かえるようにして、あとを追っていく。

「ちくしょう――」

おまえがあたしを裸にした張本人じゃないか、逃がしてたまるものか、とお銀は、思ったのだが、女だから、まさか人ごみをかきわけてまで追うこともできない。それに、人ごみの中で、もし目つぶしがはずれて、人に迷惑がかかってはと、中の薬がくすりだけに、それも気になったのだ。

そして、ふと気がついてみると、人がきの中にはもう自分だけが取りのこされて、みんなの目が自分ひとりに集まっている。みんなおもしろはんぶんの目だ。ハッと恥ずかしくなり、お銀は夢中でその人ごみの中へ逃げこんでしまった。

どこをどう歩いてきたか、お銀はやがてひっそりと明るい大川ばたを、悲しくうなだれて歩いていた。

「あんなことをしてしまって、胸は少し晴れたけれど、あたしはもう夢さんのところへは帰れない」

どうしてあたしの血は、こう荒っぽくできているんだろう。

せっかく優しい女になろうと思って、観音さまへはだしまいりをしようとする気にまでなってよろこんでいたのに、いじわるく、世間が、人がじゃまをするのだ。いや、夢さんがなぐさめてくれたように、相手は人間のくずなんだから、がまんしたほうがいいのかもしれないけれど、それがあたしにはできないのだ。

「ごめんなさい、夢さん。この二、三日、あんたは、もったいないほどあたしのことを心配してくれて、いつまでも背中をさすってくれたり——あたし、うれしかった。死んだって忘れやしません」

それを思うと、ひとりでに、涙が出てくる。それにしても、お銀はいったいどこへ行くつもりなのだろう。

自分でもわからないのである。

第七話　縁むすび

男の愛情

お銀はあの日家出をしたきり、もう十日ばかり帰ってこない。

夢介がちんぴらオオカミの三太といっしょに、現場へ駆けつけたときには、たった今けんかがすんだとこらしく、

「すごい度胸だったわね、評判の顔大名を向こうへまわして、はでなたんかを切りやがった。パッパッと目つぶしの卵を投げつけたときにゃ、胸がすうっとしたぜ」

「だいいち、女っぷりがいいや。ありゃ、ただ者じゃねえな。ヒラリと、こう飛びさがった身の軽さなんてものは――」

「うそをつけ。てめえはチラリとこぼれた内またの白さに、よだれをこぼしていたん

散っていくやじうまと、とりどりのうわさで、お銀がどんなことをやったか、たいていは読めた。

「あんちゃん、惜しいことをしたな。おいらちょっと、おかみさんの白い内またが拝見したかったね」

ちんぴらオオカミはそんな小生意気な口をきいて、ニヤニヤわらっていたが――いそいで家へ帰ってみると、お銀はまだ帰っていない。はてな、と思いながら夜まで待ったが、とうとう姿を見せなかった。

かわいそうに、と夢介は帰ってこられないお銀の心根を思って、しんみりしてしまった。決して、おこりはしないんだが、お銀は自分のしたことが恥ずかしくて、帰ってこられないのだろう。いや、あんなまねをしたのでは、もうとてもおかみさんにはなれないと、あきらめてしまったのかもしれない。

「おらがあいそなんかつかすものか。おまえは、ほんとは人一倍情の深い、正直なおなごなのだ。その正直を、世間がだまして、踏みつけにしたから、おまえは腹をたてて、あばれてしまったのだ。おらにはよくわかっている」

そして、夢介はふと気がついた。おらが、まちがっていたかもしれぬ。おらはまだおまえを、まだおかみさんにしてやるとは、一度も口に出してはいなかった。女だから、それをはっきりいってやらないと、安心ができない。だから、やきもちをやいたり、ときどきは野性にかえったり、どうしても落ち着いた女になりきれないのだ。

「そうだ、おらがついていてやらなくては、とてもしあわせなおなごにはなれないあねごさんなのだから、帰ってきたら、はっきりといってやるべ。くにへかえるときは、きっと女房にしてつれていくから、安心していいおなごになれと——」

しかし、そのお銀は、翌日一日じゅう外出もしないで待っていたのに、やっぱり帰ってこなかった。

「困ったぞ、これは、なんだか、おらのほうがやきもちやきたくなってきた」

夢介は、どんなに自分が深くお銀を愛しているか、はじめてわかったような気がした。どうも寂しくて、心配でたまらないのである。むろん、お銀がほかの男に心をうつす、そんなことはちっとも考えられないが、前身が前身だから、やけになって、また悪の道へでも逆もどりしたのではないか。ありそうなことなので、それが気になりだしたのだ。

翌日から、夢介は心あたりをほうぼうさがしまわることにした。運よくその手始めに、両国広小路で、パッタリちんぴら三太にめぐりあったので、

「あにきさん、おらのおかみさん見かけたら、すぐ帰ってくれ、おらが心配している
と、ことづけてくれないかね」
と、たのみこんでおいた。
「あれ、あんちゃん、おかみさんに逃げられたのか」
「いや、あんなけんかしたんで、恥ずかしくって帰られないんだろうよ」
「そんながらかなあ。あの気の強いおかみさんが恥ずかしがるって、どんな顔か見て
みてえや。いいよ、あんちゃん、日ごろ世話になる恩がえしだ、おいらがすぐさがし
てやろう。日当を一両出しな」
ちんぴらオオカミはあいかわらず抜けめがない。
「そら、あにきさん、一両だ。おかみさんをさがして、つれてきてくれたら、そうだ
な、お礼に十両やるべ」
「へえ、はずんだな、あんちゃん。無理はねえ。べっぴんだし、あんなにうまく大や
きもちをやいてみせる名人は、ちょっと珍しいからね。おいら、本気になってさがし
てやるよ」
三太はポンと一度、一両小判をほうりあげて、器用にもとの手でうけ止め、ニヤリ
と人をくった顔をして、駆けだしていった。

しかし、いまだにお銀はどこへかくれてしまったのか、いっこう消息が知れない。

夕だち

その日、夢介は芝露月町の伊勢屋へ、百両受け取りに出向いた。例によって、主人総兵衛は、夢介をけぎらいして会わず、やさしいおかみさんが奥座敷へ通して、百両出してきてくれた。

「夢介さん、これで、おあずかりした千両のうち、四百両おわたししたことになりますそうですね」

「はい、たしかにそのとおりでごぜえます」

「やっぱり、毎日、お道楽をなすっておいでですか」

「いいえ、このごろは、その暑いもんでごぜえますから、道楽のほうは少しお休みにしているのです」

まさか、いろ女のゆくえをさがしているともいえない。このほうがよっぽど暑いと思いながら、

「総太郎さんはお元気でごぜえますか」

あわてて話をそらした。

「おかげさまで、あれにもやっといい嫁が見つかりましたので、きょうもそちらへいっているのかもしれません」

「あれ、それはおめでとうごぜえます」

これは初耳だ。それにしても、あの通人で、いかもの食いの若だんなが気に入るからには、相当器量がいい娘なのだろう。

「お嫁さまは、さぞおきれいなかたでごぜえましょうな」

「ええ。深川佐賀町の俵屋というお米屋さんの娘さんで、お糸さんというのですが、あれもこんどはすっかり気に入ったようで。ホホホ。なんですか、毎日一度その娘さんの顔を見ないと、どうも気がすまないなど、子どものようなことをいって、いいあんばいに、もう道楽はぷっつりやんだようでございます」

うれしそうなおふくろさまの顔を見ながら、少しおかしいようだな、いくらなんでも、毎日娘の顔を見にいくというのは変だ、とは思ったが、そりゃけっこうなことで、とあいさつをしておくよりしようがない。

「夢介さんも一度、おついでがあったら見てやってください。それはかわいい娘さんですから」

このぶんでは、おふくろさまのほうが、だいぶ気に入っているようだ。

「はい。それでは、きょうこれから帰りにまわって、拝ましてもらいますべ」

「いいえ、あなた、なにもわざわざでなくてもいいんですから」

しかし、正直でりちぎな夢介は、ついでのときといっても、そのうちに忘れてしまうと、あのやさしいおふくろさまをだましたようになって、申しわけない、やっぱりきょうのうちに約束を果たしておいたほうがいいと、伊勢屋を出てから思いなおした。

暑い日で、汗をかきながら、尾張町（おわりちょう）から永代橋（えいたいばし）へかかるころ、濃い夕立雲がぐんぐん青空を塗りつぶしはじめた。両国のほうの空はもう墨を流したようにまっくらで、しきりに雷鳴がとどろいている。バラバラと大粒の雨が白い道へはねかえったと見る間に、一度にザーッと滝のような雨あしだった。

「さあ、困ったぞ」

佐賀町のほうへ一散に走っていた夢介は、考えてみると、別に近いところに駆け込む家のあてがあるわけではない。いっしょに走っていた人たちは、たちまちみんなどこかへ逃げこんでしまって、往来を駆けているのは自分ひとりだ。すぐ目の前へ強烈な火柱が立ったと見たとたんに、頭の上で、バリバリッとからだじゅうへひびけるようなすごいやつが一つ鳴った。

「ワッ、くわばら、くわばら――」

思わず頭をかかえて、気がついてみると、夢介は行きあたりばったり、人の家の軒下へ駆けこんでいた。おかしなもので、一度軒下を借りたとなると、もうすっかりぬれてはいるのだが、ちょっと、雨の中へ出ていく気にはなれない。ぼんやり立って、すさまじい雨あしをながめながら、ふと思い出すのは、やっぱりお銀のことだった。かわいそうに、あねごさん今ごろ、この夕だちにどこでぬれているかと、まさかまい子ではないのだから、五日も十日も宿なしでうろついているはずもないのだが、夢介の胸にはなんとなく、人の軒を借りてしょんぼりしているお銀の姿しか、思いうかばないのである。

「もし、あなた――」

ふいにそこの格子(こうし)があいて、顔を出した女がある。かき合わせたゆかたのえりがゆるんで、ムッチリと白い胸がのぞけそうなあだっぽいおかみさんである。

「これはおかみさんでごぜえますか。黙って軒下をお借りしています」

夢介はていねいに、大きなおじぎをした。

「いいえ、かまわないんですよ。そこはぬれますから、こっちへおはいりなさいまし」

「ご親切に、ありがとうございます。なあに、もうぬれていますので、ここでけっこうでございます」

「そんな、あなた、おなじことじゃありませんか。あたしが薄情のようで、ご近所からわらわれますもの、どうぞおはいりになってくださいまし」

そうまでいわれると、親切なおかみさんだな、と思い、人のいい夢介には、それでもとはことわりきれなかった。

「そんなら、しばらく雨やみさせてもれえます」

「さ、どうぞ——いいえ、そこだってこっちだって、もう同じことじゃありませんか。お上がりなさいましよ、いまお出花でもいれますから」

「おら、それでは、あんまり——」

「かまわないんです。ほんとうはあたしのほうから、お人柄を見て、お願いするんですす。雷さまが、あたし大きらいで、あいにくおっかさんが使いに出て留守だもんですから、ひとりでもう、こわくってこわくって——」

そでをつかまれて、夢介はとうとう長火ばちのある茶の間へ引きあげられてしまった。

ひどい雷がつづけさまに鳴っていた。女はほんとうに雷ぎらいらしく、茶をいれるどころか、夢介の横へピッタリからだをすりよせてすわったまま、天井ばかり気にして青くなっている。

困ったなあ、これは、と夢介は当惑してしまった。

雨戸をしめきった薄暗いへやの中である。タンス、茶ダンス、長火バチなど安物でなく、壁の三味線かけに紫ちりめんの袋をかけた三味線が二さおもかかっているあたり、どうもこの女は囲い者といったにおいがある。そういえば、水色の手絡をかけた大丸まげにゆって、薄化粧をはき、肉づきゆたかなどこかゆるんだからだつき、手の指の白くしなやかなのは、あまり水仕事などはしないからだろう。それが、全く雷にばかり気をとられているように、横ずわりになったひざからチラッと白い内またがこぼれているのにさえ気がつかず、ピカリと光るたびに腕へしがみついて、ゴロゴロと鳴り終わるまで、目をつぶってみたり、首をすくめると思うと、青いまゆをひそめて、大きなため息をついて、いそいで耳を押えてみたり、――相手がこわがっているのに、まさか少しどいてくれともいえず、いやでも夢介はむせるような女の濃厚な膚いきれに悩殺されて、しんぼうしていなければならなかった。

いや、しんぼうなら、お銀と一つかやの中にまくらをならべていても、決してまちがいはおこさない男だから心配はないが、こんなところをもし人にでも見られ、だんなの耳へはいるようなことになっては、この女が迷惑するだろうと、夢介はそれを気にするのだ。

「おかみさん、よっぽど雷がきらいとみえるね」

「すいません。これだからあたし、夏は困るんです。あの音を聞いていると、胸が痛アくなってきて」

あえぎながら、邪険に胸をかきむしるようにするのを見て、さあたいへんだ、と夢介は思った。

このうえ、しゃくでもおこされたら、どう手のつけようもない。

「しっかりするだ、おかみさん。今のうちに、クマの胆でも」

「いいえ、だめなんです、そんなもの」

「そうかね、困ったな。なにか、いつもするおまじないのようなもんはないのか。わらじを頭へのせるとか、ヤカンなめるとか」

「ひどい人、ひとがこんなに苦しんでいるのに」

からかわれたと思ったのであろうか、女はうらめしげに身をもんで、胸もあらわに力いっぱいゆたかな乳ぶさを手で押えつけた。

「おっかさん、早く帰ってくれないかしら。あたし、しかたがないから、いつも、おっかさんにしがみついて、しっかりと胸を抱いていてもらうんです」

「そんなら、おら、すぐおっかさんを呼んできてやるべ。どこへ行ったんだね」

「わかんないんです、それが」

あいにくいなずまが雨戸のすきから走って、へやじゅうが青白くなったと見たとたん、ガラガラッと地をゆるがすようなすごい雷鳴がとどろきわたった。

「あれッ」

女は悲鳴をあげて飛びあがり、からだごと夢介のひざへのしかかるように、夢中で首っ玉へしがみついた。

「抱いて、早く、早く胸を、こわいッ」

「こうかね」

「もっと力を、ギュッと――」

しようがない、しっかりと胸を抱きしめてやると、女は呼吸を大きく肩ではずませて、見ると、もう恥も外聞もなかったのだろう、なまめかしいすそを乱して、からだを横抱きにされた形の両の足が、ひざの上まで白々とすべり出している。いささかこっちのほうが気がひけるので、そっと片手を放し、なおしてやろうとすそへ手をのばしたとき、ガラリと玄関二畳間との合いのふすまが、はげしい音をたてて引きあけられた。

三十四、五のやくざとも見える目の鋭い男が、ゆかたの胸からさらしの腹巻きをのぞかせて、ヌッとこっちをにらみながら、突っ立っている。と見て、

「アッ、おまえさん――」

女はぎょうてんしたように、夢介のひざからすべりおり、いそいで乱れたすそをなおして、恥ずかしそうにそこへつっ伏してしまう。

さあ、とんだことになったようだぞと、夢介はポカンと男の顔を見あげながら、ちょっとことばが出ない。

毒婦膏

「おい、おまえ、ひとの留守をねらって、おれのかかあと、そこでなにをしていたん

だね」

男はソロリとうしろのふすまをしめきりながら、すごみのある声で低く出た。雷雨はまだ少しもおとろえを見せず、軒を滝のように流れおちていた。

「とんでもねえことでごぜえます。おら、おら、雨宿りさせてもらって——」

「ふん、けっこうな雨宿りだったね。ひとのかかあを抱いたり、なめたり」

「ちげえます。おら、決して、なめたりなどしたおぼえはねえ。おかみさんが雷のおまじないだ、いつもおっかさんに抱かれるおまじないだというので」

「ありがとうよ、よく変なおまじないをしてやってくれた。礼をいうぜ」

「いいや、変なおまじないは決してしねえです。ただ、おかみさんが、あんまりこわがるもんだから、ついその」

口べたな夢介は、われながらもどかしい。

「黙らねえか。おれは子どもじゃねえんだ。女がすそをあけっぱなしにして、男の首っ玉へしがみついて、男がその女を抱きながら、てめえ、おれの顔を見てそっと引っこめた手は、どこへやっていたんだ。ざまア見やがれ、赤くなりやがった。そんな妙なところを現在亭主が見せつけられて、男として、黙ってすまさせると思いやがるのか——やい、おたき、てめえもてめえだ。面をあげろ」

男はクルリとしりをまくって、そこへ大あぐらをかいた。チラッと青い顔をあげた女は、

「おまえさん、かんにんして——あたしが、あたしが、つい、うっかりしてしまって、すいません」

口ごもるように半分でやめて、ここがたいせつなところだのに、またしてもつっ伏してしまう。

「バカやろう、亭主のつらへどろをぬりやがって、すいませんでことはすむか。間男は二つに重ねておいて、四つにするのが天下のご定法だ。たたっ切ってやるから、もう一度いまの格好をやってみろ」

「ま、待ってくだせえまし。おら、全く間男だなんて、そんなだいそれたまねはしねえです。けれど、おまえさまの留守に、おかみさんの親切に甘えて、雨宿りさせてもらったのは、おらの心得違いでごぜえました。あやまります。金ですむことではねえけれど、ここに五十両ありますだ。これで、清め酒なりと買って、どうか勘弁してくだせえまし」

夢介はいそいで胴巻きの中から五十両そこへ出して、両手をついた。さっきから見ていると、留守にして、外から帰ってきたという亭主の着物が、どこもぬれていな

い。それに、格子のあく音もせず、今帰ったと声一つかけず、ちょうどうまいとき、いきなりふすまがあいた。この家は玄関の二畳から二階へあがる階段があったから、男はたしかに二階にいたのだ。とすれば、女の持ちかけ方があまり大胆でうますぎた。どうやら、つつもたせに引っかかったらしいと、おそまきながら気がついたからだ。

「ならねえ、ならねえ。清め酒とはなんだ。こう見えても深川の清吉は男だぞ。てめえなんかによごされた女、だれが二度とかかあにするもんか。あんまりなめたことをいうな」

「だから、おら、それはまちがいだと、いくどもあやまっていますだ。おら、決しておかみさんをよごしたおぼえはねえです。それはあとで、おかみさんのからだ、ゆっくり調べてもらえばすぐわかることでごぜえます」

その点だけは夢介、ほんとうなのだから、うまいことをいってすわりなおした。

「なんだと、やろう。聞いたふうなことをいいやがる」

悪党はちょっと鼻じらんだように、つっ伏している女のほうを見たが、

「ちくしょう、人のかかあをさんざんおもちゃにしておきやがって、もう勘弁できねえ。おたき、長わきざしを持ってこい。二階だ。ええ、めんどうくせえ、逃げると承

知しねえぞ」

　てれかくしにわめきたてながら、自分で立って、ガラッとふすまをあけて、ドカドカと二階へ駆けあがる音がした。

「おまえさん、すまないけど、早く逃げて、あとはあたしが、きっといいようにするから。おまえさんがいると、うちの人は気ちがいじみているんだから、おさまらない」

　女がヒョイと顔をあげて、早口にいった。ピカッと光って、ゴロゴロッと大きな雷が鳴ったが、別に首をすくめる様子はない。

「そんなら、たのみます。とんだ迷惑かけて、申しわけねえだ」

　夢介はノッソリと立ちあがって、

「けれど、おかみさん、あとでおまえさま、ご亭主にひどいめにあうときのどくだね」

　心配そうな顔をしながら、思わず皮肉が出た。

「いいえ、いいんです。夫婦なんだもの、ゆっくり調べてもらえば、わかりますさ」

　ケロリとして答えるのだから、これはたしかに相当な毒婦なのだろう。

「では、いいようにたのみますべ」

夢介が玄関を出るまで、亭主はまだ長わきざしをさがしているらしく、二階からおりてこなかった。

夢介は、夕だちの町へ追い出されて、頭から雨にうたれながら、五十両とは少し高い雨宿りだったが、しかしあのしばいはうまいものだなあ、と感心しないではいられない。いまだに、白々とした毒婦の膚が、目にちらついて放れなかった。

おのろけ

どうせぬれてしまったが、まさか雨の中をいつまで歩いているわけにもいかない。見ると、永代橋の近くに、なわのれんが目について、油障子に尾張屋と書いてある。

「居酒屋らしいな。おらもついでに、清め酒を一杯やっていくべ」

油障子をあけて土間へはいると、中はガランとして、暗い板場のほうから、いらっしゃあい、というこおんなの声がきこえた。入り口でぬれた両方のたもとをしぼり、手ぬぐいで頭から顔をふきながら、あいたタルに腰をおろそうとすると、

「おい、夢介さん、こっちだこっちだ」

はて、聞いたような声だと思ったら、奥の切り落としになっている三畳ばかりの薄

暗い座敷に、伊勢屋の通人総太郎がひとりで飲んでいる。

「あれ、若だんなでごぜえますか」

通人がこんなあまり上等でもない居酒屋などへと、夢介はちょっと意外だったが、あ、そうかと、すぐ思い出した。佐賀町の娘さんの顔を見にきて、これも途中で降りこめられているのだろう。

「若だんな、このたびはおめでとうごぜえます」

「はてね、やぶからぼうに、なんでげしょう」

「きょう、おふくろさまからうかがいましたです。佐賀町のかたと、なんですか、おめでたい話がきまりましたとかで」

「ああ、あれでげすか。あれはあれ、これはこれとして、まあ一杯いきやしょう」

総太郎はニヤニヤしながら、持っていた杯をさした。珍しくじょうきげんのようである。

「どうでげす。いろ男。その後春駒太夫のほうは」

そういえば、あの同朋町の『梅川』で、心ならずも、おいてけぼりをくわして以来の対面だったのだ。夢介は上がりがまちへ腰かけて、杯をほして、かえして、

「あの時は若だんな、すまねえことをしたです」

正直だから、ちょっと小さくなる。

「なあに、小屋者なんか、わたしはどうせ初めからおもしろはんぶんだったんだから」

なんでもないというような顔をして、

「しかし、ちょいときれいな玉の膚だったね。あれでもう少し品があると、わたしも黙っては引きさがらないんだが。どうでげす、あの娘は男みたいだから、あのほうは案外つまらないんじゃないのかね」

やっぱり気になるらしい。

「とんでもない。そのほうはおらも知らねえです」

「さあ、どうですかねえ」

おんなが夢介のぜんを運んできて、ここでようござんすか、といって置いていった。

「ところで、世の中はおもしろいね、夢介さん。これは家へはないしょだが、わたしはひょんなとしまにほれられてしまってね、実は少しもてあましているのさ」

「あれ、若だんなはもう道楽はやめた、佐賀町のかたがすっかり気に入っていると、おら、聞いてきたばかりだがね」

「佐賀町は佐賀町さ。黙っていたって親がもらってくれるんだから、心配することはないやね。それより、夢介さん、ぜひそのとしまに会ってもらいやしょう。はばかりながら、春駒太夫なんか足もとへも及ばない。まず深川へ出しても、ちょいとあれに及ぶのはないでげしょうな」

　総太郎は目じりをさげないばかりに、ひとりでえつに入っている。

「へえ、通人の若だんながそんなにほめる女は、どんなべっぴんだろか」

「まあ、見りゃわかるよ。いま帰ってくるから」

「帰ってくる――？」

「実は、ここの家の女でね、いまふろへ行って、髪結いへまわって、それがみんなわたしへ見せようっていう心意気なんだから、あんまりのぼせすぎるな、みっともないってしかると、だからなるべく、昼間客のいないときてくれ、それも毎日でなくちゃいやだなんて、冗談じゃない、全くのところ、わたしも困ってしまってね」

　こりゃたいへんなのぼせ方だ。すると、毎日佐賀町へ通うというのは、娘のところではなく、そのとしまに会いにくるのか、と夢介はあきれてしまった。

「若だんな、まさかそのとしまさん、悪いひもがついちゃいねえだろうね」

　自分がいまつつもたせにあって、五十両とられてきたばかりだから、夢介は念を押してみる気になった。

「なあに、悪いひもってのは、まあわたしだろうね、ここの店はその女が一枚看板で急に客がつきだしたんだが、妙なもんで、わたしがひもだってことはすぐわかるんだね。もっとも、女がわたしを見るときは、顔色が違う。ニッコリとこう情合いがこもってね、わたしはわざと、ツンと澄ましてやるんだが、――とても憎まれているそうだよ。それにしても、もう帰ってくるころだな。いつまでみがきこんでいるんだろう」

雷が遠くなったらと思ったら、パッと明るい日が油障子にはねかえった。外で、にじだ、にじだ、という子どもの声がする。

「若だんな、おら、ちょっと寄り道があるで、きょうはこれでごめんこうむりますだ」

ちょうど一本ちょうしはあいたし、待っていて人のいろ女など見たところで、しようがない。いや、なんにでもつきあいのよかった夢介も、お銀に家出されて以来、このごろは夕方がなんとなく寂しく、人の相手をしているのがつらいのだ。

「まあいいじゃないか。夢介さん。もう帰ってくるから」

「でもごぜえましょうが、おら、また拝ましてもらいますべ」

「惜しいなあ。せっかくあれがみがきこんでくるのに、見せたいねえ、ぜひ」

総太郎はひとりで夢中になっている。夢介は自分の勘定を払い、さっさと尾張屋を出てしまった。なるほど、東の空に、大きなにじがきれいにかかっている。

「お銀――」

そっと小声で呼んでみる。なつかしさがジインと胸へこみあげてきて、人ののろけをさんざん聞かされたあとだからだろうか、だれがなんといおうとも、あねごさんがいちばんきれいさ、と思い、ぼんやり永代橋をわたっていく夢介だった。

としまぶり

運命というものは、ときどき皮肉ないたずらをするものである。夢介とひと足ちがいに、尾張屋のなわのれんをくぐって、

「おきよちゃん、きれいなにじだよ」

と、奥へ声をかけたみずみずしいまるまげの女、ぬれ手ぬぐいにぬか袋を持ちそえた、ふろもどりのお銀の水ぎわだったあで姿だった。

「お帰んなさい、ねえさん」

こおんなが板場から走り出て、手ぬぐいとぬか袋をうけとる。

「えらい雷だったねえ」

奥からおやじが声をかけた。

「ただいま、おじさん。おそくなっちまって」

「なあに、おきよにかさを持たせてやろうと思ったんだが、あの降りじゃ帰ってこられないと思ってね。どこに降りこめられていなすった」

「髪結いさんで油を売っていて、それからふろへまわりましたのさ」

こおんなが持ってきてくれた紅だすきをかけ、赤い前かけをしめたお銀は、いくらかやせたようだが、湯ほてりのさわやかな香をみなぎらせて、思わず見とれるようなとしまぶりだ。尾張屋のおやじ夫婦とは、深川へ出ていたころからの顔なじみで、どこへ行くあてもないお銀は、あの日からここへ身を寄せていた。なんにもしないでいると、夢介のことばかり考える。気をまぎらせに、店へ出ててつだってやると、それがたちまち評判になって、場所がら夕方から夜ふけまで、店が繁盛する。老人夫婦にとっては、思わぬ福の神だった。

「エヘン」

総太郎が座敷のほうでからせきを一つした。

「おや、若だんな、いらしてたんですか」

お銀はチラッと笑ってみせただけで、まだそばへ行こうとはしない。ゆっくり鬢にくしをいれている。

「ごあいさつでげすな。約束を忘れるなんて罪でげすぜ」

若だんなのほうはお銀を知らないが、お銀は、夢介から聞いて、伊勢屋の若だんなの名はよく知っていた。しかも、その総太郎が五明楼で、たいせつな夢介をいなか者あつかいにしたひどいしうちは、浜次という妓からすっかり聞かされて、カンカンになっていたのだ。それが、こんど妙なことから、ここでめぐりあうことになり、おれはこんな居酒屋へくる客種とは違うよ、芝露月町の伊勢屋の若だんなさ、どうだえ、相手にとって不足はないだろうと、そこはひとりよがりで、押しの強い男だから、そう名のったおれにほれないやつはうそだというような顔つきで、オホンとおつに気どってみせたので、ようし、いまにみろと、お銀はたちまち、ほれたような、ほれないような、腕によりをかけて、ふくしゅうをたくらみはじめた。

「約束って、若だんな、なんでござんしたかしら」

お銀はそらっとぼけた顔をして、やっと総太郎のそばへ寄っていった。如才なくちょうしを取りあげて、ジロリと流し目をして見せる。

「こりゃ驚いた。今夜はふたりで、船でお月見としゃれる約束だったでげしょう。わたしはまたそのためのおめかしかと、たのしみにしていたんでげすがねえ」

若だんなは見とれながら、情けなさそうな顔をする。女が男とふたりきりで、屋根船へのるとなると、いろごとを承知したという意味にとっていいのだから、若だんながちょっとがっかりするのも無理はない。

「ああ、そうでしたっけね。今夜は若だんな、雨のあとだから、きっときれいなお月さまですよ」

お銀はまたしても気をもたせるようなことをいう。

知らぬが仏

「今夜あたり、夕だちのあとだし、きっといい月でげすぜ。月のふぜいを待乳山、あのへんまで船でこぎのぼるのさ。まあ、だまされたと思って、今夜はつきあってごらんよ」

通人若だんなは、押しの一手に出た。春駒太夫のときは、夢介などというとんだ場違いの土百姓が余興にはいって失敗したが、今までこの押しの一手で、ずいぶん女をくどきおとしている総太郎だ。たとえば、堅くて歯がたたないという後家でも、押しを強くして通いつづければ、つい情にほだされて、どこかにすきを見せるものだし、そこをすかさず強引につけこんで、ほおの一つくらいひっぱたかれても、勇気を出して一度自分のものにしてしまえば、あとは女のほうから、うるさいほどどきげんをとってくるようになり、こんどは手を切るつもりで、五つや十はりとばしてやっても、ただ泣くばかりでなかなかあきらめなくなる。女とはそんなものだ、と、ちゃんと自信がある若だんなだ。

まして、いかもの食いで、ほれっぽい通人が、これまで百千となく見てきた女のうちでも、ちょっと類のないお銀の美貌だし、はじめから触れれば落ちる、そんなふうに見えているだけに、今夜こそと総太郎が奥の手を出すのも無理はない。

「船でお月見なんて、しゃれたもんでしょうねえ」

お銀は白い手で酌をしてやりながら、うっとりした目をして見せる。

「しゃれたもんでげすとも。静かなろの音をききながら、浅酌低唱、すだれごしに見えるのは、真昼のような青い月かげと、満々と流れる水と、ときどきさかながその水の上を銀花に光ってはねあがる、まるで夢の世界でげすな。今夜あたりは、たくさん船が出ていて、粋なねじめを聞かせてる。ぜひつれていきたいねえ」

「行きたいけれど、ふたりっきりで、あたし、もし浮き名でもたつと、おうちのほうへ悪うござんすもの」

「なんの、悪いことがあるもんか。おまえさんとなら、わたしはたとえ勘当されても本望さ」

若だんなの目の色が変わってきた。

「ほんとうかしら」

「ほんとうだとも。誓紙でも、血判でも、今ここでしてみせやしょう」

なんとなく身ぶるいしながら、もし人目のある店でなければ、ぜんを片寄せ、いきなり肩を抱きそうな、人目とぜんがうらめしい、それさえなければもう一息、といった熱い顔つきである。

「そういえば、若だんな、いいのどなんですってね」

お銀はいじわるく、ヒョイと話題をかわす。

「なあに、それほどでもないが、御意なら船で、ゆっくり聞かせやすよ」

あくまで船にしがみついて離れない若だんなだ。

「でも、あたし、くやしいけど、三味線がだめなんです」

「三味線のない歌も、またおつなもんでげす」

「そうかしら」

「ひざまくらで、つれづれなるままに、口三味線で聞く歌の一節なんてのは、うれしいもんでげすからね」

「あら。じゃ、あたしは聞くほうですから、若だんなのひざまくらをかりなければなりませんね」

「貸しやすとも。船ならほかに人目はなし、ひざまくらで将門（まさかど）を一段きかせやしょう」

　おのぼせでない、おまえなんかのひざまくらを借りるくらいなら、タバコ箱のほうがよっぽど安心で、気持ちがいい、とお銀ははらでおかしかったが、

「あたし、将門もうかがいたいし、船へのせていただこうかしら」

　そっといろ目を使って、すごい殺し文句をつぶやいた。

「ほんとうだね、お銀さん」

　若だんなは、ハッと腰をうかせて、気がついたように、おほんとおさまり、

「引きうけやしたよ、今夜は一つ江戸前の包丁を取りよせやしょう。みそめてそめて恥ずかしや、自慢じゃないが、ずいぶん苦労して、そのかわり、そっくりだと師匠が折り紙をつけやしたからね」

グイとそり身になってみせる。

「そういえば、若だんな、大新地の梅次さんていう、いい芸者衆をご存じなんですってね」

なにくわぬお銀の顔だ。

「知ってるにゃ知ってるよ。たしか、二、三度呼んでやったことがある」

うそをおつき、ずうずうしい。二、三度どころか、このごろこそ少し秋風だが、以前は性悪同士うまのあった深い仲で、いつかあたしのたいせつな夢さんを、ふたりがかりでひどいめにあわせた、と、ちゃんと聞いている、そのうらみ骨髄に徹しているお銀なのだ。

「こうしましょうよ、若だんな。はじめからふたりっきりで船へのるの、なんだか人に恥ずかしいし、その糸で若だんなの歌を聞いて、いいかげんのとき、梅次さんを帰せばいいでしょう。あたし、すぐしたくをしてあとから行きますから、あんたひと足先に美濃屋へ行って、船の用意をしておいてください。いいでしょう、若だんな」

一瞬、総太郎は、世にもポカンとした顔だったが、なんと思ったか、

「よしわかった。じゃ、ひと足先へ行って待っているから——だますと、おれも男だよ、いいかえ」

念を押して、急に立ちあがった。どうも、はらにいちもつありそうな顔つきである。

悪魔のささやき

たとえば、はらにいちもつあろうが、にもつあろうがそんなことにおどろくお銀ではない。どうせあの性の悪い若だんなのことだから、梅次など呼ぶはずはなく、なんとかあたしをだまして船へのせ、押しの一手で手ごめにするぐらいが関の山だろう。乗ったと見せかけ、どたんばで、逆に押えつけ、赤恥かかしてもいいのだけれど、なんといっても、たいせつな夢さんの友だちではあるし、女だてらにそんなまねをして、もし夢さんにでも知れたら、それこそいよいよあいそをつかされるだろう。だから、ここはただすっぽかして、じらすだけで勘弁しておくのだ。ありがたく思うがいい、とお銀はせせら笑っていた。

やがてたそがれに近く、いつもならそろそろ店の客足がつく時分だったが、さっきの大夕だちがたたってか、きょうはまだだれも尾張屋ののれんをくぐる常連はなかった。

「きょうはいやに暇だねえ、おじさん」

総太郎のよごれ物をさげていって、弥吉に声をかけると、

「なあに、これからでさ。夕だちで、出足が狂ってるんだろう。そのかわり、宵から目のまわるようになりまさ」

「そうかしら」

「このぶんで、ねえさんが一年家にいてくれりゃ、尾張屋はおかまをおこすんだがねえ」

おやじは向こうはち巻きで、イワシを作りながら、チラッとお銀のまるまげ姿をふりかえっていた。

笑いながら店へ出て、一年もあたし、がまんできるかしら、とお銀はふと悲しくなる。自分から家出をしてきょうで十日、去るものは日々にうとしというから、だんだん忘れられるだろうと思ったのに、日ごとに夢介が恋しくなるのだ。ことに、夕方がいちばんいけない。

あの人、どうしているだろう。今ごろ、きっとあたしのことを心配していてくれるだろうし、ごめんなさい、といって帰れば、やあ、あねごさん、帰ったか、とあの大きな顔いっぱいに、邪気のないえがおを見せて、きっとあたしを抱いてくれる。もう

おとなしくするだ、お銀、と心のひろい人だから、それだけであのことは許してくれるに違いないのだけれど、それが帰れない。罪は許してはくれても、きっとおかみさんにはしてくれないだろうとわかっているからだ。おかみさんになれないくらいなら、いっそこのまま別れていて、こがれ死にしてしまったほうがましなのだ。

お銀はキリキリと胸が痛くなってきた。こがれ死にするにしても、もう一度会いたい。別の心がそう思って、矢もたてもたまらなくなるのである。

「どうしようかしら」

お銀はフラリとのれんをくぐって店の前へ立った。外はまだ明るく、夕だちにほこりを洗われた涼しい町筋を、往来の人々はたいていい家路へいそいでいるようである。職人衆、小あきんど、番頭、でっち、そして、花まちに近いところだから、使いに出たこいきな女中たち、まだゆかただけの芸者らしい妓など、みんな帰る家のある人たち、お銀はぼんやりながめて立ちながら、やっぱりため息が出た。

「あれえ」

ヒョイと前に立ち止まった小僧がある。下町一帯をなわ張りのようにして、風のまにまに飛んで歩いているちんぴらオオカミの三太だった。

「なあんだ、おかみさん、こんなとこにいたのか」

「あ、三太さん」

お銀はびっくりした。悪い小僧に見つかってしまった。この子はすぐあの人のところへ知らせるだろうし、とは思ったが、今さら隠れるわけにもいかない。

「おめえ、どうして家へ帰らないんだい。夫婦げんかでもしたのか」

「そんなこともないけれど、三太さん、お願いだから、あたしがここにいること、当分あの人にないしょにしておいてくださいね」

「そりゃまあ、ものと相談によっちゃ、ずいぶんないしょにもしておくがね」

三太はずるそうにわらいながら、

「そうだ、おめえにちょいと話してやりてえことがあるんだけれど、どうしようかな」

と、急にドングリ眼を光らすのである。

「話――」

「うむ、田吾あんちゃんのことなんだがね。なあに、別れた人のことなんか、どうだっていい、聞きたくないってんなら、おいらはそれでもいいんだよ」

ちんぴらのくせに、小生意気なことを、とお銀は思い、それにこの小悪党はよくうそをつくとも考えたが、そこはほれた弱みで、たった今も胸が痛いほど恋いこがれていた男のことだから、やっぱり聞かずにはいられなかった。

「三太さん、ちょっとこっちへきておくれ」

まさか、店の前で立ち話もできないので、お銀は、二、三軒さきの質屋の倉の横へつれこみながら、黙って小判を一枚、ちんぴらオオカミの手へ握らせた。

「すまねえな、おかみさん。おいら、なにも、こんなことをしてもらおうと思って、そういったわけじゃねえんだけど」

そのくせ、いそいで小判をふところへねじこみながら、

「おまけに、その話ってのが、あんまりいい話じゃねえんでね」

と、気のどくそうな顔をしてみせる。

「じゃ、あの人、どこかかげんでも悪いの」

ドキリと顔色のかわるお銀だ。

「違うよ。変なこときくけど、おかみさん、まだ田吾あんちゃんにほれてるのかい」

いじ悪く、まじまじと顔を見つめられて、

「いやな子、そんなこときくもんじゃありません」

メッとにらんで、にらみきれず、お銀はほんのり赤くなる。

「あれ、やっぱりほれてるんだね。そんなら、どうして家へ帰らねえんだろうな」

「そんなことより、いったいどうしたの、うちの人が」

「だからよう、ほれてるんなら、おいら早く家へ帰ったほうがいいと思うんだ」

「どうして」

「田吾あんちゃんは、あれで、なかなか女にもてるんだねえ。どこがいいのかなあ。おいらふしぎでしようがねえんだ」

ああそうか。このちんぴら悪党は、またあたしをだましておもしろがる気なのかもしれない、とお銀はやっと気がついて、

「そうねえ、あんなのろ助のどこがいいんだろう」

わざと涼しくわらってみせた。

「ところが、おいら、このあいだの晩遊びに行って、はじめてそのわけがわかったよ」

「そうお」

「春駒太夫が遊びにきて、ちょうどふたりで一杯のんでいるところなのさ。差し向かいでね」

ちんぴらオオカミは、ソロリと顔色をうかがう。きたな、と思うから、

「そうお」

お銀は澄ました顔だ。

殺したい

「あんちゃんは、いつものとおり、よくきたって、ニコニコしてくれたけれど、お駒のやつ、いやな顔をしやがんのよ。どうしてだと思う、おかみさん」

「さあ、どうしてだろう。あんたにまた、変ないたずらされて、ふところまでもねらわれると思ったんじゃない」

「チェッ、のんきなこといってらあ。そんなんじゃねえんだ。夢さん、あたしはおかみさんがいたから、今まで遠慮していたけれど、出ていったおかみさんには、もう遠慮しませんからって、おいらがいつまでも帰らねえもんだから、がまんができなくなって、とうとう始めやがった。だから、おいら、わらってやったのよ、おまえがいくらのぼせたって、ここのおかみさんのほうがよっぽどいい女だからなあ、ってね。春駒のやつ、くやしがって、そりゃあたしは器量じゃかなわないけれど、亭主をおいて家を出ていくようなふてくされたまねはしない。見ていてごらんよ、これからいっしょうけんめい夢さんをたいせつにして、手品だってなんだってやってみせて、きっと夢さんがよろこんでくれるような、やさしい、いいおかみさんになってみせるからって、たいへんなのぼせ方なんだ」

「フフフ。うちの人、なんていったの」

お銀は鼻の先でわらってみせたが、どうしたんだろう、そんなばかげた話、とわかっていながら、胸の底のほうが妙にモヤモヤとしてくるのだ。

「あれで春駒だって、いい女にゃいい女だからね。それに一度、あんちゃんは太夫をおぶってやって、耳へかみつかれたり、首っ玉へしがみつかれたり、あの時はまんざらでもなかったようだからな。なんだか知らねえが、お駒はその晩とうとう帰らなかったんじゃねえかなあ」

「まさか」

「だって、けさおいらが、ちょいと寄ってみたら、まだいたもの」

「そうお」

「一両もらって、知らん顔をしているのも悪いから、ほんとうのことをいうけれど、お駒はもうおかみさんのゆかたかなんか寝巻きにして、桃色のしごきをだらしなくしめやがって、あんちゃんの大きな頭をひざまくらさせて、鼻毛を抜いてやってやがんのさ。いうことがいいんだぜ。前のおかみさんはだらしがないから、こんなに鼻毛をのばさせておくんだ、あたしは、鼻毛なんかのばさせておかない、だってよ。だから、おいら、あんちゃんに、いってやったんだ。あんちゃん、そんなとこおまえ、あのやきもちかかあに、フフフおこりっこなしだぜ、あのやきもちやきに見られたら、首がいくつあっても足りないぞ、というと、お駒がおこりやがって、そんなことさせるもんか、ここのおかみさんはもうあたしなんだから、前のひとなんかに指一本だって、さわらせるもんか、だとよ。あんちゃん、なんていわれても、ニヤニヤとわらっていやがんのさ。つまり、その女になんていわれても、デレッとしてニヤニヤとわらっているところが、あんちゃんのいいところなんだな」

「あの人、子どもみたいなんだから」

「全く、子どもさ。この人、夜になると、あたしのおっぱいばかしいじりたがって、くすぐったくってしようがないって、春駒もわらっていたっけ。あきれた大きな子どもさ。よけいなお世話だけど、まだほれてるんなら、おかみさん、いつまでもあんちゃんを、ひとりでほっぽり出しといちゃだめだぜ。なにしろ、子どもなんだからね──じゃ、さいなら」

ニヤリと人を小バカにしたようにわらって、ちんぴら悪党はプイと駆けだした。いつの間にかたそがれて、町にはもう灯がはいっている。

「ちくしょう――」

お銀は立ちつくしてしまった。うそだ、と思う。あんなちんぴらに、だれがだまされるもんか、とじっと歯をくいしばるのだが、決してないとはいいきれないことなのである。だいいち自分が家にいないのが悪いのだし、あの人はまた妙に女に好かれるたちなのである。それに、春駒太夫は、たしかに一度あの人にほれたことがあるのだ。小屋掛け芸人で、相当すれっからしのおきゃんだろうし、あたしがいないとわかれば、押しかけてきてもふしぎはない。いうこともすることも、まるで見えるようで、うそにしては、あのちんぴらオオカミの話は、あんまりこまかすぎはしないだろうか。鼻毛を抜いてやったり、あたしの着物に平気で手をかけたり、大道芸人のやりそうなことだ。くやしいッ、とがまんしていた胸の中の火の玉が、とうとう頭へのぼってきた。

そうだ、今夜ふいに踏みこんでやる。もし、ふたりで、ほんとうにいちゃついていたら、かまわない、あの人も、女も殺して、思い知らせてやる。そりゃ、あたしが留守にしたのは悪いけれど、別れていたって、あたしは片時だってあの人のことを考えていない時はありはしない。それだのに、あの人は、いくら女のほうから持ちかけられたからって、ひざまくらをしたり、鼻毛を抜いてもらったり、いいえ、あたしにはちっともしてくれなかったくせに、そんな女のお乳までいじってよろこんでいるなんて、きたならしい。もうしょうちができるもんか。殺す前に、きっと一度、あたしのお乳を口の中へ押しつけてやるから、おぼえているがいい。いや、そんなことぐらいで気がすむもんか。そうだ、とお銀は急に思いついた。

あのいかもの食いのバカだんなは、春駒太夫におかぼれして、このあいだまでせっせと通っていたという話だ。あいつを連れていって、春駒のひざへ突き飛ばしてやろう。みんなをならべておいて、思いっきり悪態をついて、それからカミソリを突きつけてやる。どんな顔をするか。ちくしょう、あたしはもう鬼なんだから、とお銀は目をつるしあげて、くやしさに、ワナワナと身ぶるいが出てきた。

腕くらべ

宵で、十五日の満月が、みなぎるような青い光を、大川いっぱいに降りそそいでいた。涼みをかねた屋根船が美妓佳肴をのせ、あるいは気の合った風流の友だち同士、上は向島、吾妻橋のあたりから、下は永代、品川の海までも、いく百となく流れただよい、浮かれて、にぎやかな弦歌の声をあげているもの、つめびきでひっそりとじょうちょをたのしんでいるもの、中にはわざと灯を消して、すだれごしの月かげに密語こまやかなるため息をひそめているかに思わせる心憎い船など、おもいおもいに行きかっていく。

そういう屋根船の一つに、お銀と若だんなと差し向かいに、いわゆる江戸前の酒肴(しゅこう)の膳(ぜん)をはさみながら、珍しく杯を手にしていた。船は今、浜町(はまちょう)河岸あたりを、ゆるやかに両国橋のほうへのぼっている。

総太郎はこの水ぎわだった美人を、こよいとにかく船まで誘い出して、すっかり有頂天になっていた。しかも、差せばいくらでも杯をあけて、もうほんのりと目もとを染め、ゆたかな胸のあたり、くつろいで横ずわりになった腰からひざへかけて、どこかドロンとゆるんだような、ともすればひざ前さえくずれこぼれるかと見えるふぜいを、舌なめずりばかりに見とれてゾクゾクしている若だんなだ。

「どうでげす。ひとつ、そろそろのどをきかせやしょうか」

これはぜひ聞かせておきたい総太郎である。

「おや、そういえば若だんな、どうして梅次さんを呼んでおいてくれなかったんです」

お銀は気がついたように若だんなをにらんだ。

「冗談じゃない、今さらそんな。いろにはなまじ連れはじゃま、といいやしてね」

そらっとぼけて、ソロリとそんな探りを一本入れてくる。

「だれがいろなんです、若だんな」

「はあてね、さっき、今夜はあたしがいいとこへ案内しよう、船のしたくはいいかって、御意あそばしたのは、だれでげしたっけね、忘れちゃいけません」

「ああそうそう、あたしそんなに酔ったかしら」

持っていた杯をさして、チラッといろ目をつかい、若だんなをゾクゾクとよろこばせながら、いまに見ろ、と思うお銀である。

「なあに、安心して酔ってもらいたいねえ。ちゃんと介抱してやりたいのがついているんだから」

「性悪はその手で女をくどくんですってね。聞いていますよ、おまえさんのいかもの食い」

あんまりいい気になられると、ついムカムカして、がまんしきれない。

「とんでもない、そりゃ世間の悪口でげしょう。いろ男はとかく憎がられるものさ。オホン」

「ようよう、いかもの食いのいろ男」

「ひやかしちゃいけません。どれ、ひとついいところを聞かせやしょうか」

「およしなさいよ、悪酔いするといけないから」

「なに、それほど飲んじゃいやせん。だいじょうぶ、まだ声はたつはずでげす」

「およしてば。せっかくのさかなが、くさるじゃないか」

おこってにらみつけると、

「あれえ、おまえはおこり上戸(じょうご)でげすか。いいねえ、そのおこった目が千両、たんとだだをこねてもらいやしょう。遠慮、気がねは水くさい」

と、いよいようぬぼれる若だんな。横っつらをはり飛ばしてやりたくなったが、思いかえして、

「歌だけはたくさん。あたしは頭痛持ちなんだから」

と、お銀はやっとがまんした。

「惜しいなあ。これでも師匠にほめられたのどでげすがねえ」

「まあ、師匠だけにほめさせておくんですね」

「そうでげすかな。きらいとあればしようがない。むつごとのほうにいたしやしょう」

いうことが、いちいちかんにさわってくるが、むつごとと聞いて、お銀はふっと夢

介を思い出した。今ごろ、もう春駒太夫と一つかやの中へはいって、あかりをけして、さしこむ月かげをながめながら、そのむつごとというのをかわしているのではないだろうか。それとも、女はズマ師だから、キセルかなにか使ってちょいと小手先の芸を見せている。子どものような人だから、大きな顔を輝かして、ポカンと口でもあけているか。ちくしょう、あいつは手品でうまくひとの男をつってしまったに違いない、とお銀はまたしてもやきもちの火の玉が猛然とこみあげ、なんとなく目がつるしあがってきた。

「若だんな、お酌をしてください」

ヒョイと吸い物わんのふたをとってつきつける。

「へえ、こいつは豪勢だ。うれしい心意気だねえ」

よろこんでちょうしを取りあげる若だんなは、早く酔いつぶれるのを待っているのだろう。だれがこんな酒なんかに酔うものかと、一息にのみほして、

「一つあげましょう」

「思いざしというやつでげすな」

「いいえ、どっちが先に酔いつぶれるか、腕くらべ」

「酔いつぶれたら、どうなりやす」

「横っつらをはりとばしますさ。胸がスッとするように」

「少し乱暴でげすな」

さすがにあきれて目をみはるのへ、

「ホホホ、手ごめにしたい若だんなと、どっちが乱暴かしら」

お銀はズバリといってのけて、大胆な目をすえた。いささか酔ってきたのである。そのどこか着くずれて、ユラユラとしま盛りをたぎらせている凄艶ともいいたいからだつきに、総太郎はおもわずなまつばをのみこみながら、

「そ、それが承知なら、腕くらべ、いや飲みくらべ、ずんと気に入ったねえ」

と、とうとう本性をあらわした。もう一押しだ、と武者ぶるいが出たとき、

「ねえさん、着きましたよ」

惜しいかな、船頭の声が外から呼んだ。

鼻毛しらべ

「どこへ行くんでげす」

船を新シ橋のたもとへ待たせて、さっさと陸へあがるお銀のあとから、総太郎はし

ぶしぶとついてあがった。

「黙っておいでなさいよ。行けばわかるから」

お銀は、もうシャッキリしていた。総太郎どころではない。憎い女が自分の男を寝取っている家へ踏んごむのだ。ちくしょう、殺してやるから、と半分は鬼になり、半分は女だから泣いている。

「なんだ、ここは神田佐久間町じゃないか」

足早なお銀のあとを追って、ノコノコついてくる若だんながぼやいているが、お銀はもうふりかえっても見なかった。

宵をすぎた月かげのあかるい道である。四丁目の通りへはいって、魚辰のかどを横丁へ曲がった三軒め、十日ぶりで見るわが家の門だったが、いよいよきたと思うと、さすがにお銀は胸がふるえる。

が、そっとくぐりへ手をかけてみて、それがあくとあとは夢中だった。ネコのように足音をしのばせ、そこは昔が昔だからびんしょうで身が軽い。こうしをあけるとものもいわず一気に玄関から茶の間へ走りこんだ。敵は奥のかやの中だと思いこんでいるので、そのふたりがまくらをならべているところへ、いきなり踏んごんでやるつもりでいたのである。

「アッ」

それが茶の間のふすまをあけたとたん、おもわず棒立ちになってしまった。そこに夢介がのんびりと大あぐらをかいて、将棋をさしている。相手はもちろん、ちんぴらオオカミの三太。

「あれ、お銀でねえか」

ふりかえった夢介の大きな顔が、子どものようにサッとよろこびに輝いて、ニッコリ見上げている。それをにらみつけて、血走った目をいそがしく家じゅうへくばり、突っ立ったまま女のにおいをかぎ出そうと、火の玉になっているお銀である。ごまかされるもんか、ちんぴらが先まわりして、いいつけ口をして、春駒を逃がしたに違いない。ちくしょう、くやしい。

「どうしたんだ、お銀、そんなおっかねえ顔して」

「夢さん――」

ハッと気がついて、お銀は夢介のひざへ、ひざをのりあげるように胸ぐらを取り、じっと鼻毛をにらんだ。おや、たしかに二本ばかり鼻毛が伸びている。けさ春駒太夫に抜いてもらったのに、おかしいと思ったとたん、

「おいら、おっかねえから、帰ろうと」

ちんぴらオオカミがこまを投げ出して、プイと立ち上がった。

「三太さん、おまえ、おまえ――」

「アハハハ、ゆっくりやきなよ。十日ぶりじゃねえか。あんちゃんも心配してたんだぜ。さいなら」

うれしそうにわらいながら、玄関へ逃げていこうとして、あれえ、と立ち止まった。そこに総太郎が、ポカンと棒立ちになって、夢介と、その夢介の胸ぐらをつかんでいるお銀とをにらんでいたのである。

「あ、こりゃ若だんな」

夢介がびっくりして声をかけた。

「ここは、ここは、おまえさんの家かね」

「そうでごぜえます。さあ、はいってくだせえまし――お銀、お客さまでねえか。いつまで甘ったれているだ」

そのお銀は、三太にだまされたのだとわかると、ホッと安心して、酔いが一度に出たか、からだじゅうがとろけるようで、十日ぶりで恋しい男の胸の中である。思わず首っ玉へしがみついて、ボロボロ涙が流れてきた。

「あれ、どうしただよ、みっともない」

「じゃ、それは、そのひとは、おまえの――」

と、総太郎が世にも奇妙な顔をする。

「ごめんなせえまし、若だんな。おらの家内でごぜえますが、今夜は少しばかり酔っているので、とんだとこお目にかけて――お銀、若だんなにわらわれるでねえかよ」

「知らない、そんな人――」

恥ずかしいというより、ただもう、うれしくて、このまま子どものように泣いてみたいお銀だった。

「若だんな、目の毒でげすよ。帰りましょう」

三太がわらいながら、トンと総太郎の胸を突いた。

「なんだ、そうでげしたか」

ため息を一つついて、フラフラとちんぴらに誘い出されていく若だんなのうしろから、夢介はきのどくそうに声をかけた。

「ごめんなせえまし、若だんな。こんどは、おら、若だんなの尾張屋のいいひとってのに、きっと会わしてもらいますだ。勘弁してくだせえまし。お銀は今夜少し酔っているもんだから」

第八話　若だんなの女難

約束

「お銀あねごさん、おら、これからちょっと出かけてめえります」

すっかり秋めいてきたさわやかなある朝、夢介はわざととぼけた顔をして、お銀にことわった。前のころだと、出かけると聞いただけで顔色がかわり、あたしもいっしょに行ってあげます、あんたはまだ江戸になれないんだから、と先に立ってしたくをしたがるお銀だった。が、このごろは、

「行ってらっしゃい。晩ごはんまでには、帰ってきてくださいね」

と、念を押すだけで、行く先さえ自分からはなるべく聞きたがらないようにがまんしている。つまり、早く良いおかみさんになりたいと、いっしょうけんめいにつとめ

ているのだ。

というのは、あの家出して十日ぶりで帰ってきた夜、久しぶりに胸ぐらをとられて、夢介もうれしかったし、お銀もただのやきもちではなく、しまいには首っ玉へかじりついて、子どものように泣きだしたほど、安心して、うれしかった。

「このまま、死んじまいたい、あたし」

お銀はほんとうにそう思った。なんの因果か肩書きつきの女になってしまって、血の中の荒々しい気性は、とてもひととおりではなおりそうもないし、やきもちだって、やくほうの身になってみれば、決して道楽やすいきょうでやいているのではないのだ。自然にやけてきて、やくまいと思ってもジリジリとこの身が細るほどやけてくる。ほんとうにつらいのだ。こんなにつらい思いをしても、どうせおらんだお銀ではおかみさんになれそうもないし、そのくらいなら、こうして今首っ玉へしがみついて、うれしいと思っているうちに、死んじまいたい、とお銀はほんとうにそう思って、夢介の大きな顔へほおを押しつけて、心から泣いたのである。

「死ななくてもいいだよ、お銀」

夢介が肩をさすってくれながらいった。

「いや、死んじまう」

「あねごさんが死ぬと、おら、寂しい」

「うそばっかし」

「うそでねえだ。おら、この十日、心配で、寂しくて、すっかりやせてしまった」

「そうかしら」

正直に、お銀は男の背中をさすってみて、岩のようなので、

「ちっともやせてなんかいないくせに」

と、また泣けてきた。

「そんなはずはねえ。おら、やせるほど心配して、少しやきもちやいただ」

「なんですって、夢さん」

聞き捨てならないので、お銀は首っ玉を離れ、両手で肩を押えつけて、じっと男の顔を見つめた。

「あねごさんが、もし、ほかの男のところへ行っちまったら、と考えて、変な気がして、ああこれがやきもちかと、また変な気がして」

「そんな、そんなあたしだと思ってるの、夢さん」

「だから、それがやきもちなんだから――」

「しらない。いくらやきもちだって、あたしが、ほかの男と――くやしい。そんなあ

たしじゃない。あんまりだ」

お銀は男のひざの上で、じだんだをふむように身をもがきだした。

「それでな、あねごさん、おら考えただ」

モソリと夢介がいうのである。

「かってになんでもお考えなさいよ、ひとをバカにして」

「おら、江戸で千両道楽したら、どうせ小田原在へ帰んなけりゃなんねえ」

「かってにお帰んなさいよ。あたしは、どこへでもくっついて行きますからね」

「だからよ、小田原へ帰るときは、あねごさんをいっしょに連れていって、おやじさまに話をして、お嫁になってもらうと考えただ」

「ほんとう、夢さん」

ドキリと心臓がとまったように、お銀は急にからだがかたくなってしまった。

「ほんとうだとも。おら、あねごさんが好きだ」

「ほんとうかしら」

「おら、うそはいわねえ。だから、あねごさんも、これからは、おらに心配させねえで、いいお嫁になってもらいてえだ」

「死んでもいい、このまま」

お銀はまたしても涙が滝のようにあふれてきて、ボーッと気が遠くなりそうで、大きな男の胸の中へ、くずれるように顔を埋めてしまった。

翌日から、お銀はすっかりおとなしくなってしまった。めったに外へも出たがらない。外へ出ると、自分ではいいお嫁になるつもりで慎んでいても、人から騒動を持ちかけられそうでこわいのだ。持ちまえのやきもちも、じっとがまんしている。

しかし、あんまり家にばかり閉じこもって、むりにやきもちをがまんしていては、からだにさわりはすまいかと、夢介は少し心配になるのだ。

「いい秋びよりだし、おら、芝の露月町まで行ってくるだが、あねごさんいっしょに行かないかね」

「露月町って、伊勢屋さんですか」

そういえば、あの通人の若だんなをだましっぱなしにしているお銀である。その話をあとで夢介に白状して、案の定、もうそんな罪ないたずらするでねえ、と一本きめつけられているのだ。

「若だんなのお嫁の話、どうなったかと思ってね。進んでいるんなら、お祝いもしなけりゃなんねえから」

「堅い家だっていうじゃありませんか。そんなところへ、あたしをつれてってもいいの、夢さん」

「かまわねえとも。あねごさんは、いまにおらのお嫁になるんだ。いまのところは、まだいいなずけで、おら、三つ違いの兄さんだと、いっておくべ」

「フフフ、おすもうみたいな沢市さんね」

お銀はうれしいような、恥ずかしいような、お嫁といわれただけで、からだじゅうが甘くとろけてしまいそうな気持ちにされる。

「でも、よします、あたし。若だんなに悪いもの」

「そうかね。むりに今行かなくてもいいけど、おら、一度はあやまっておくほうがいいと思ってね。長いつきあいをしている家なんだから」

そういうところはりちぎな夢介である。お銀は、ハッとして、

「そりゃ、あやまりますけど、お嫁になってからだっていいでしょう」

そういわれれば、なおさら行きにくい気がしてくるのだった。

身投げ娘

「そんなら、きょうは田吾の沢市さん、ひとりで行ってくべ」

夢介はお銀に玄関までおくられて、わらいながら家を出た。両国広小路まできて、ふと思い出したのである。伊勢屋のおふくろさまから、ぜひお嫁さんを一度見てやってくださいといわれていた。あの日はわざわざ深川佐賀町へまわりながら、夕だちにあって、おまけにつつもたせにひっかかり、とうとう娘の家へはまわれなかった。

きょうはどうでも、お嫁さんになる娘の顔を見ていかないと、おふくろさまに悪い、そう思ったので、広小路の雑踏をぬけ、両国橋をわたった。東両国には、このついたちからまた、春駒太夫一座がかかっている。が、これは寄らないほうが無事だろう。玉の膚は悪くはないが、せっかく、やきもちを慎んでいるお銀に知れると、とんだ罪を作るからである。

空も水もさわやかに澄んだ秋の大川ばたを歩いて、万年橋（まんねんばし）をわたると、牧野豊前（まきのぶぜん）様の下屋敷へ突きあたる。へいにそって再び大川ばたへ出ようとすると、右手にお舟蔵があって、このへんは大名屋敷の多いところだから、閑静で、あまり人通りはない。

「だれかきてくれよう」

突然ゆくてのお舟蔵のかげから、子どもっぽい声が助けを求めた。見ると、川へ飛びこもうとする娘の帯を、小僧がうしろから、必死につかんで、はでなお七帯がとけ、止められて娘はよけい逆上したのだろう、すそをみだして死にもの狂いに、ズルズルと小づくりな小僧を引きずっていく。

「だれか――早く、早く」

金切り声に、やっと駆けつけた夢介は、

「無分別するでねえ」

大きな手をのばして、ヒョイと娘の肩をつかんだ。

「放して――放してくださいまし」

娘は目を血走らせて、だだっ子のように身もがきしたが、夢介の胸の中へかかえこまれてはもうどうしようもない。

「いけねえだ、な、気を落ち着けて――よく考えれば、なにも死ぬことはねえだから。なんでも、おら、きっと、きっと相談にのってやるべ。人が見ると、笑われるだから」

いっしょうけんめい娘の背中をさすってなだめてやると、人が見て笑う、そのことばに娘はハッとしたらしく、急に胸の中でおとなしくなって、シクシク泣きだした。

「ああ、びっくりした。あんちゃん、おまえいいところへきてくれたな」

そばに立って、まだ息を切りながら、ニヤリと笑ってみせたのは、意外にもちんぴらオオカミの三太である。

「やあ、あにきさんかね。よくまあ気がついて止めてやってくれただ」

この悪たれ小僧が、こんな人助けをしてくれたかと思うと、夢介はとてもうれしかったのだ。

「ほねをおらせやがんのよう。おいら、なんだか様子が変なもんだから、あとをつけてきたんだ。娘っ子でも、バカにできねえ力があるもんだね、あんちゃん」

三太はしししっ鼻をうごめかす。

「そりゃ死にもの狂いになれば、娘さんでも強くなるだ。ほんとによく押えてくれて、礼をいいます。あぶねえとこだった」

「じゃ、あんちゃん、あとはおめえにまかせて、おいら、安心して行くぜ。おいら、子どもだから、娘っ子の相談なんてのは、聞いたってわからねえだろうからな。さいなら」

プイと万年橋のほうへ駆けだした三太が、立ち止まって、なにか考えていたようだったが、急に駆けもどってきた。

「あんちゃん。これ、あとで、その娘っ子さんに返しておいてくんな」

あれえ、と夢介は目をみはってしまった。いかにも娘が持ちそうな、赤い紙入れをさし出したからである。

「フフフ、いつの間にか、おいらのふところへ飛びこんでやがんのよう。そそっかしい紙入れったらありゃしねえ」

ニヤリと、人を小バカにしたような、いや、そんな仏心を自分でちょっとてれたのかもしれない、首を一つすくめてみせて、ちんぴらは風のように飛んでいってしまった。おおかた、例の急所をなでる手で娘の紙入れをすったが、どうも様子がおかしいので、あとをつけ、その娘が川へ身投げをしそうになったので、おどろいて助けた。人ひとり助けてみると、仏心がついて、すった紙入れをそのまま持っていってしまうのが、かわいそうになった、という順なのだろう。

「これ、おまえさまのかね」

もういくらか落ち着いてきた娘に、赤い紙入れを見せると、ハイ、と娘はうなずいて、これは今の騒ぎで落としたとでも思ったのだろう、ぼんやりと、受け取って、ふところへ入れる。

「さ、帯をしめなおして、人がくるとおかしいでな。げたはどこへやったのかね」

そのげたは少し離れた柳の木のかげに、ちゃんとそろえてぬいであった。紅緒のすがったかわいい塗りげたである。身なりもさっぱりとしためいせん物だし、かのこをかけた島田まげもういういしく、十七、八でもあろうか、ポッタリとした器量よしで、相当な商家の箱入り娘に見える。どうして身投げなどする気になったのだろう。

「さあ、げたをはくだ」

夢介は親切である。げたを持ってきて、娘の足もとへしゃがんで、手ぬぐいでかわるがわる足のどろを払ってやるのだ。それがまるで放心したように、娘は夢介のなすに任せている。

とんだ使者

「おまえさまの家は、どこだね。送っていってやるべ」

帯をなおし、衣紋(えもん)をつくろい、髪にくしがはいったので、夢介は改めてきいた。

「あたし、家へは帰りたくないんです」

娘は青い顔をして、うなだれてしまう。

「なにか、おとっつぁんにしかられることでもあるのかね」

黙ってかむりを振ってみせる。

「家へ帰らなかったら、おっかさんが心配するだろうに」

「おっかさんはいないんです」

「ふうん。おっかさんはいないのかね。それじゃ寂しいな。おらも、小さいときおっかさんに死なれちまって、男でもずいぶん寂しかった。おまえさまは、女だものな」

「おっかさんがいれば、あたしこんな悲しい思いなんかしなくても──」

いそいでたもとを顔へあてがう娘を見て、そうか、母のない娘か、と夢介はいっそういじらしくなるのだ。

「悲しいことって、どうしたんだね、おらに話しても、わからねえことかね」

「お嫁に行けっていうんですもの」

「はあてね。そんならおめでたい話だと思うがな」

「あたし、きらいなんです、その人が」

「ああそうか。きらいな人のところへ、おとっつぁんが、むりにやろうというのか」

「いいえ、たのむんです。あたしに、その家からお金を借りている義理があるし、先のおとっつぁんやおっかさんは、とてもいい人だからって、あたしに頭をさげるんですもの」

「お婿(むこ)さんがいやだっていうんだね」

「死ぬほどいやなんです。見るのも大きらい」

「あばたでもあるのかな」

「あばたのほうがよっぽどましなんです」

「そんな化け物みたいなのかねえ。先方には、きのどくだけれど、それじゃむりにいけともいえないな。話によったら、おまえさまの命にかかわることだ。おらから一度親ごさんにようく話してみてもいいだ。金ですむことなら、おらにもなんとか考えがつくかもしれねえ」

「ほんと、にいさん」

娘は、このいなか者らしい夢介の身なりを見なおして、ちょっと疑わしそうな目はしたが、人間はまじめそうで、とにかく親切にいってくれるのが、うれしかったのだろう。

「拝みます、あたし。助けると思って、にいさん、お嫁に行かないですむように、してくださいまし」

ほんとうに手を合わせてみせるのである。

「よし、話してやるべ、安心するがいいだ。お婿さんにはちっとばかしきのどくかもしれねえけんど、死ぬほどいやなものなら、ほかのこととは違うでな」

「いやなんです。あんな通人ぶって、深川になじみの芸者がいたり、両国の女芸人に手を出したり、なわのれんの女なんかを追いかけたり、とてもうわきなんですって。

きたならしい」

　はあてな、と夢介は娘の顔を見なおした。話の様子が、どうもどこかの若だんなによく似ている。そうだ、ここは上ノ橋をわたればすぐ佐賀町である。

「おまえさま、まちがったらあやまるけんど、もしや佐賀町の俵屋（たわらや）さんという米屋の娘さんではねえかね」

「まあ、あたしはその俵屋の娘糸ですけれど、あなたはどなたでしょう」

　さあ困ったぞ、と夢介は目を丸くしてしまった。人もあろうに、またあの若だんなのじゃまをしなければならない。それならそれで、なんとか、口のききようもあったのに、だいいちあんなに良い娘だとよろこんでいたおふくろさまが、どんなにがっかりするかと思うと、それがなによりもつらくなる。

「おら、実は、その伊勢屋さんとは、前から懇意（こんい）にしている者で、小田原在の夢介といいますだ」

「まあ、伊勢屋さんをご存じなんですか。それならきっと、うまく話がつきますわね」

　お糸は顔を輝かして、正直にいそいそしだす。

「そりゃ、うまく話してみるけんど、伊勢屋のおふくろさまは、とてもやさしい良いおふくろさまだと思うがねえ」

「だって、あたし、おふくろさまのお嫁さんになるんじゃありませんもの」

「なるほどなあ」

なんとも当惑（とうわく）せざるをえない。

「あら、あなたご迷惑なんですか」

娘は敏感である。

「迷惑ってこともねえけれど、総太郎さんとは友だちだからねえ」

「それならなおのこと、よく総太郎さんをご存じのはずです。もし、あたしがあなたの妹だったら、あなた、むりにもあたしにあんな人のところへお嫁に行けって、すすめるかしら」

「なるほどねえ」

剣の下はくぐっても、道理の下はくぐれないというたとえがある。

「よくわかりました。すぐ、これから、伊勢屋さんへ行って、とにかく話をしてみます。だから、おまえさまも短気をおこさねえで、おとなしく、家で返事を待っていてもらうべ」

それにしても、祝いに行かなければならないと思って出てきた伊勢屋へ、まさか破談の使者に立とうとは思いがけなかった。それとなく店の前まで送って行って、お糸に別れた夢介の足は重かった。

どうして、若だんなはああ女に縁がないんだろう、とふしぎな気さえする。なんともつらい役目だが、男がいったん引き受けた以上、どうもしかたがない。とにかく、若だんながお糸をどう思っているか、すべてはそれを確かめてからのことだと、夢介は勇気を出して、伊勢屋の内玄関へかかった。

きょうはなるべくおふくろさまには会いたくないから、出てきた下女に、若だんなは、ときくと珍しく、在宅です、という。まずよかったと思い、しかし、この間のお銀のこともあるから、どんな顔をするかと、心配しながら居間へ案内されると、

「よう、いろ男、どうでげすな」

そろそろ外出のしたくをしていたらしい若だんなは、すっかりめかしこんで、たいした元気のようだ。

「若だんな、このあいだはとんだところをお目にかけて、すまねえことをしました」

「いや、ひどい人だ。あれには拙もちょいと驚きやしたねえ。まさか、お銀がおまえさんのおかみさんだとは、神ならぬ身の、全く気がつきやせんでしたよ」

「すまねえでごぜえます」

「なあに、すまないのはこっちさ。知っていりゃ、なにも拙だって、あんな罪なまねはしなかったんだが、お銀がなんにもいわないで、やいのやいのというもんだから、つい、拙だって女に恥をかかしては悪いと思いやしてね——どうでげす、その後はうまくいってますかえ」

どうもおかしい。これでは、お銀のほうから若だんなをくどいたように聞こえる。しかも、意味ありげにニヤリと笑ったところを見ると、お銀はおれにほれているから、あとがうまくいかないだろう、といいたげである。夢介は、ポカンとして総太郎の顔をながめてしまった。

「いや、あやまりやす。どういうものか、拙はとしまに好かれるたちなんでげすな。いろ男の前だが、お銀さんばかりじゃないんだ。きょうもそれで、これから出かけようってところなんでげすがね。お目にかけたいね、ぜひそのとしまを。水もしたたるいろけってのは、あんなのでげしょうな。若だんな、これが亭主に知れると、いくら甘い男でも、やっぱりただじゃすまない、あたしゃほんとうに命がけなんだから、うわきをすると承知しませんよ、ってひざにつかまって、こう横目でにらんで——」

「ちょっと、若だんな、そのとしまさんてのはご亭主のあるおかみさんなんでごぜえますか」

「大きな声じゃいえないが、そうなんだ。なあに、甘いやろうだから、あたしがきっとうまくまるめておく、そんな心配は、決して若だんなにはかけないからってね、利口な女だから、やろうのほうへはちっとも心配ありゃせん。忍ぶ恋路というやつでげす」

冗談ではないと、夢介はあきれてしまった。いくら甘い亭主でも、亭主があれば間男である。

「ざっとそんなわけでござんしてね、夢介さんにちょいとお目にかけてもいいんだが――」

「とんでもねえこってす。おら、そんないろけのあるとしまさんを見ると、なんとなく身ぶるいが出るんです」

「へえ、そうかねえ。ああ、わかった。お銀さんはあれで、ひどいやきもちやきだから、胸ぐらをとられるのがこわいんでげすな」

「ときにねえ、若だんな、佐賀町のお糸さんとの話は、どうなっているんでごぜえます」

夢介はなにげなく一本さぐりを入れてみた。

「そのことさ」

おほんと若だんなは一つせきばらいをして、

「今から女房なんか持っちゃ窮屈でげすからな。ほんとうのところ、わたしは進まないんだが、あっちはきむすめなもんだから、どうしてもわたしでなくちゃいやだ、いっしょにしてくれなければ身投げをするって、だだをこねているんだそうでげしてな。罪を作りたくないしねえ、わたしも困っているのさ」

と当惑顔をしてみせる。少し人は悪いが、ここだと思ったので、

「そんなことはごぜえません。若だんながその気なら、ほんとうのことをいうけれど、実はお糸さんも、まだお嫁になりたくねえ、お嫁は窮屈だし、若だんなはほうぼうのおなごからやいやいいわれている人だ。窮屈な思いをして、たくさんのおなご衆からうらまれるのはいやだ、と身投げをするほど心配していますだ。さっそく若だんなの気持ちを話して、安心させてやるべ」

すかさず夢介が逆手をとったので、若だんなは世にも奇妙な顔をしたが、

「へえ、どうして夢介さん、おまえ、お糸を知っているんだえ」

と、なんとなくすわりなおす。おや、やっぱり未練があるのかな、と夢介は当惑しかけたがちょうどそこへ、

「若だんな、たいへんですよ」

さっきの下女が、顔色をかえて駆けこんできた。

毒婦

「うるさいね、静かにおしよ。女の子がそうドタドタ廊下なんか駆けてくるもんじゃない。色消しでげすねえ」

総太郎が気むずかしい顔をして下女をにらみつける。

「どうせあたしは色消しですよ。このあいだはおまえとても色っぽいから好きだっていったくせに」

プッとふくれて下女が、そんな口をきく。おや、と思いながら、夢介はわざと通じないふりをして、そっぽを向いていた。

「バカ、いいからあっちへ行っておいで」

「どうせあたしはバカなんです。バカだからだまされたんです、くやしい」

これはいよいよおだやかでない。そういえば、器量こそよくないが、番茶も出花という年ごろで、なにより肉づきゆたかな膚の白いのが、ちょっと目につく娘である。

「人の前で、しようがないな。あっちへ行っていろというのに」

にらみつけて、モジモジして、さすがの若だんなももてあましぎみだ。

「そんなに、ひとをじゃまにして、じゃ大だんなに取り次いでもいいんですね、若だんな」

「なにを取り次ぐんだ」

「深川の清吉さんとかいう、ならず者らしい男が、おかみさんのような、いい女のひとを縛ってつれてきて、若だんなに会いたい、もし若だんながいなければ、大だんなでもいいって、玄関へすわり込んでしまったんです」

「なんだって――」

サッと若だんなの顔色が変わった。

「お松、わたしは留守だといっておくれ、こうしちゃいられない」

ソワソワと立ちかけて、すわって、

「さあ困った。わたしは、殺されるかもしれない。お松、たのむから、ぞうりをそっと、こっちへまわしておくれ」

またしても立ちかけるのである。

「若だんな、じゃ、すぐ持ってきますから」

ただならぬ様子に、恋の弱みとでもいうのだろうか、下女のお松は、たちまち心配顔になって、こんどはいじらしく足音を忍ばせるように走っていった。

「どうかしなすったかね、若だんな」

夢介がそらっとぼけた顔をあげる。

「困った、夢介さん。利口な女なんだけどね、どうしてわかっちまったんだろう」

「あの忍ぶ恋路とかってのが、ご亭主に知れたんでごぜえますか」

「どうも、そうらしいんだ。ほんとはね、まだどうしたって仲じゃない。きのう、にわか雨で軒下へ駆けこんだら、そこの女房にひっぱりあげられちまって、女がきょうはだめだけれど、あすはつごうしておくから、きっともう一度会ってくれなけりゃいやだって、夢介さんの前だが、つねったりしがみついたり、もう夢中なんだ。会ってくれなければ、もう死んじまうというもんだから、つい、タバコ入れを約束のしるしにあずけてきたんだけれど、そいつが、いけなかったようだ。きっと、亭主に見つかってしまって、かわいそうに、わたしの名を白状するようでは、さぞあの女はひどく痛めつけられたことだろう」

まだそんなことをいって、うぬぼれている。

「総太郎――」

人のいいおふくろさまが、青い顔をして、オロオロとはいってきた。夢介を見て、

「おや、いらっしゃいませ、ちっとも気がつきませんで」

と、如才（じょさい）なくあいさつはしたが、さすがにうわのそらである。

「どうしたんです、総太郎や。今おとっつぁんが出てあいさつをしていますけど、深川の清吉さんとかいう人がきて、この女を若だんなに買ってもらいたいって、おかみさんを縛ってきたんですがねえ」

「断わってください、おっかさん。そんなの、なんでもないんだから」

「なんでもなければ、おまえ出て、ちゃんとあいさつしてくれなくては、おとっつぁんが困っているじゃありませんか。いつまで、玄関へすわっていられては、世間さまにも、外聞が悪いし」

「留守だといってくださいよ。困ったなあ」

「じゃ、おまえ、ほんとになんでもないのかえ。先さまは証拠だといって、おまえのタバコ入れを持ってきているんだけれど」

「金を、いくらか。金をやればいいんだ」

「そりゃ、おぼえがあるんなら、お金は出してもしかたがありませんけれど、先さまは、千両が一文かけても帰らないというんですよ」

おふくろさまは世にも悲しげな顔である。

「困ったなあ」

若だんなは、とうとう頭をかかえ込んでしまった。

「おふくろさま、おらが話をつけてやりますべ」

見かねて、夢介がいった。

「ほんとうかえ、夢介さん」

若だんながおもわず飛びつくような顔をする。

「そのかわり、若だんな、これからは二度と、口はばったいことをいうようだけんど、おふくろさまに心配かけるようなまね、慎んでくだせえましよ」

と、ピシリとくぎを一本打ち込んでおいて、夢介は立ち上がった。

玄関へきてみると、深川の清吉があぐらをかいて、すごみながらタバコを吸っていた。そばに大まるまげのおたきが、うしろ手に縛られて、ひっそりとうなだれて、若だんなではないが、水もしたたる色っぽい女房ぶりである。ふたりを前にして、伊勢屋総兵衛が例の苦い顔をきょうはいっそう苦りきってすわっていた。

「清吉さん、先日はやっかいになりましたでごぜえます」

千両箱を一つかかえて、ノッソリ出ていった夢介が、すわりながらニッコリ笑ってみせると、ジロリと清吉は見て、たしかに見おぼえがあるのだろう、フンと鼻の先でわらった。

「おまえさま、そのきれいなおかみさんを、千両で売りにきたんだそうだね。おらが買うべ。さあ、千両、受けとるがいいだ」

夢介は右の手へ千両箱をひょいとのせて、清吉の目の前へさし出した。九貫いくらと重さのある箱が、まるで菓子折りのように軽く手のひらにのっているのだ。

「なんだと――」

清吉はすごい目をむいたが、内心びっくりしたらしく、じっと千両箱と夢介の顔を見くらべたまま、さすがに手は出せなかった。

「千両では、このくらい奇麗なおかみさん、安い買い物だ。小田原へつれて帰って、お女郎に売っても損はねえです」

ニコニコ笑っている夢介だ。手の上の千両箱はささげたまま、貧乏ゆるぎ一つしない。あきれた力だ。

「それとも、ものは相談だが、若だんなの夕バコ入れ、おらに五十両で売ってくれねえだろうか。若だんなも、このあいだのおらと同じで、別にそのおかみさんをよごしたおぼえはねえそうだし、そんなこと、おいらがいわなくても、おかみさんのほうがよく知っているはずだものな」

「おまえさん、負けておこうよ」

縛られている女房が、顔をあげてぬけぬけといった。

「五十両じゃちっとばかし安いけど、この人とは顔なじみだし、いなかのあんちゃんにしては話がわかるじゃないか。商売は見切りが肝心だからねえ」

夢介を見て、ニッコリわらったあたり、水もしたたる色気があるうえに、このほうが亭主より役者も一枚上らしい。

悪くすると、お銀もこうなるのだと、夢介は思いくらべて、あねごさんはもっとたいせつにしてやらなくては、と、しみじみ思うのであった。

第九話　なこうどうそをつく

胸ぐら

　朝飯をすませて、一服つけながら、なんとなく夢介が考えこんでいる。

　長火ばちを間にして、さしむかいにすわって、食後の茶をいれながら、こうしているところは、だれが見たって、あたしはもうりっぱなおかみさんに見えるだろう。いや、見えるだけじゃない、膚はまだふれないけれど、ちゃんと堅い約束をかわして、だれがなんといっても、この人のおかみさんはあたしなんだから、とお銀はしみじみ夢介の大きな顔をながめ、それとなく見とれて、からだじゅうがうっとりとうれしくなってしまうのだ。

　でも、どうしてあたしは、こんないなかっぺの、モッソリした男に、死ぬほどほれてしまったんだろう、と別の心で考える。どう見たって、この人は、役者のようないろ男とはいえない。大仏さまのような顔をして、大いびきはかくし、ごはんは給仕をしていてあきれるほど、五杯でも八杯でも詰めこんで、

「いいかげんにしたらどう。腹も身のうちってことがありますよ」

と、心配してたしなめてやると、

「あれ、おらそんなに食ったかね」

ケロリとして、考えている。

「八つもおかわりしたじゃありませんか。ちっともおなかにこたえないんですか」

「へえ、もう八つも食ったかね。ついうっかりしてたけんど、じゃあと二つだけ食って、十にしてお茶にすべ」

ほんとうに色消しったらありやしない。

そのうえ、お人よしで、いつも人にだまされてお金ばかりとられているし、なにをしてものろすけで、横っつらを張りとばされても、あれごめんなせえまし、おら、なにか悪いことしましたろうか、と、びっくりしてポカンと相手の顔をながめている。いってみれば、全く大きな子どもなのだ。そこが好きで好きでたまらないのだからしようがない、とお銀は母親のようなやさしい目をしてまたしても男の顔をながめ、

おやおや、この人ったら目やにをつけている、けさ顔を洗ったのかしら、と白い指がひとりでにそこへ行っていた。

「きたない人、目やになんかつけて」

おおげさに顔をしかめて見せたが、そのくせちっともきたないとは思っていないのだから、われながら、よくこんなにだらしなくほれてしまったものだと思う。

「ね、さっきから、なにをぼんやり考えこんでいるんです」

「どうも、ちっとばかし、心配ごとがあるだ」

ギクリとした。

「女のこと、夢さん」

もう絶対にやきません、と心に誓って、ずいぶんこのごろは慎んでいるのだが、深川の浜次だの、娘手品の春駒太夫だのという、世間には風変わりな女がいて、この人はそんな女にばかり、よくほれられるたちなのである。

「あれ、顔に書いてあるようなことをいうな、あねごさんは」

「じゃ、やっぱり女のことなんですね」

「こんどこそ、おらもほんとうに困っただ」

子どもでもできたに違いない。それでなければ、こののんきな人が、そんなに困るはずはないのだ。

「深川の浜次、それとも春駒太夫のほう。どっちさ、夢さん」

半分は泣きだしたいお銀である。

「違うだ。しろうとの娘っ子だもんだから、身投げするといって騒いでいるだ」

長火ばちがじゃまになる。いいえ、あたしはおかみさんだから、がまんしなくちゃ、とは思ったが、その時はもう立って、長火ばちをまわって、ひざを男のひざへのりかけるようにすわりながら、

「夢さん――」

血相かえて胸ぐらをとっていた。久しぶりである。それだけにカーッと血が頭へのぼってしまって、あとは無我夢中だった。

「くやしい」

「あれ、どうしただ、あねごさん」

「あんたは、しろうと娘なんかに手をつけて、憎らしい、どこのだれなんですよ。あたしはいやだ。承知できない。おろしてやるからいい。おいいなさい、どこのだれをはらましたんですよ。憎らしい、おいいなさいってば」

こづきまわして、にらみつけて、ひっかいてやろうか、食いついてやろうかと思っ

ているうちに、ポロポロ涙が出てきた。

「さあ、わからねえ。だれがはらんだんだね、あねごさん。おらには、さっぱりわかんねえ」

「うそおっしゃい。自分ではらましといて、いまさらわかんないだなんて、そんな、だれがごまかされるもんですか。身重になって、そでもかくせなくなったもんだから、身投げする、いっしょになってくれなけりゃ死ぬって、あんたそのしろうと娘におどかされたに違いありゃしない。あたしはいやだ。あたしは別れるなんて、死んでも不承知ですからね、夢さん」

「アハハハ、なあんだ、そりゃあねごさん、勘違いだよ。その娘っ子、まだはらみやしねえだ」

「じゃ、なぜ身投げするだの、死ぬだのって騒ぐんです、憎らしい」

「まあ、落ち着いてすわるがいいだ。その娘っ子、お嫁に行くのいやだっていうんで、おらの話ではねえだ」

「なんですって」

「露月町の若だんなのお嫁の話だよ。いくらなんでも、おらまだ自分のお嫁さんさえはらませねえのに、人のお嫁になんか手なんか出すもんかよ。あねごさんは気が早くってけねえ」

「しらない」

それならそうと、なんだって、初めからいわないんだろう、話しべたったらありゃしない、と、お銀はホッと安心して、さて夢中でつかんだ胸ぐらの手をどうしたものか、おもわず顔が赤くなってしまった。

当惑顔

「けど、少しおかしいじゃありませんか。若だんなのお嫁さんのことで、どうしてあんたが、そんなに、心配しなけりゃならないんでしょうね」

いじだから、胸ぐらの手だけは放したが、お銀はまだひざを突きつけたまま、改めて詰めよるのである。

「それがね、おらきのう大川ばたで、身投げする娘っ子を押えたのさ」

ほんとうはちんぴらオオカミの三太が押えて引きずられているところへ行きあわせ、やっと留めて、なだめて、聞いてみると、意外にも若だんなと縁談のある佐賀町の俵屋の娘お糸だった。通人の若だんなはどうしても好きになれないという。けれど、伊勢屋には義理があるので、父親はぜひ嫁に行ってくれと、しかるのではなくて、娘にたのむのだ。しかられるよりつらい。せっぱつまって、いっそ死ぬ気になったという。

「どうして、あの若だんな、ああおなごにきらわれるのかな。おら、困ってしまって、とにかく、死ぬほどきらいなもんならしようがないから、おらが一度なんとか話してみるからって、人の命にゃかえられねえから、その足で露月町へまわってみただ」

「まあ、たいへんな役を引きうけてしまったんですね。でも、少ししっかりした娘さんなら、あの若だんなは好きになれないでしょうよ」

人の話だから、お銀はやっと落ち着いてきてもっともらしい顔をした。

「それで、なんていうんです、伊勢屋さんでは」

「まず若だんなの気持ちをみなくっちゃと思って、会ってみると、いいあんばいに若だんなはとしまさんにほれられたとかで、その話で夢中なのさ」

「変ですね、あんな通人に、本気でほれるものずきな女がいるかしら。またひとりよがりで、ほれられたと思っているんじゃありませんか」

「きのどくだけんど、もっと悪い相手だった。話しているうちに、そのとしまさんがご亭主に縛られてきてね」

「なんですって」

「それがあの深川の、つつもたせの清吉夫婦なのだ」

「まあ、若だんなもあの女にひっかかったんですか」

「えらい騒ぎになってね、清吉はおかみさんを千両で買ってくれと、もの堅いおやじさまの前へ大あぐらをかいたんだ。しようがない、おらは知ってのとおり顔なじみだから、若だんなのかわりにあいさつに出て、五十両で話をつけたが、あとがたいへんなんだ。おやじさま、おこってしまって、若だんなを勘当するっていうし、おふくろさまは泣いて騒ぐし、またおらが仲にたって、やっと若だんなの勘当だけは勘弁してもらったが、その時困った話が出ただ。つまり、いつまでも若だんなをひとりでおくから身が納まらない、こんどこそ俵屋との縁談を、なんでもかんでも早くしてしまおうと、おやじさまが言いだしたのさ。おりがおりなんで、まさかその縁談は待ってくだせえまし、娘っ子のほうは死ぬほど若だんなをきらっていますとは、おらどうしても言いだせねえものな」

「そんな話ってありますか、バカバカしい」

お銀の強い目がまたしても、いじっぱりに光りだしてきた。

「バカバカしいって、おらがかね」

「あたりまえじゃありませんか。そんなつつもたせにひっかかって、デレデレと女ののろけなんかいっているでれ助に、人さまのたいせつな娘さんをお嫁にもらう値うちが、どこにあるんです。ちゃんといってやりゃいいじゃありませんか。これこれで、先方の娘さんは、死ぬほどいやだといっていますから、この縁談はおよしなさいって」

「まあ、そういえばそんなもんだが、困ったことに、あの人のいいおふくろさまが、とてもこの縁談をよろこんでいなさるだ」

「だって、おふくろさんがもらうお嫁さんじゃないじゃありませんか」

「それはまあ、そうなんだけど――」

「しっかりしてくださいってば。男が一度りっぱに引きうけといて、口をきいてやらなかったら男の恥だし、だいいちお糸さんがかわいそうじゃありませんか。さあ、これからすぐ伊勢屋さんへ行ってらっしゃい。行って、ちゃんと破談になるように、話をつけてきてください。どうしたのよう、夢さん、立たないんですか」

が、これは夢介、なんとも立ちにくい。立ちにくいから、けさから、考えこんでいたのだ。

「困ったなあ、おら。まとめる話なら、なんとでも話のしようは、あるけんど、親ごさんの前で、お宅の若だんな、先方の娘さんは好かねえようでごぜえますから、とはあんまり罪な話でどうもいいにくいだ」

「だから、若だんなにぶつかればいいじゃありませんか、若だんなはとしまさんに好かれるたちだから、と、よろこばしておいて、としまに好かれる男は、どうもきむすめ向きではない。お糸さんは気がすすまないようだし、そんなのむりにもらったって、うまくいくはずはないから、まあご亭主のないとしまさんにこんどほれられるまで、縁談は、気長にお待ちなさいって。ものはいいようってことがあるじゃありませんか、しっかりしてくださいよ」

お銀は、自分が行くわけではないから、かってなことをいう。珍しく夢介が当惑をしているのがおもしろくて、半分はからかっているのだ。

「こんちは――」

玄関の格子がガラリとあいて、おや、三太の声のようだがと思っているうちに、もうちんぴらオオカミがふすまをあけて、風のように茶の間へ飛びこんできた。

「あれえ、あんちゃん、朝っぱらからおかみさんに胸ぐらとられてらあ。こいつは、ちょいと困ったな」

その実、ニタニタわらいながら、どんぐり眼を輝かして、こいつはいいところへ来たと、内心でおもしろがっている三太オオカミなのだ。

「違うだよ、あにきさん。おら、いまおかみさんに目の中のごみを取ってもらっているところさ」

「ふうん、目の中のごみは、舌の先でなめるとすぐとれるぜ。おかみさん、早くなめてやんなよ。おいらに遠慮はいらねえぜ」

もっともらしい顔をして、この小悪党はなかなかそんな手にはのらない。

「三太さん、いつまでも突っ立っていないで、人の家へきたら、ちゃんとすわっておじぎをするもんよ」

お銀がいまさらひざを突きあわしている夢介のそばを立つのはてれるので、わざとそのままメッとにらみつけた。

「おお、おっかねえ。おかみさん、けさはよっぽど気が立っているんだな。すわるよ、ほらすわったろう。そこで、きのどくだけど、あんちゃん、今のうちにおかみさんの両手を押えときなよ」

「どうしてだね、あにきさん」

「おいら、どうしてもあんちゃんに会いてえっていう、若い女のひとをつれてきたんだ」

「へえ、だれだね」

意外そうな夢介の顔をジロリと見て、女といえば女ネコをひざへのせても気に入らないお銀なのだ。もうカッと胸へ火がついてくるのを、ちんぴらオオカミの前だから、さすがにじっと押えつけて、

「悪い人ね。お客さまならお客さまだと、なぜ早くいわないの」

お銀は、なにげなさそうに立ち上がった。若い女ってどんなやつか、自分で見るのがいちばん早いと考えたからである。

女客の腹

「いらっしゃいまし」

玄関へ出てみて、なあんだ、とお銀は少し安心した。そこへ大きなふろしき包みをおいて、しょんぼり立っている女客は、どう見ても、町家の下女といった格好で、顔も、よくいえば福相だが、俗にいえばおたふくの部にはいる。しかし、若い女に違いなかった。いや、鬼も十八のたとえで、肉づき豊かな膚が、案外きめこまやかに、

白々として、おたふくには違いないが、なんとなくあいきょうがあって、かわいらしい面だちである。一口にいえば男好きのする女、そういううういういしさと膚とを持っているので、油断はできないと思う。

「どなたさまでござんしょう」

「あの、夢介さんのおかみさんでございますか」

女は、まっかになりながら、いっしょうけんめいな目をするのである。どうも、穏やかでない。

「そうでござんすよ。夢介の家内ですけれど、なにかうちの人にご用なんですか」

負けるもんかと、お銀はその目をにらみかえした。

「おいでございましょうか、夢介さんは」

じれったい、いやに念なんか押して、早く用向きをいいやいいじゃないか、とつい声がとがってくると、若い娘はいよいよ赤くなって、

「あたしは、あの芝露月町の伊勢屋さんに奉公している者で、女中のお松だといえば、夢介さんよくご存じなんです。どうしても聞いていただきたいことがあって――おかみさん、お願いです、どうか夢介さんに会わしてくださいまし」

なんとなく涙ぐんでさえいる。

お銀はギョッとした。伊勢屋の女中だとすれば、むろん夢介はよく知っているだろう。どんなことで、どんな仲にならないとはかぎらないし、と思いながら、目が自然に女の下腹へ行くと、お松は急にそででかくすようにするのだ。かくしたってまにあわない。地腹よりなんとなく大きいと、お銀の目はちゃんと見てとって、こんどこそほんとうに顔色がかわってしまった。

「おまえさん、あの、もしや――」

「はい」

オロオロして、お松はしっかりと両そでをあわせ、耳まで赤くなって、からだじゅうをすくめるようにうなだれてしまう。

お銀はめまいがしそうで、二の句がつげない。とうとうおしまいがきた、と思った。たまらなく情けない。

「お銀、いつまで玄関で、なにをしているだ」

ノソリと夢介が出てきた。

「お松さんでねえか。さあ、遠慮なくあがるがいいだ」

「はい、ありがとうございます」

お松は、夢介の顔さえ見えないように、モジモジしている。

「お銀、ちょっと――」

夢介は呼んで、わきのへやへはいった。フラフラとついてきた哀れなお銀の肩を両手で押えて、

「早がてんするでねえだ、悪い癖だ」

と耳もとへささやく。

「な、なんていったの、夢介さん」

「そんな青い顔をするでねえ。みっともない。おらはあねごさんをお嫁にすると、ちゃんといってあるでねえか。なんでそうひとりでやきもきするだ」

「ほんとう、あんた」

「安心するがいいだ。おらはお嫁よりほかに女は持たねえ男だ」

そういう男の深いまなざしを見あげて、そうだった、この人は決してそんなだらしのない男ではなかった、とはっきり思い出して、自分の邪推が恥ずかしいより、こんなやきもちやきのあさはかな女を、こんなにまでいたわってくれる大きな男心がうれしくて、

「夢さん――」

思わず泣き声になりながら、男の胸にしがみついてしまったが、

「あんちゃん、おいらは用がすんだから、帰るぜ」

ちんぴら三太が、ヒョイとふすまのかげからしッ鼻のとぼけた顔を出した。

「あれえ、つまんねえところを見ちまったな。エヘヘヘ。ほんとうは、やきもちのほうがおもしろいんだけどなあ、まあいいや。こいつはおら見ないことにしといてやるから、おかみさん、遠慮なく甘ったれなよ。じゃさいなら」

「あにきさん、ご苦労だったな。なんにもかまわなかったねえ」

「どういたしまして。甘茶でかっぽれでござんす。もうたくさんでござんす。さいならでござんす」

風のごとくきて、風のごとく飛んで去る風来坊の三太である。

「悪い子、おとなをひやかしてばかし」

お銀は気恥ずかしそうに、やっと胸を離れた。

「さ、お客さんを案内するだ。なにか心配ごとできたようだから、やさしくしてやってな」

そのまま茶の間の長火ばちの前へかえっていると、

「あなた、お待たせしましたねえ。あの子がくると、いたずらっ子で、いつも家の中を引っかきまわすもんですから、ごめんなさいよ。さあ、あがってくださいまし」

お銀が三太のせいにして、とり澄ましたあいさつをしていた。口はちょうほうなものである。

ほれた欲目

「お松さん、どうかしたのかね」

夢介は、茶の間へきて、すすめる座ぶとんさえ敷こうとせず、小さくなってすわっているお松に、気軽く声をかけた。

「はい」

お松はモジモジと、赤くなるばかりである。

「おらのおかみさんがいちゃ、話しにくいことかね」

「座をはずしたほうがいいかしら」

茶をいれていたお銀が、いそいで、夢介の顔色をうかがう。なるべく立ちたくはないのだ。

「いいえ、あの、おかみさんにも聞いていただいたほうが――」

いっしょうけんめいな声である。

「総太郎さん、きょうは家でおとなしくしていなさるだろうね」

それとなく夢介が水を向けてみた。きのうの様子で、ただの仲ではないと、ちゃんとわかっている。

「はい。あの若だんなは、佐賀町のお嬢さんを、ほんとうにお嫁さんにする気なんでしょうか」

「さあ、おらはまだそのことで、若だんなと話したことはねえけんど、親御さんたちは乗り気になっていなさるんじゃねえのかね」

「でも、若だんなは、そんなこと。ほかからはだれがなんといっても、おかみさんはもらわないといったんです」

「つまり、お松さんに誓ったかね」

「ええ。まだ佐賀町のほうの話がはじまる前、春時分のころなんです。ですから、あたし、こんな無器量者だし、身分は違うし、どうせあとで捨てられるんですから、いやだといったんです。おれはそんな薄情男ではないって、若だんな、あたしを押えつけて、どうしても放さないんですもの」

さすがに下を向いたまま、お松がまっかになって打ち明けはじめた。一度口がほごれると、そこは、うぶなきむすめだから、はじめからくわしく話さなければ、わかってもらえないとでも思ったのだろう。助からない、とお銀はそっと夢介の顔を見たが、これはまた自分がしかられてでもいるように、大きなからだをきちんとかしこまって聞いている。

「あたし、女ですから、もし身重になるといやだからって、いったんですけど、おかみさんにしてやるから、いいじゃないか、おれはおまえの、その福相なのが気に入ったんだ、おれは商人だから、ふくぶくしい女が好きだって、若だんなはとても本気なんです。ですから、あたし、まさか声をたてられませんし、恥ずかしいし、つい気が遠くなってしまって——」

「その時だけなのかね、若だんなにかわいがられたのは」

「いいえ。あの、もうおまえはおかみさんも同じなんだからって、とてもやさしくしてくれて、いつもその時はおへやのご用をおいいつけになるんです」

いやな人、たいがいにしておけばいいのに。男って、人のいろごとがそんなに聞きたいものなのかしら、とお銀はあきれてしまった。

「じゃ、お松さんは若だんながきらいじゃないんだね」

「ええ、好きなんです」

「で、若だんなのほうはどうなんだろう。このごろでも、その、ときどきやっぱり、ご用をいいつけなさるかね」

「それがあの、おれはおまえがかわいいんだけど、家でどうしても俵屋さんの娘さんをもらえというし、お嬢さんが、もらってくれなければ、身投げをしてしまうっていっているとかで、若だんなは、きのうもあんなゴタゴタをおこすような、なんていいますか、どこへ行っても女に好かれるたちだもんですから、あたし、心配なんです」

なるほどねえ、タデ食う虫も好き好き、ほれた欲目とは、よくいったものだ、よくよくだまされているんだよ、この娘は。お銀はきまじめなお松の顔をながめて感心する。

「若だんなは、あれでなかなかやさしいところがあるだ」

「そうなんですよ。ですから、決して悪いようにはしない。けれど、佐賀町のほうの話がつくまでは、おまえが家にいてはぐあいが悪い、もうそろそろおなかだって目につくようになるし、とゆうべおっしゃるんです」

「それじゃ、お松さんはもう身重になっているんだね」

「ええ、来月が帯なんです」

お松はまたしてもまっかになる。

「そういえば、いくらか目につくかねえ」

夢介はまじめくさって、お銀の顔を見た。

「たいせつにしなければねえ。ただのからだじゃないんだから」

ポッタリしているおなかを見て、いつになったら自分もこんなになれるのかしらと、お銀はちょっとうらやましい。

「で、若だんなはなんといいなさるだね」

「当分家へ帰っていてくれ。仕送りはきっとしてやる。それでなければ、子どもをおろすかどっちかだ、というんです。おろすなんて、そんなあたし、死んだっていやだ。といってあたしはねえさんがひとり、下谷の車坂のほうへかたづいていますが、子だくさんで、狭い家ですから、とてもやっかいにはなれないし、帰る家がないんです。でも、若だんなは、ぜひそこへ行ってろ、このうえおやじさまにおまえのことまで見つかると、それこそおれは、勘当だ、おまえがほんとうにおれのことを思っているなら、とにかくいちじ身をかくしていてくれって、あたしの手を取って拝むんです。行くところはありませんけれど、あたし、若だんなのためなら、どんな苦労でもがまんしようと思って、けさ、身のまわりのものだけ持って、伊勢屋さんを出てきました」

「黙って出てきたのかね」

「ええ。黙って出ろ、あとのことはおれがいいように話しておくって、若だんなのいいつけなんです。でも、道々あたし考えて、心配になってきました。あたしはどんなに苦労してもいいんですけれど、もし若だんながあとで、どうしても佐賀町のひとをもらわなければならない義理になってしまったら、かわいそうに、おなかの子はどうなるんだろう。それを思うと、あたし悲しくて、どうしたらいいか、だれも相談にのってくれるような身寄りはありませんし――」

お松はそっと涙をふくのである。

だまされたんだ、とお銀は思った。あのいかもの食いで、てまえがってな若だんなに、ほんとうに夫婦になる実意なんかあるもんか。だいいち、この娘にいっているこ とはうそばかしじゃないか。佐賀町の娘がいっしょにならなければ身投げをするだなんて、とんでもない、と義憤をさえ感じて、夢介のほうを見ると、これも浮かない顔をして、じっと考えこんでいる。

「ね、あんた、少しおかしかないかしら。子どもができたら、おかみさんにする。おれは福相が好きだからって、ちゃんと約束をして、若だんなは、たびたびお松さんにおへやのご用をいいつけたんでしょう。それが、身重になったから、つごうが悪い、身をかくしてくれ、家を出ろ、ってのは、若だんなどういう了見なんでしょうね」

「おらにも、どうもわからねえだ」

「わからないってことはありません。ちゃんとわかってます。あの人はいったいがうわきで薄情なんです。自分が好きなときは、かってにご用をいいつけるけれど、じゃまになりだすと、うまいことをいって追い出す。そんなことってありますか。世間の男って、どうしてそうてまえがってなんでしょうね」

「いいえ、おかみさん、若だんなはけっして、そんな人じゃないんです。ただ大だんなが、とてもやかましいかただもんですから」

お松があわてて言いわけをする。お銀はちょっと、ポカンとして、

「そうかしら。だって、ちゃんと、夫婦約束をしたんでしょう。いまさら身重になったからって、つごうが悪い、出て行けじゃ、あんまり薄情すぎます。やかましい大だんなの前がつごうが悪ければ、いっそふたりで家を出るならともかく、あたしはお松さんがだまされているとしか思えないんだけれど」

それとなく教えてやる気持ちだった。

「いいえ、若だんなはやさしい人なんです。お松、おれを恨んじゃいけないよ。おれは、こんなにおまえがかわいいんだって、ゆうべもあのほおを押しつけて、けれど世間には義理というものがある、しばらくしんぼうしておくれって、おなかまでさすっ

てくれたんです」

かなわない、とお銀は二の句がつげなかったが、

「あの人が薄情だなんて、もしそれがほんとうなら、おなかの赤ん坊がいちばんかわいそうですもの、あたし、そんなことは考えたくないんです」

ひしとその子を抱きしめるように、両のそでを合わせた姿に、慈母観音、そんな姿を見たような、女だから、ハッと胸をうたれずにはいられなかった。

「そう、そうでしたね。あたしがいいすぎました。ごめんなさい。なによりも赤ん坊のことを考えてやらなくちゃねえ」

「お銀、おら、ちょっと露月町へ行ってくるべ」

夢介がモソリと立ち上がった。

「行ってくれる、あんた」

飛び立つように見あげた目に、いっぱい涙をためているお銀だ。

「うん、たいせつにしてあげるがいいだ——お松さん、家へ帰ったつもりでな、気楽にしているがいい。おら、若だんなに会って、その世間の義理というやつを、よく相談してくるだから」

そういう夢介の目にも、しみじみとしたものがあった。

後生楽な顔

きのうのきょうである、夢介が芝露月町の伊勢屋をたずねると、千両のつつもたせを追い払ってくれたうえ、せがれ総太郎の勘当騒ぎをあやうく仲裁してくれた恩人だから、おふくろさまは大よろこびで、おかげでせがれもきょうはおとなしく二階に引きこもっていてくれます、なにをごちそうしましょうね、と下へもおかない。

「これでねえ、夢介さん、あの子の身がかたまって、早く孫でも抱けるようになったら、どんなにうれしいかと、あたしはおもいます。欲にきりがありませんね」

「なあに、おふくろさま、孫はすぐ抱けますだ。きっと福相な孫でごぜえますぞ」

いいおふくろさまだな、と思いながら、夢介はあいさつをして、二階の総太郎のへやへあがった。お松にさんざんご用をいいつけた居間で、ぼんやりひじまくらをしている若だんなが、

「よう、夢介さんでげすな。こいつは福の神のご入来だ。よくきてくんなましたねえ」

うれしそうにムクリと起きあがるのである。きょうはあまりよくも来ない夢介なの

だ。

「若だんな、きのうはどうもお騒がせしましただ」

「皮肉をいっちゃいけません。人が悪いな、おまえさんも。けど、なんでげすな、あのおたきって女は、かわいそうでげすな。亭主が悪党で、殺されるかもしれないから、しぶしぶひっぱられているんでげしょう。若だんな、あたしほど不幸な女はござんせん、あたし若だんなにめぐりあって、はじめて女の生きがいってものを知ったんですよ、とねえ、夢介さんの前だが、拙のひざへこうしなだれかかりやしてねえ。ちくしょう、あれがほんとうなら、千両は安い」

「あれ、若だんな、うたた寝して、夢でも見ていなすったのかね」

「夢なんかじゃない。あの女はたしかに、拙にほれていやす。しかし、亭主やろうがあの悪党じゃ、あきらめるよりしようがない。どうでげす、福の神、ひとつ悪魔っ払いに、久しぶりで、深川の羽織りとしゃれやしょうか」

「外へ出てもいいのかね、若だんな」

「おまえさんといっしょなら、だいじょうぶさ。おやじもおふくろも、すっかり、おまえさんを信用しちまったんだ。いいお天気だし、ぜひひとつひっぱり出してもらいたいもんでげすな」

どうやら本気なのだから、この若だんなの神経もたいしたもんだ、と夢介はあきれざるをえない。

「若だんな、おらはきょう、お松さんのことで、相談にあがったんです」

夢介は単刀直入に切り出した。

「お松、――お松って、うちのあのおたふくのことでげすか」

「若だんなが夫婦約束をしたお松さんでごぜえます」

「へえ」

と、若だんなは妙な顔をして、

「冗談じゃない。拙が下女なんかと、夫婦約束だなんて、おまえさんまでほんとうにするのは酷でげすな」

「けんど、若だんな、このへやでおまえさま、たびたびお松さんにご用いいつけたではねえのかね」

「へえ、あいつ、そんなことまでしゃべっちまったのかね」

「おたふくは福相だから好きだって、たいへんおかわいがってもらったと、お松さんよろこんでいたです。ゆうべはほっぺたおっつけて、おなかまでさすってやったそうでごぜえますね」

「冗、冗談だよ、夢介さん。わたしはただからかっただけさ。だれが本気で、そんなバカバカしいこと」

「あれえ。じゃ、若だんな、冗談におまえさま、お松さんを身重にしなすったのかね」

「そ、それで実は困っているのさ。わたしははじめから冗談のつもりだったんだが、あのおたふく、うれしがって、いつの間にかはらんじまって、体裁が悪いやね」

「だから、追い出したのかね、若だんな」

「追い出したわけじゃないが、おやじにでもあの腹を見つけられると、また大騒動だからねえ」

「そんなことはねえと、おら思うです」

夢介は開きなおった。

「いくら初めは冗談にしろ、若だんなは憎くて、お松さんにたびたびご用いつけたんではなかろ。お互いに情合いがあればこそ、女は身ごもったんだ。おなかの中の子は、若だんなの子でねえか。その子をかかえて、お松さんが行く家もなくて、うろうろしているのは、自分の子が追い出されて泣いているのも同じこった、とおら思うだ。若だんなは、自分の子が行くところがなくて、困って、身投げするのを、あれは冗談だといって見ていなさるかね」

「エッ、お松が身投げ——ほんとうかえ、夢介さん」

さすがに、若だんなの顔色がサッとかわる。良心にとがめているから、そんな早がてんをするので、決して心から薄情な男なのではない、と夢介は見てとったから、

「おらが押えただ。その時、お松さんがなんといったと思うね。おらが、なんて薄情な若だんなだろう、というと、いいえ、若だんなは薄情じゃありません。そんなことといっては、おなかの坊やがかわいそうです。あたしは、若だんなを恨んで身投げしたんじゃない。行くところがなくて、こじきのように道ばたでお産をするのは、あんまり赤ん坊が、かわいそうだから、いっそ死んでしまおうと思ったのだ、というでねえか。おら、涙がこぼれました」

生まれてはじめてのうそだった。が、そのうそに、夢介はほんとうに涙がこぼれてきたのである。

「へえ、あのお松がねえ」

総太郎は、なにかポカンとした面持ちである。

「若だんな、おやじさまやおふくろさまには、おらからよく話をするだ。おらの妹として、子までできたことだし、お松さんをお嫁にしてやってもらえめえか」

「けど、うちの下女なんかを、みっともないな」

「そんなことはねえだ。五代の将軍さまを産んだ桂昌院(けいしょういん)さまは、もとふろ場の下女だったというし、ないことじゃない。それに、お松さんは、心がけのいい娘だ。きっと、すぐ、親ごさんの気に入るようにもなるし、だいいち、だれよりも若だんなをたいせつにすると、おら思うです」

「そりゃ、お松はわたしに、ほれきっているんだからねえ」

「それがなによりたいせつなこった。顔は見あきることがあっても、心のまことはあきるもんではねえ」

「嫁にしてやろうかな。それに夢介さんの前だけれど、あいつおたふくのくせに、たった一つとてもいいところがあるんでねえ」

ニヤリとわらう若だんなの後生楽な顔をながめて、ホッと安心しながら、これであっちもこっちもかたづいた。少しくらいののろけはしようがなかろうと、覚悟をきめて、

「そういえば、きれいな膚をしている娘でごぜえますねえ」

と、そらっとぼける夢介だった。

第十話　おしゃれ狂女

めでたい祝言

「人情って、妙なもんですねえ、夢さん」

初冬のよく晴れた昼まえ、日のあたりのいい縁側へ出て、なんとはつかずふたりでひなたぼっこをしながら、お銀がしんみりとした顔つきで、ふといいだした。

ゆうべ、芝露月町の伊勢屋におめでたがあって、ふたりとも夜おそく帰ってきたので、けさはいつになく朝寝坊をして、いま朝飯がすんだところなのである。

夢介が妙な行きがかりからおとこぎを出して、まとめにかかった伊勢屋の若だんな総太郎と女中のお松との縁談は、いくらなんでも家の下女では、と、はじめおふくろさまが情けながって、なかなか承知しなかった。それを夢介が、いや、下女のお松として嫁にもらってくれとはいいません、おらの妹にして、りっぱにしたくさせてもらってもらいます。それに、当人の若だんなも承知したのだから、と説いても、

「でもねえ、夢さん、お松は下女だということを、ご近所でよく知っていますからね。おなかの子は、ほんとうに総太郎の子なんでしょうか」

と、そこは女でみえがあるから、しまいにはおなかの子まで疑うようなことをいいだすのだ。

「さあ、そこまでは若だんなに聞いてもらわねえと、おらにはよくわかんねえことだが、お松さんの話では、おれは商人だからおまえのおたふくが気に入ったと、たいへんお松さんをかわいがって、ゆうべも、おなかまでなでてくれたといいますだ。まさか、おぼえがなければ、そんなまねはしなかろうと、おらは思うです」

「そういえば、お松はこのごろ、よく二階へ行きたがるし、総太郎を見るときの目が違っていました。きっと、お松のほうから持ちかけたのに違いありません。つい油断していたのがいけませんでした」

おふくろさまはなんでもお松のせいにして、なんとなくくやしそうである。

「けれど、おふくろさま、お松さんは心がけのいい子でごぜえます。たとえ若だんながご承知でも、身分が身分だから、ご両親さまがお許しなかろう。それでは若だんな

におきのどくだから、あたしは黙って身をひくつもりだけれど、おなかの子を父なし子にしていいだろうか、せっかく縁あって伊勢屋の初孫に生まれてきながら、あたしが下女なばかりに、生まれてくる子に苦労させなければならない、いっそ今のうちに遠いところへ行って、おなかの子といっしょに身投げでもしてしまったほうがいいのではなかろうか、とおらに相談しますだ。自分のことはなんにもいわないで、若だんなとおなかの子どものことばかり心配している。おらは、これこそほんとうに慈母観音のお姿だ、と死んだおふくろさまのことを思い出して、涙がこぼれました。おなごが子を持って、母親になると、世の中の母親ってものは、だれでもおんなじでごぜえます。身分の高下、学問あるなし、器量無器量の別なく、みんな慈母観音になって、子どものことだけしか考えない。またそれでなければ、決しておらたち世の中の子どもは育たない。ありがたいもんだと、おら、今度こそよくわかって、お松さんというおふくろさまの心に、しみじみと頭が下がりましただ」

　事実、夢介は、これが自分の母親だったら、なんというだろう、きっと許してくれたのではなかろうかと、おもわずホロリとしてしまったが、慈母観音、そのひと言はたしかにきいたらしい。それまでなにもいわず、苦りきってすわって、タバコばかり吹かしていたおやじの総兵衛が、

「夢介さん、よくいってくれた。総兵衛、たしかにお松をせがれの嫁にもらいうけますから、今後ともよろしくお願いいたします」

と、まず頭を下げた。

これで、とんとん拍子に話は進み、それならあまり花嫁のおなかが目だたないうちにと、その日から十日めのゆうべ、祝言の式をあげたのである。

その十日間、夢介もお銀も大多忙をきわめた。いくらうちわだけの祝言にするという話でも、自分の妹としてかたづけるからには、ひととおりのしたくはしてやらなければならない。しかも、

「ね、あんた、おめでたいんだから、できるだけりっぱにしてやりましょうよ」

自分がひとりぼっちで、親も兄弟もないさみしい身の上のお銀だ。不幸なお松に、向こうへいっても、これから先、なるべく下女というひけめやひがみはおこさせたくないと、わが身に思いくらべて、躍起になりだしたので、タンス、長持ち、鏡台、晴れ着はいうに及ばず、四季の着物、髪の物からはきものまで、一式はずかしくないようにいちいち世話をやいて、費用も百両の上を出たが、それだけのものを、とにかく十日の間に取りそろえたのだから、その苦労がたいへんだった。

「こんなにお世話になって、あたし、どうしたらいいんでしょう、おかみさん」

お松は毎日家の中へ持ちこまれてくる、おおげさにいえば、道具や着物の山に取りかこまれて、ただぼうぜんと目をみはるばかりだった。

「おかみさんじゃないでしょ、お松さん。あんたは夢介の妹なんですよ。してみれば、あたしはそれにつれそう兄嫁じゃありませんか。忘れちゃ困ります」

「すみません」

「あっちへ行っても、決して下女だったなんてひけめをおこさないでくださいよ。そんな時には、いつも夢介というにいさんのことを思い出して、気をゆったりと持つんです。あんたがつまらないひけめやひがみをおこすと、おなかの子が卑屈になる。そう思って、しっかりしていなくちゃいけない」

お松はいそいで目をふいていた。

そして、きのうすっかり花嫁になって、いよいよ家を出るというときには、

「にいさん、いろいろお世話になりまして。ご恩は死んでも忘れません」

と、りっぱにあいさつができ、

「ねえさん、ねえさんにはなんといっていいのか、あたし――」

心から胸が詰まったように、ワッとお銀のひざへ泣き伏していた。

ここで夢介がちょっと困ったのは、お銀の立場である。伊勢屋でももう話には聞い

て知っているだろうが、いってみればまだ内縁関係といったようなお銀なのだから、いくら夢介でも、晴れの席へ、まさか女房としてつれていくわけにはいかない。といって、こんどのことでお松にいちばん力を入れたのはお銀だし、身寄りといっては下谷の姉夫婦しか持たないお松としても、女一生のたいせつな席で、ほんとうにたのみになるのは、やっぱりお銀だろう。つれていかないわけにはいかないのだ。そこで、ただなんということなくお松の姉としてつれて行った。

そのお銀に手をとられてかごを出た白むくの晴れ姿の花嫁は、器量こそ美人とはいえないが、なによりもポッタリと色白なのが七難を隠し、さんざんお銀に力をつけられて心にゆとりができたせいか、ういういしいうちにもしっとりとした落ち着きが備わって、かわいい福相が案外品よく、だれが見てももう決してもとの女中のお松とはみえない。そして、これもきょうは紋付きはかまで神妙にかしこまっている花婿総太郎と、型のごとく三々九度の杯ごとがすみ、嫁しゅうとめの固めの杯がすむと、

「お松――」

だれよりも先に花嫁の肩を抱いたのは、あんなにみえを気にしていた母親のほうだった。

「おかみさん、申しわけございません」

その手にすがって、花嫁は花嫁で、身の不始末を心から恥じ入るしおらしい顔である。

「なんの、おまえ、さぞ苦労をおしだったろう」

「いいえ、ご心配ばかりかけて、あたし――」

「もういいから、からだをたいせつにしておくれよ」

「もったいない、おっかさん」

その少しもみえというもののない真実にあふれた嫁しゅうとめの姿は、まことに美しく、見ていた列席のしんせきじゅうがシーンと目がしらを熱くしていた。

それを今、お銀は思い出しているのである。

へいの上から

「あのぶんなら、お松さん、思ったよりしあわせになれるんじゃないかしら」

人ごとではなく、親身になって自分が気苦労をしてやったことだけに、けさはことにお銀はうっとりした奇麗な目をしていた。別の意味では、とにかくおらんだお銀と肩書きつきのすごいあねごが、こんどは心から不幸な女のために功徳(くどく)をほどこしたのだ。やっぱり、豊かな気持ちだったに違いない。

「あのおふくろさまはやさしいひとだし、お松はあのとおり気だてのいい娘だものな、きっとしあわせになれるだ」

夢介もほっと肩の重荷をおろした気持ちで、そういえば、あれ以来俵屋のお糸には会う機会もなくすぎているが、これもちゃんと伊勢屋のほうから、あいさつがあったことだろうから、今ごろはさぞすっかり安心しているだろう、とほほえましくなってくる。

「なに笑っているの、夢介さん」

男の一顰一笑(いっぴんいっしょう)は決して見のがさないお銀だ。

「なあに、世の中はふしぎなもんだと思うのさ。一方では話がまとまってよろこび、一方では話がこわれてよろこび、おらたちはその両方へ働いていただからね」

「そういえばそうですねえ。けど、あたし、ただ一つ心配があるんです」

「どんな心配だね」

「あたしたち、せっかくほねをおって、ああしていっしょにはしたけれど、通人さんのいかもの食い、うまくなおってくれるかしら。それでお松さんがまた苦労するようだと、かわいそうですものね」

その点、ひととおりやふたとおりの若だんなではないのだから、これはもっともな心配である。

「まるっきりないともいえねえだろうな。けんど、おら思うだ。ほんとうにほれたおなごの真実さえあれば、男のうわきはだんだんなおる。うわきはすぐ飽きがくるけんど、真実は決して飽きるもんでねえだ」

「でも、世の中には悪女の深情けってこともあるでしょう」

いってしまってから、お銀はシーンと心さみしくなってしまった。こんなにほれ抜いて真実をつくしても、自分のまごころはまだ通じない。お松のおめでたいお祝言を見てきたばかりのゆうべのけさだけに、お銀はやるせなく、いっそ、うわきでもいいから、お松のように、早くこの人に身重にしてもらったら、どんなにか安心だろう、とさえうらめしいのである。

「そういえば、あねごさん、伊勢屋のおやじさまが、ゆうべ、こんどは夢さんの番だな、そのときはおれがきっと、どんなにもほねをおるからって、いっていたっけな。大だんなも、こんどのあねごさんのほねおりは、心からよろこんでいなさるようだ」

それはめでたい酒の席になってから、夢介とお銀が並んでいる前へきて、お銀の顔と見くらべながら、総兵衛だんながそれとなく言外に味を持たせたことばだったのだ。お銀もちゃんと聞いてはいる。

「ねえ、おくにのおとっつぁん、もし、あたしのような女でも、あの、身重になって、つれて帰られたら、なんておいいなさるかしら」

お銀はその時のことを夢見るように、そっと夢介のひざへ手をおいて、もっとなぐさめてもらわなくては、きょうはどうにも気がすまない。

「おらのおやじさま、おらのおやじさま、おらを江戸へ道楽しに出すくらいだから、さばけていなさるぞ」

夢介がニッコリしてみせる。

「そうかしら。あたしもお松さんのように、早く身持ちになってみたい」

「いいだとも。いまにふた子でも三つ子でも、好きなだけ身持ちになるがいいだ」

「しらない、あんたは。まじめな話だのに」

お銀はおもわず男の大あぐらをゆすりながらからだじゅうを甘くしかけたとき、庭のへいへ路地から身軽に飛びつくけはいと同時に、ヒョイとちんぴらオオカミの三太がとぼけた顔を出した。

「へえ、こいつは、いいながめすぎらあ。ひなたぼっこで甘いとございっ」

近所かまわず一矢(いっし)を放って、スルリと、へいの上へ馬乗りになる。

「悪い子」

びっくりして、お銀は赤くなりながら、メッとにらみつけた。

「おお、おっかねえ。あねごさんはにらみがきくからなあ」

ニヤニヤしているのだから、全く手がつけられない。

「あにきさん、ここへおりてこないかね」

夢介がわらいながらいった。

「おじゃまでござんしょう」

「なあに、いいんだよ。ほかの人ではねえから」

その家の者あつかいが気に入ったらしい。

「それもそうだな」

スルリと庭へ飛びおりて、ノコノコ縁側へ寄ってきた。

「こんちは、お久しぶりでござんす。あねごさんはいつ見ても、いい女ぶりでござんすねえ」

「なまおいいでない」

「ちょいとやきもちやいて見せてくれよ。このごろは、いつきても甘いところで、ちっともおもしろくねえや」

お銀が飛びかかっていって、いきなり、両手で、三太の顔をつねりあげた。

「こいつめ」

「あれえ、おかどが違うよ」

別にえげつない悪態もつかず、おとなしくつねられているところをみると、この悪たれも少し甘くなってきたらしい。

「お銀、冗談していねえで、お茶でも入れろや」

「今入れますよ。この子にはトウガラシを入れてやるからいい」

捨てぜりふを残して、茶の間へ立っていくお銀のうしろから、

「あねごさんは、甘いところじゃまされて、くやしがってんだな。あんちゃん」

と、わざと聞こえよがしに浴びせかけておいて、

「ときに、あんちゃん、お安いご用だ、ちょっと五十両ばかり、ふところへねじこんで、そこまで顔を貸してくんな。あんちゃんを男にしてやるから」

声をひそめて、ニヤリとするのである。

「五十両で男になれるかね」

「なれるとも。若い女をひとり助けて、ご恩は一生忘れませんと、ありがたがられて、そんなのあんちゃん好きなんだろう。けど、胸ぐらをとられるといけねえから、

あねごには黙ってきたほうがいいぜ。じゃ、おいら、ひと足先へ出て、表で待ってるよ」

いうだけのことをいうと、もうさっさとへいに飛びついている三太だ。

「あら、三ちゃん、せっかくお茶を入れてきたのに、もう帰るの」

茶盆を持って出てきたお銀が、あきれて声をかけた。

「帰りますで、ござんす、急ぎますでござんす」

「トウガラシなんて冗談よ。栄太楼のようかんを切ったのにさ」

「甘いのは、さっきのでたくさんでござんす。こんどは、やきもちのほうにしてもらいやすでござんす。さいならでござんす」

その声はもうへいの外を駆けだしていた。

「悪い子。あんなことといって、ご近所に恥ずかしいのに」

「いいでねえか。まんざらうそのことでもねえだから」

「しらない、あんたまで、そんな」

男をにらんだ目が、もう甘くなっているのだから、きょうのお銀はとにかくきげんがよかった。

「ちょっと、おら、そこいら歩いてくるから」

　夢介は、なんともつかずお銀にいいおいて、玄関からすぐ家を出た。表通りへ出ると、ちゃんと、三太が待っている。

「あんちゃん、おかみさんにかぎつけられやしなかったろうな」

「だいじょうぶだよ」

「そんならいい。あんまりやきもちやかしちゃ、女はかわいそうだ。あんちゃんのおかみさんとくると、本気なんだもんな」

　あいかわらず小生意気ではあるが、あくたれで、人のいやがることばかり喜んでやりたがっていたちんぴらオオカミが、こんな気になるのも珍しい。それでもいくらか人間らしくなってくれたのだろうか。

「あにきさんも、すっかり男になっただね。このあいだは身投げ娘を助けたし、そういえば、ほれ、十日ばかり前に、あにきさんに家へつれてきてもらった娘な、おかげでゆうべ、伊勢屋の若だんなとめでたく祝言の式をあげただ。おらからも礼をいいます」

　歩きながら、改まって大きな頭を下げるりちぎな夢介だ。

「よせやい、あんちゃん。往来のまん中で、てれるぜ」

　三太はクスンと一つしっしっ鼻を鳴らして、

「けどなんだな、あんちゃん、男ってやつは、一度やってみると、変に癖になりやがるもんだな。どうも女のほうから、やたらにひっかかってきたがるんだから、やりきれねえや」

　と、目を光らす。

「へえ、女のほうから、やたらにひっかかってきたがるかね」

「うん、やたらにひっかかってくるんだ。きょうのなんかもそうなんだ。朝っぱらから、左衛門河岸の材木置き場のとこに、うすぼんやり死に神に取っつかれて立っている腰元がありやがんのよ。男だから、黙って素通りもできねえや。ドブンとやられてからじゃやっかいだし、ねえちゃん、つまんねえことはよしな、死んで花実が咲くもんか、っての知ってるかえ。女は土左衛門になると、青んぶくれになって、上を向いてあけっぴろげているんだぜ。しりが重いから、どうしてもそうなるんだ。あんまりいい格好じゃねえや、って教えてやったのよ。考えてみると、男ってやつは、おせっかいなやつさ」

「おせっかいでも、それで人がひとり助かれば功徳になるだ」

「おいらもそう思ってね、だから、訳を聞いてみたんだ。ご主人の金を五十両すられたんだとよ。まぬけったらありゃしねえ。おいら、そのやろうを知ってりゃ、すりかえして、ほんとうの男になっているんだが、そのやろうがわからねえんだから、しようがありゃしねえ。けど、ほうっておきゃドブンだ。そうだ、こんなときはあんちゃんを男にしてやるにかぎる、と思ったのよ。ねえちゃん、心配しなくてもいいぜ、この近所においらの懇意にしている夢介さんていう、小田原のお大尽(だいじん)がいる。人間はちょいと田吾のほうだが、ごくお人よしだからな、きっと五十両貸してくれるだろう。おいらがひとつ話してみてやろうと、男のおせっかいをやったってわけなんだ。頼むぜ、なあ、あんちゃん」

「どこにいなさるんだね、そのお腰元さんは」

「あれだよ。そら、あの新シ橋のところへ立って、まだ神田川をながめてらあ。なあに、もう飛びこめるもんか。あけっぴろげて、あおむけに流れるんだっていってやったら、まっかになって身ぶるいしていたもの」

なるほど、橋のたもとの柳の木の下に、紫矢がすりを着て、帯をやの字にしめた若い腰元ふうの娘が、しょんぼりしたうしろ姿を見せている。パッと駆けだした三太が、

「ねえちゃん、お大尽をつれてきてやったぜ」

と、かまわず大きな声を出した。

びっくりしてふり返った娘は、大またに近づく夢介をチラッと見て、さすがにモジモジと赤い顔をした。十七、八とも見える、ポッタリとした色白な娘で、どこか寂しい面だちである。

「じゃあんちゃんに、これからの男はおめえに譲ったぜ、さいなら」

やっぱりてれるのだろう、ちんぴらオオカミはニヤリとわらって、あまり悪い気持ちではないらしく、踊るような格好で浅草橋のほうへ駆けだした。

「失礼だが、おまえさま、お金をすられなすったそうでごぜえますね」

その腰元の前へ出て、だれにでも親切で丁寧（ていねい）な夢介だ。

「はい」

腰元はどぎまぎしながら、ひっそりとうなだれてしまう。

「あの小僧さんから今話は聞いたが、ご主人さまのお金だっていうことだが」

「申しわけございません。あたし、どうすればいいかと思って、ぼんやりして歩いていたのが悪かったのでございます」

「なあに、力を落とさねえがいいだ。江戸は生き馬の目を抜くとこっていうから、気をつけて歩いていても、ねらわれればしかたがねえだ。災難とあきらめなさるがいい」

「はい」

「五十両あればいいのかね」

「一番町のご本家から受け取りまして、お下屋敷へ帰るところだったのでございます」

「これ、お貸ししますべ。こんどは落とさねえように、内ぶところへしっかり入れて行きなさるがいい」

夢介はむぞうさに切りもち二つ五十両、ふところからつかみ出した。

「いいえ、そんな、そんな、見ず知らずのおかたから、大金を。困ります、あたし」

「心配しねえがいいだ。大金には違いねえけんど、たいせつに使ってもらえれば、だれが使っても同じ五十両。困っているときはお互いさまだものね」

ぼうぜんとしている娘の冷たい手へ、むりに五十両わたして、そのまま帰ろうとす

ると、

「いいえ、お願いでございます。助けると思って、それならいっしょにお屋敷へ行ってくださいまし。それでないと、あたし、しかられます」

腰元はひしと夢介のたもとにすがって、放そうともしない。娘としては、五十両からの大金黙ってもらっていってはすまないし、屋敷へかえって、訳を話して、しかられても困る。といって、すられたことをいわずにいられるほど、世間ずれた心にもなれないのだろう。

「お屋敷はどこだね」

「向島の水神の森にお下屋敷がございます」

それはたいへんだ、行って帰って三里の道はじゅうぶんある、と、つい当惑した色が顔に出たに違いない。

「いいえ、ご迷惑は決しておかけしません。船でまいれば、すぐでございますから」

娘は必死の顔色である。

どうもしようがない、乗りかかった船なのだ。それに、ただ金だけで人が助かると考えたのは、あまりにむしのよい話だった、と気がついたから、

「それじゃ、お屋敷まで送って行くべ。仏作って魂入れずでは、なんにもなんねえも

のな」

夢介はとうとう男をきめこんでしまった。

腰元のたのみ

柳橋から屋根船を仕立てさせて、大川をさかのぼり、蔵前から駒形、吾妻橋、向島、そして梅若（うめわか）の墓があるので有名な木母寺（もくぼじ）のそばの水神の森までくるには、船でも相当の時間がかかった。その間じゅう、腰元の口から聞いたのは、自分は菊といい、下屋敷にご後室さまが隠居されている。ご本家は番町にあって、三千石取りの旗本だ。その本家へ使いにやられて、用人から五十両受け取って帰る途中、浅草橋のあたりで若い職人体の男にぶつかられたが、それがすりだったらしい。

「お屋敷の名まえは、向こうへ行けばわかりますから、今は聞かないでくださいまし」

そんなことをひととおり話しただけで、よほど無口なたちらしく、お菊はむだ口はひと言もしゃべらなかった。ただときどきため息をついているのは、しかられるのがこわいのだろう。

「決して心配しなくてもいいだ。あやまちってことは、だれにでもあることだからね。おらからよく訳を話してやるから――」

夢介はかわいそうになって、ときどきなぐさめてやった。

水神の森へ船がついたのは、もうとっくに昼をすぎた時分で、そのかわり下屋敷はすぐ川べりにあった。屋敷内は相当に広いらしい。森閑としている。内玄関からお菊に案内されて、一間へ通り、用人にでも老女にでも会ったら、ひととおり訳を話してすぐ帰るつもりだったが、さて、なかなかだれも出てこない。

「おかしいな、こんなはずはねえと思うが――」

二時間ばかり待たされて、いくらのんびりしている夢介でも、いいかげんしびれがきれてきた。だいいち、昼飯を食っていないので、腹がすいてしかたがない。

「なんだかキツネに化かされたような気持ちだぞ」

家の中はひっそりとして、さっきから人の声一つしないのだ。が、そこは生来のんき者だから、別に腹もたてず、しようがない、もう少し待ってみてだれも出てこなかったら、黙って帰ろうと、バカ正直に行儀よくすわっていると、障子に明るい日ざしがやや斜めになりかけるころ、やっときぬずれの音がして、ふすまがあいた。うちかけを着た三十二、三の、顔は少し強くて冷たいが、なかなか美人の中老さまである。

どこかで見たことのあるような顔だ。紅色羽二重のすそをあざやかにさばいて、品よくすわって、

「お待たせしましたね。相州小田原在の百姓夢介というのはそなたかえ」

なかなか見識が高い。

「はあ、おらその夢介でごぜえます」

「ご後室さまがお目にかかると仰せられます。案内してつかわしましょう」

「とんでもねえことでごぜえます。お菊さまというこちらのお腰元さまが、災難にあいまして、おしかりがなければ、それでおらの役目はすみますので、お中老さまから、よろしく申し上げてくだせえまし」

「それはわかっております。とにかく、ご後室さまがお目にかかると仰せられているのですから、ご辞退は失礼にあたりましょう。おうけしなければいけません」

まるでしかられているような感じだ。

「はあ、失礼にあたりますかねえ。おら、お屋敷方の作法、土百姓でまるっきり知らねえもんだから、かえってご無礼があっちゃなんねえと思うだが」

「その心配にはおよびません。お気楽なおかたさまですから、気がねなくついてくるがよい」

「そうでごぜえますか」

　あまり気は進まなかったが、相手はかまわずスッと立ち上がるので、しかたなく夢介も立ち上がった。恥ずかしいが、足がしびれてうまく歩けない。いそいでなでながら、びっこをひいて、われながらおかしな格好だった。長い廊下を二つ三つ曲がっていくうちに、その廊下の雨戸がすっかりしめきってある一むねへ出て、あたりが急に暗くなった。その奥の障子に、ボーッと灯かげのさしている座敷がある。

「あれがお居間ですから、遠慮なくお障子をあけて、中へはいって、おことばをたまわってくるがよい。あたしはここで待っていてあげます」

「おら、ひとりで行くんでごぜえますか」

「そうです。ひとりでよこせという仰せです」

　少し様子が変だな、とは思ったが、中老さまがそこへ立ち止まってしまったので、

「そんなら、ちょっとごあいさつしてきますべ」

　夢介はおじぎをして、その灯のともっている居間の前へ進んだ。さすがにご後室さまの住んでいる座敷らしく、そのへんまで甘い香のにおいが漂ってくる。

「まっぴらごめんくだせえよ」

　おそるおそる障子をあけて、中を見て、なんとなくドキリとした。十畳ほどのりっ

ぱな座敷のまん中へ、ご後室さまは酒肴(しゅこう)のぜんを前にして、きちんとすわっている。ぬれぬれとした切り髪で、年ごろは中老さまと同じ三十二、三でもあろうか、やや太りじしの、品よく下ぶくれのしたいい器量だが、厚化粧で口紅が濃く、紫羽二重の被布(ひふ)という姿が、いろっぽいというより、むしろ淫蕩(いんとう)なにおいが濃厚なのだ。

「おお、吉弥(きちや)か、よう参ってくれました。遠慮なくこれへ進みますように」

見つめて、うれしげに、ニッコリわらった目がもうトロリと酔っている。

「いいえ、ご後室さま、おら、夢介という百姓でごぜえます」

「ホホホ、性悪(しょうわる)な。そなたはまた、わたしをじらす気かえ。きげんをなおして、早うここへ来やというに」

「とんでもごぜえません。おら、困るでごぜえます」

「困ることは少しもない。どれ、それならあたしが手を取ってあげましょう」

スッと立ってきて、媚態(びたい)を作りながらそばへすわって、ひざへもたれかかるようにながし目を使う。

「吉弥、今夜はもう帰さぬぞえ」

からだじゅうに三十女の淫蕩な血がうれたぎっているような、むせっぽい膚のにおいである。昔話にある吉田(よしだ)御殿、いや、これはどうやら色気ちがいだ。常人ではないと気がついたとたん、さすがの夢介もゾッとしてしまった。中老さまは、お気楽なおかたといっていたが、なるほどこれ以上気楽な者は、世の中にあるまい。

「しかし、それにしても、おらどうして、こんなめにあわされるのだろう」

ただの冗談ごとではないようである。ハッと気がついて、

「まあ、ちょっと待ってくだせえまし」

狂女をむりに押し放し、いそいでさっきの廊下まできてみると、そこに待っているはずの中老さまの姿はなく、そこに五寸角のがんじょうなこうし戸がピタリとしめ切ってある。来るときは暗くてわからなかったが、これは前から座敷牢にこしらえてあるものだ。

「吉弥、わたしをおいて、どこへ行きます。そなたの好きに、帯も解こうし、なんでもする。きげんなおして、もうどこへも行ってはいやじゃ」

追ってきた狂女が、ひしと胸にすがりついて、さめざめと泣きだすのだ。

「さあ、困ったぞ」

これはたしかに、だれかに計られたことに違いない。夢介は途方にくれて、わきの下へ冷や汗さえ感じてきた。耳を澄ましても、ひっそりかんとして、ほかに物音一つ聞こえないのが、陰々としてよけい化け物屋敷じみる。

気になる夢

「お銀――お銀」

　呼ばれて、ハッと目をさますと、夢介が、いつものののんびりとした夢介ではなく、しょんぼりと、まくらもとへかしこまっていた。そういえば、声にもなんとなく張りがなく、たとえば遊びほうけた子どもが時刻をはずして帰り、親にしかられはせぬかと小さくなっている、そんな哀れっぽい姿なのである。

　そうだ、この人はきょう、朝家を出たっきり、寝るまで帰ってこなかった。どんなにあたしが待ちこがれていたか、たしかまくらについたのは九つ（十二時）すぎだから、もう明け方に近いのではないだろうか、とお銀は思い出し、しらない、憎らしいと、そっぽを向いた。

「お銀、おこっているのかえ」

　そんな甘い声を出したって、だれが返事なんかしてやるもんかと、プンプンしながら、やっぱりかわいそうになって、

「今までどこをうろついてたんですよ、夢さん。ひっかいてやるから、じれったい」

思わず邪険にその手をつかんで、床の中へひきずりこみながら、おお冷たい、まるで氷のようなからだをして、とゾッとちぢみあがったとたん、こんどこそ、はっきりとわれにかえった。

「夢――」

お銀はポカンとした気持ちでまくらもとをさがす。あまりにもまざまざと男の姿を見て、夢とは思えないのだ。が、まくらをならべて敷いてある男の寝床を見ても、夢介はまだ帰っていなかった。

「どうしたのかしら、ほんとうに」

実は、寝るまではやきもちの虫が騒いで、ひとりでプンプンおこっていたお銀だが、今は妙にさみしい。いや、しょんぼりとしていた夢の中の男が、そんな姿はまだ一度も見せたことがないだけに、ふっと気にさえなってくるのだ。

「やきもちはあたしの病気だからしかたがないけれど――」

ほんとうにやくことなんか少しもない安心な男なのである。ただ、いつまでも赤ん坊を生ませてくれないから、ときどき気がもめるだけで、ちゃんと堅い夫婦約束はしてあるのだし、とてもかわいがってはくれるし、正直にいえば、いつも手のとどくところにいて、手を出してくれるのを待っているあたしにさえ、いびきばかりきかせている男なのだから、決してほかの女とうわきなどはするはずはない。

それに、帰らないのは、なにも女遊びとばかりはかぎらない。なにかまちがいでもあって、帰りたいにも帰れないのではないかしら。そこはお人よしで少しのんびりしすぎている人だから、このあいだのように、ついつまらないつつもたせにひっかかったりするのだ。今のが正夢だとすれば、どうもただごとではない。だれか悪いやつにでもつかまって、苦しめられて、あんまり苦しいもんだから、苦しまぎれに、お銀と魂がひとりでにあたしのところへ救いを求めにきたのだ。人の魂などというものは、せっぱつまると、きっと、日ごろいちばん思っている者のところへ帰ってくるものなのである。だから、あの人の魂も、夫婦は一心同体というから、正直にあたしのところへ帰ってきてくれたのに違いない。

「どうしよう。あの人が苦しんでいるのに、こんな安閑として寝ているどころじゃない」

お銀はわれにもなく床の上へすわりなおった。いつも男心をひくようにと、寝化粧をしてひちりめんの長ジュバンを寝まきにしているお銀だが、今夜はそんな浮いた心のなまめかしささえ、自分でうとましい。

「大金を持っているし、もしやあの人、もう死んでいるんじゃないかしら。つるかめ、つるかめ。なんだってそんな縁起でもないことを考えだすんだろう」

あわてて打ち消しはしたが、夢の中で引きよせた男のからだの冷たさ、それがはっきりと膚身に残っているようで、ゾッと身ぶるいが出る。

「生きていて、夢さん。今夜だけは、少しぐらい道楽していてもいいから、死んじゃいやだ」

道楽されるのもつらいけど、こんなこわいことを考えさせられるよりましである。キリキリと胸が痛んできて、いても立ってもいられない。

「せっかく魂が出てきたくせに、どうしていどころぐらい言わないんだろう。あの人の魂だから、魂までのんびりしているんだわ。じれったい」

お銀は目をつりあげながら、なにかに追いたてられるように、せかせかと外出のしたくをしていた。ちくしょう、どいつもこいつも、みんな息の根を止めてやる。もし、あの人が殺されているようなら、この世になんの未練もありやしない。あたしだって、おらんだお銀だから、きっと敵はさがし出して、一世一代のふくしゅうをしてやるから、おぼえておいで、と、だんだんすごいあねごにかえりながら、一方では、夢さん待ってくださいよ、すぐあとから追いつきますからね、勘の悪いあんたひとりじゃ、とても鬼のいる冥土（めいど）の旅なんかできやしないんだから、と、もう死んだものにきめて、ボロボロと涙がこぼれ、われながら少し気が変になってくるのだ。

三太の話

夜が明けたら、すぐに、家を出ようと思っていたお銀だが、どことといってあてがあるわけではなし、それに明るいお日さまの顔を見ると、夜の怪しい悪夢も、夢なんだからといくらか気がしずまり、ことによると、お銀いま帰ったよと、案外涼しい顔をして、今にもひょっこり帰ってきそうな気もしてきた。それならそれで、けさはなんにも文句はない。どうか無事な顔を見せてくれますようにと、お銀は明け方からの外出姿のまま、長火ばちへ炭を足しては鉄ビンをたぎらせ、左のひじをついて重いこめかみをささえながら、ため息ばかりついていた。

「こんちは――」

ガラリと玄関の格子があいたのは、まだ霜の消えない朝で、ハッとお銀は腰のほうが先にういたが、むろん夢介の声ではなく、がっかりして、

「三ちゃんかえ、おはいりなさい」

それでもあいそよく声はかけたが、正直に腰のほうがそのままますわってしまった。

立たなくても、ちんぴらオオカミなら気が向けばかってに上がってくるし、気が向かなければ、わざわざ立っていっても、ふいと帰ってしまう風来坊なのである。

「へえ、あねごさんのおかみさん、朝っぱらから、おめかしで、ばかにきれいなんだなあ」

はたしてズカズカ上がってきた三太は、ふすまをあけて、そこに突っ立って、ニヤニヤわらいながら、さっそくなにかかぎ出そうとするずるい目つきだ。

「きのうのようかんとっといたから、すわったらどう。そんなところに突ったってないで」

お銀は茶ダンスから、きのうの菓子ばちを出して、ネコ板の上へおいた。

「お見受けしたところ、あんちゃんは留守のようでござんすね、あねごさん」

「ええ、留守よ」

「留守って、ああわかった。あねごさんが、そんなしんきくさい顔をしているところをみるとゆうべから帰ってこないんだな」

「そうなの。だから、心配してるところなの」

茶を入れながら、けさのお銀は、あけっぱなしだ。しめた、というように三太が目を輝かして、ソロリと長火ばちの前にすわる。

「どうしたの、人の顔ばかしジロジロ見て」

「変だなあ、やきもちの角ってやつは、人間の目じゃどうしても見えないもんかな」

「フフフ、三ちゃんにゃ見えないでしょうよ」

「へえ。じゃ、だれに見えるんだえ」

「そうねえ、あたしの角を見てくれるのは、あの人だけ」

「チェッ、手放しでのろけてやがら。おもしろくねえ」

「はい、おのろけ賃――」

そのこましゃくれたちんぴらの鼻の先へ、お銀はかんざしではさんだようかんをヒヨイと突きつけた。

「お茶も遠慮なく召しあがれ」

「召しあがるさあ。けど、あねごさん、このごろはあんちゃんに甘ったれるだけで、もうやきもちのほうはやめたのかえ」

「そんなことないわ。あたしはやきもちやきだから」

「だって、ゆうべあんちゃんが帰ってこないのに、ちっともおっかねえ顔をしていないじゃないか」

「そうかしら」

「あんちゃん、あれでなかなかすみへおけないんだぜ。知ってるかい」

「なにを――」

「新いろってやつができちまったんだぜ。うそじゃねえぜ。おいら、きのうその新いろにたのまれたんだ。だから、わざとへいを乗り越えて、そっとあんちゃんに教えてやろうと思ったら、あいにくあねごさんが甘ったれているさいちゅうなんで、ちょっとまごついちまったんだよ」

「ほんとう、三ちゃん」

じっと見つめて、なんとなくお銀のきれいな目がいきいきとうるんでくる。

「ほんとうさ。おいら、うそと塩辛(しおから)は大きらいでござんしてね。なにを隠そう、きのう左衛門河岸を通りかかると、そうだなあ、年ごろ十六、七の、ポッタリとした人形のようなお腰元が、ぼんやり立っているんだ。まるでしばいに出てくるお軽勘平のお軽さ。おいらが子どもだもんだから、安心だな、通りすぎようとすると、もうし、ときやがった。なんだえ、お腰元さん。あなた、あの、たしかにこのご近所とうかがってまいったのでございますけれど、もしや小田原在から出てきている夢介さんの仮住まいをご存じではございませんでしょうか。まっかな顔をしやがった。うそじゃねえぜ、ほんとうなんだから」

「だから、あたし、いっしょうけんめい聞いてるじゃありませんか。それからどうしたの」

事実お銀はさっきからじっと目をすえているのだ。と見てとったちんぴらは、

「つまんねえな。こんないい話、ただってことはねえや。一分はずまねえかな。これからがいいとこなんだぜ」

と、ずるくわらって見せる。

「いいわ。はい、お話し賃――」

なんでもいいなりしだいのお銀だ。

「すまねえな。じゃ、つづきを話すよ。おいら、いってやったのさ。夢介さんの家なら知ってるけど、おまえさんはだれだえ。あたしは、あの、夢介さんと同じ村の者で、小田原の殿さまのお屋敷へご奉公にあがっています。実は、ぜひおくにのことで、夢介さんにそっと、お話ししなければならないことがあるもんですから、ってモジモジするんだ。そっとおくにのお話だなんて、こいつは臭いな、とおいらすぐピンときちまったんだ。わかってらあね、同じ村だっていうんだから、その同じ村で、あんちゃん、あれでいなかへ行きゃ、いろ男のほうだろうからね。盆踊りの晩かなんかに、チャカポコチャカポコ、チャカポッポって、桑畑かなんかへくわえこんだのさ。

わかってらあな」

「三ちゃん、鳴り物まで入れなくたっていいわ。それで、あのお腰元さんに会ったの」

「ああ、会ったよ。あねごさんにゃすまねえけど、おらがあんちゃんを連れてってやると、とてもよろこびやがって、あんちゃんのほうも、まんざらじゃねえようだった。ニコニコして、たもとのかげで、そっと手なんか握って、ふたりで、屋根船へ乗ったぜ。それから先は、どんなことをしたか、おいら子どもだからよく知らねえ」

「うそじゃないんでしょうね、三ちゃん」

　お銀が念を押す。

「うそなもんか。一分もらってうそをついちゃにおうさまにふんづけられらあ」

「じゃ、その船宿へ行けば、ふたりがどこへ行ったかわかるわね」

「行くのか、おかみさん。こいつはおもしろくなった」

　こなま意気にピシャリとおでこをたたいてみせる。

「いいえ。それがほんとうなら、あたしが行っては悪い。三ちゃんに、そっとふたりの行った先を調べてもらいたいの。実はね、あたし、けさ方、いやな夢を見てしまったんです」

「へえ、どんな夢だえ」

「あの人があたしのまくらもとへ、しょんぼりすわって、お銀って呼ぶんです。まるで氷のような冷たいからだをして、死んだ人のような顔だったもんだから、正夢だったらどうしようと思って、胸が痛あくなってしまった。お金ならいくらでもあげるから、あの人が無事だと、たったひと言、知りたいんです」

いっているうちに、いつになくお銀は胸が迫ってきて、スーッと涙があふれてしまった。

「つまんねえ夢を見たんだなあ」

ちんぴら三太は、なんとなく興ざめ顔である。

「夢といってしまえばそれまでだけれど、いいえ、ほんとうに夢なら、こんなうれしいことはないんです。そのお腰元さまと、どんな仲だろうと、あたしは決してやきもちなんかやかないから、あの人の無事なところを見てきて、そっと教えてもらいたいの、行ってくれる、三ちゃん」

「さいなら——おれ、この一分返さあ」

ちんぴらオオカミは握っていた一分銀を、ネコ板の上へ投げ出して、プイと立ち上がった。

「待って、三ちゃん。そんなら、今の話、うそかえ」

「みんなうそじゃねえや。いいよ、待ってな。ちくしょうめ、おれ夕方までに、きっとあんちゃんを捜してきてやる。夕方またくらあ。さいなら」

おこったような顔をして、三太は、もう風のように茶の間から玄関へ飛び出している。

おしゃれ狂女

そのころ——

水神の森の奇妙な屋敷へつれこまれた夢介は、夜も昼も雨戸をしめきったあんどんの世界の座敷牢（ろう）の中で、あいかわらずおしゃれ狂女のままごとの相手をさせられていた。

たしかにこれは、あやしくも濃厚なままごとに違いない。狂女は吉弥と呼ぶ寵愛（ちょうあい）の男を失って気が狂った旗本大身のご後室さまででもあるのだろうか、初めから夢介を吉弥と呼び、しとやかにまつわりついて離れないのである。きのうはしきりに酒をすすめられた。

「おら、酒は飲めねえでごぜえます」

夢介は堅くことわると、

「そんならあたしが飲みます。酌をしてくれますかえ」

ひざにもたれて、ながし目をして、杯を出す。狂女とわかったら、もう逆らわず、酌をしてやると、うれしそうに飲んで、その杯をまたくれるという。

「さ、吉弥にとらせよう。こよいは遠慮なくすごすがよい」

「かんにんしてくだせえまし。おら、酒は飲めねえでごぜえます」

いくら夢介がのんびりしていても、えたいのしれない座敷牢の中で、狂女を相手に酒を飲む気にはなれない。

「そなたは、なにをそうすねているのでしょう。わたしの酌では気にいらぬのかえ」

「すねているのではごぜえません。それより、おまえさまは、どなたさまでごぜえますな」

それとなく、やさしく持ちかけてみた。

「ホホホ、性悪な。ここはそなたとふたりきりゆえ、なにもこわがることはないと、さっきからいうているではありませんか。わたしはもうそなたの女房もおなじこと、どうなりと好きにするがよい」

トロンと美しい目をすえて、やっぱり正気ではない。たあいもなく夢の中の吉弥を相手におうせの首尾をよろこび、たわむれ、かきくどいているうちに、一本のちょうしがつきかけ、それをひとりで飲んだのだから、狂女は酔って夢介のひざへ突っ伏してしまった。

「おまえさま、苦しくなったかね」

悪酔いでもしたかと思って、そっと背中をなでていると、いい気なもので、ぐっすり眠っているのである。ホッとして、さあわからねえことになったぞ、と夢介は全く当惑してしまった。

これは、何者かが初めからたくらんだ仕事としか思えない。あのかわいい腰元が金を落としたというのもうそで、それはここへ自分を監禁する手段だったのだろう。さっきの中老さまもその一味だし、ちんぴらオオカミの三太は、あの腰元にうまく利用されたのだ。とすると、相手はよっぽどこっちの事情にくわしいやつに違いない。

いったい、目的は何なのだろう。金かしら。金なら、そのうちにはらちがあくだろうから心配はないが、昔の吉田御殿のように、この狂ったご後室さまのいけにえにつかまえられたのだとすると、生きて再びこの座敷牢は出られないことになる。

「えらいことになったぞ」

さすがに、夢介はゾッとして、狂女を静かにひざからおろし、そのまま行儀よく眠りこけているのをさいわい、ひととおりへやの中を調べてみた。調べるといっても、十畳一間きりのことだからぞうさもない。正面は床の間と並んで一間の押し入れがあり、押し入れの中には寝具、長持ち、鏡台などきちんと入れてある。一方は次の間へ行くふすまで、ふすまの外はむろん牢格子がはめてあった。南から西へ回り縁になって、ここは牢格子の外側に雨戸がしめてあり、西の縁の突きあたりにはかわやがついている。かわやの窓が格子越しに見える自然の雑木林になっていて、冬の日の暮れやすく、いつか寒々としたたそがれの色にかわっていた。雑木林の向こうは隅田川に違いない。その西の空に、わずかに夕焼けが赤く残っているのもわびしい。

「お銀――」

ふっと呼んでみて、夢介はジーンと胸が熱くなってしまった。ことによると、もう生きては会えないかもしれないと思うと、やっぱりいちばんいとしく、なつかしい女である。

「とうとう、おかみさんにしてやれなかったねえ」

午前にフラリと家を出たきりなのだ。さぞ今ごろはなんにも知らずに、やきもきして、じれて、プンプンおこっているだろうと、そのツンとした白い顔を思いうかべ、かわいそうでたまらなくなる。

「吉弥——吉弥」

いつまでそこにたたずんでいたのだろう。ふっと狂女の呼び立てる声が悲しげにきこえ、すり足で廊下を走ってくるけはいがした。

「ああ、ここにおいでだったのかえ」

まあ、よかった、という顔をかくさず、ニッコリこびを含んで、手を取り、

「さあ、いっしょにおふろへはいりましょうねえ」

しとやかに座敷へつれもどすのである。

「へえ、おふろでござえますか」

夢介にはどうも納得がいかない。

夜の世界の座敷へ帰ってみると、いつの間にか今までのぜんはかたづき、床の間に金まき絵をしてりっぱなちょうずだらいが出ていた。湯がはいっている。はてな、と見ているうちに、狂女はそっちを向いて静かに帯を解きはじめる。いく本か、下締めの細帯を解いているふうだったが、やがてたらいの前へしゃがんで、フワリと下着ごといっしょに着物を脱ぎすてた。紅の花が散ったなまめかしい中に、女盛りの白々とした肉づきのゆたかな素膚があやしい光沢をたたえて、アッと夢介は目のやり場がな

い。

「見ては恥ずかしい――」

狂女はムッチリとはずむ胸乳（むなち）を押えて、ちょっと恥じらうふうだったが、ケロリと忘れたごとく、やがて手ぬぐいを湯でしぼっては、顔からえり、腕、胸と、よほど癇性（かんしょう）と見えてからだじゅうをたんねんにふきはじめた。

「そなたもおはいり、洗ってあげるから。恥ずかしいかえ」

「いいえ、おら、どうもカゼけのようでごぜえますから」

「さっぱりするのにねえ」

さっぱりどころか、この寒中、さぞ寒いだろうにと思うのだが、狂女はいっこうに感じぬらしい。すっかりふき終わると、そのたらいを違いだなの上へおいた。そこにあった鈴を鳴らすと、違いだなの小窓があいて、白い手が、ツとそのたらいを引き取っていく。なるほど、あそこがすべての差し入れ口だな、と夢介ははじめてがてんがいった。

その間に、狂女は裸のまま押し入れの前に行き、はでな長ジュバンの寝まきを出して着て、しごきを前で結ぶ。こんどは鏡台に向かって髪をなでつけ、それがすむと脱いだ衣類をすっかりたたんでみだれ箱に入れ、へやのすみへおいて、ふとんを敷きはじめた。それが敷き終わるまで、全くそばに人のいるふうだったが、まくらもとをびょうぶでかこって、ちゃんと寝じたくがととのうと、はじめて夢介のすわっているところへきて、ニッコリあふれるようなこびを含みながら、じっと手を取るのである。

「おら、まだ眠くねえで、おまえさま先に寝るがいいだ」

いくら相手が狂女でも、これは夢介いささか赤くならざるをえない。女はかむりを振って、手をひっぱる。夢介が同じようにかむりをふって動かないと、

「そなたは、わたしを捨てる気かえ」

かっと燃えるような目になりながら、からだじゅうへたぎってくる男ほしさの情熱に身もだえして、まつわりつき、狂気だからみえも恥もなく、しつようにからんでくる濃厚さ、熱い女の膚いきれと、うれきった肉体のたわわに、あやしいなまめかしさに、夢介もなんとなく心乱れ、恐ろしい色地獄、そう気がついたとたん、なやましい、煩悩(ぼんのう)を振り切るように、すそを乱した女のからだを軽々と抱いて立ちあがり、

「おまえさま、静かに眠るだ。おら、子もり歌うたってやるべ」

ねんねんよう、おころりよう、と必死に口ずさみながら、グルグルと座敷じゅうをまわりはじめた。

かつて幼かりし日、死んだおふくろさまの口から聞かされた、なつかしくもきよい子もり歌である。くりかえしくりかえし歌ってまわるうちに、煩悩はいつかしだいにしずまり、ホロリホロリと涙が流れてきた。悲しいのでもない、くやしいのでもない、前世にどんな宿縁があるかは知らず、同じ座敷牢へ閉じこめられて、狂女を抱いて母の子もり歌をうたう。抱いている狂女が他人のように思えなくなってくると同時に、哀れでたまらない気がしてくるのだ。

狂女はたくましい胸の中へ抱かれ、しがみついて、しばらく身をもんでいたが、耳に静かな子もり歌をきき、からだじゅうを軽くゆすられて、これもだんだんたかぶっていたみだらな心がしずまってきたのだろうか、やがて身もだえをやめ、放心したような目をあけて、まじまじと男の顔をながめつづけているようだったが、そのうちにやっても知らずに、手足がグッタリとなって、快い眠りにとけこんでいったようだ。そっと寝床へ移して育ちを思わせるような品のいい顔をして、安らかな寝息をたてているのが、いっそうあわれ深かった。

こうして翌日朝目がさめると、再び色地獄のままごとが繰りかえされるのである。

迎えのかご

お銀は一日じゅう、もしや夢介から何かのたよりはないか、もうちんぴらの三太がなにか手がかりをつかんできてくれそうなものだと、心待ちにしながら、とうとう夕方を迎えてしまった。

「おかみさん、少しでもごはんをあがらないと、からだにさわりゃしませんかね」

ばあやが心配して、わざわざのり巻きまでこしらえてくれたが、どうしてものどへ通らない。

「いいのよ、ばあや。いまにあの人が帰ってきさえしたら、びっくりするほど食べてみせるんだから」

「ほんとうにねえ。どうしたんでございましょうね。こんなことは一度もなかったのに」

「きっと、よっぽど気に入ったひとでも見つかったんだろうね。帰ってきたら、あたし、きょうこそ、大やきもちをやきますから、笑っちゃいやだよ、ばあや」

おかみさんの大やきもちは、さんざん見ていて珍しくはないが、だんなが帰ってこないのに、こんなにおとなしい顔をして冗談までいうお銀は珍しい。それだけに、きょうのお銀の胸の中には、ただのやきもちではなく、心配のほうが大きいのだ。

昼をすぎてからは、もう夢介の無事に帰ってくる望みは絶えた。ただ待たれるのは、三太のたよりばかりである。

あくたれ者というものは、妙ないじがあって、夕方までにきっと知らせると大きな口をきいたからには、きっと無理をしてもそれを果たさなければ、二度とその人の前へ顔が出せなくなるものだ。お銀も前身が前身だから、きょうのちんぴらの約束は、信用してもいいと、勘で感じていた。

むろん、三太の口から出任せは、話を聞いているうちに、お銀にはすぐわかった。しかし、きのうお軽のような腰元かどうかは知らないがあの人を呼び出して、どこかの腰元に会わしたのはほんとうなのだろう。そして、ふたりで屋根船に乗りこんだという。これもほんとうだ。そこを見ていたから、三太はその船宿へ走って、船の行く先を聞きに行ったのだ。

それがいまだに帰らないとすれば、船の着いた先はわかったが、それから先の手がかりがつかめないに違いない。

「ひとりで苦労しているより、早く帰ってきてくれたほうがいいんだけれど」

初めからほんとうの話をくわしく聞かせてくれれば、また捜しようもあるのにと思う。とにかく、これは容易なことではなくなってきたと思うにつけても、一刻一刻が骨身を削られる思いのお銀だった。そして、その夕方、ガラガラと格子があいたとき、そのあけ方で、三太じゃないとすぐわかったほど、お銀の勘は鋭くたかぶっていた。

「おかみさん、あの、なんです。若党さんふうの人がみえて、これを――」

取り次ぎに出たばあやが、なんとなく不安そうに、おおげさな定紋（じょうもん）つきの文箱（ふばこ）をささげてきた。

「そうお」

受け取って、あの人のことだと思い、凶か吉か。キリキリッと胸は引きしまりはしたが、顔色一つ変えず、落ち着いて文箱をひらくお銀である。

「つごうにより、夢介の生命をお預かりおきそうろう。迎えのかごにて神妙にお越しあれば、対面いたすべく、委細（いさい）はその節ご相談申し上げそうろう。くれぐれも神妙のことお忘れあるべからず」

文面はしごく簡単で、一つ目の社中一同とあり、あて名はお銀どのとなっている。

そうか、やっぱり一つ目のこじき大名、大垣伝九郎の仕事かと、わかってみれば、ちくしょう、いやみなまねはおしでない。くれぐれも神妙のことだなんて、そんなにこのあいだの目つぶしがこわいのかえ、と今はびくともしないおらんだお銀だ。

それにしても、あの人が生きていてくれてよかった。生きてさえいてくれれば、たとえあたしの命をかけたって、きっと助け出さずにおくものか、夢さん待ってください、もう少しのしんぼうだから、とお銀はそれまでわれにもなく心の中で拝んでいた観音さまに、思わず合掌せずにはいられなかった。

「ばあや、ちょっと出かけてきますからね」

身じたくは明け方からすっかりできているのである。気軽に立ち上がると、

「おかみさん、いいんですか、ほんとうに」

声をひそめて顔色をかえるばあやだ。

「心配しなくてもいいよ。火の元だけは用心してくださいね」

スラリとすそをさばいて玄関へ出る。

「お使い、ご苦労さま。すぐまいりますから、連れていってくださいまし」

待っていた一癖ありげな若党が、さばさばとしたお銀の顔をチラリとながめ、

「承知しました。お供いたします」

と、丁重に頭を下げた。

「かごは表ですか」

「はい」

げたをはいて表へ出たが、そこにかごはない。若党がずんずん神田川のほうへ歩くので、お銀も二度とは聞かず、澄まして肩をならべていった。夕方から江戸名物のからっ風が出て、お銀のなまめかしいすそを吹きまくる。

「風になりましたねえ」

「はあ」

「火事がこわいこと」

町かごではなく、りっぱな黒塗りのかごが、もう寒々とたそがれてきた新シ橋のたもとの柳の下におりていた。六尺がふたり、そこにうずくまっていたが、こっちの足音を聞きつけて、ヌッと立ち上がる。これもあまり人相のいいほうとはいえない。

「これですか」

「はあ」

「ごめんなさいよ」

お銀はためらう色もなく、六尺のあけてくれたとびら口からかごへ乗りこむ。とびらがしまって、コトリと錠(じょう)をおろしたようだ。

「ふん、あまりひとを甘くお見でない」

もとのおらんだお銀にかえれば、天下になにもこわいもののない女だ。あたしのこわいのはただ首ったけほれた夢さんだけ。そう思って、ふっと胸が熱くなったとき、かごが静かに地を離れた。ゴーッとからっ風が鳴っている。

からだしらべ

お銀をのせた悪党どものかごは、途中で日が暮れて、長い間からっ風に吹きまくられながら進んでいく。どこへつれていく気だろうと、思わないこともなかったが、ちゃんと覚悟をきめてのったかごだし、その行きついた先には夢介が待っていてくれる。そう考えると、どこへでもつれていけという気持ちで、むろん相手はあくどい一つ目の連中だから、どんなめにあわされるかわかったものではないが、そのかわり、されただけのことはきっと仕返しをしてやると、からだを投げ出しているお銀なのだ。かごは初めのうち、やたらに町かどを曲がっていたようだ。方角をくらますつもりだったのだろう。そのうちに長い橋をわたって、大川ばたへ出たようだ。風あたりがひどくなって、すわっているひざのあたりから、寒さがしんしんと身にしみてきた。

「のろまだねえ。いつまでフラフラ歩いてるんだ。いいかげんかぜをひいちまうじゃないか」

じれったいのをやっとがまんしているうちに、どうやらかごは森の中へはいったらしく、ゴーッとこずえの鳴り騒ぐのが耳につきだし、しばらくすると、トンと地におりた。

「お着き――」

若党がどなっておいて、かごの前へきてコトリと錠をはずし、黙ってとびらをあけておじぎをした。

見ると、かごはどこかの武家屋敷の大きな玄関の式台へ横づけになっている。

「ご苦労さん、寒かったでしょう」

悪びれもせず、お銀がスラリと式台へ出て立って、正面のついたての端に、十六、七の腰元がひとりぼんぼりを持って出迎えている。

はてな、三太の話では、あの人は、だれか若い腰元にさそわれて船へのったといっていたが、この腰元じゃないかしら、と、お銀はどうもそんな気がして、どう話のいとぐちをつけてやろうかと考えているうちに、玄関わきの使者待ちの間（ま）へ案内され、腰元はなんとなく逃げるように、いそいでおじぎをして、さがっていってしまった。

「やあ、お銀、よく出てきたな」

それと入れ違いに、ドカドカと押し入るようにつら憎い顔を見せたのは、深川の悪七とすもうあがりの岩ノ松音五郎、そのうしろへ大刀を手にした猪崎と呼ばれる剣客浪人がノソリと立つ。三人とも、この前第六天でお銀の痛烈な卵の目つぶしをくらい、ひと月あまりも目が痛んで、ひどく不自由させられた連中だった。

「ホホホ、どなたさまもおそろいで、今晩はあんまりよくも出てきたわけじゃありませんが、あたしのたいせつなあの人がごやっかいになっているというもんですから、ちょいとごあいさつにうかがいましたのさ」

ニッコリわらって、心にくいほど大まるまげが色っぽい水ぎわ立ったとしまぶりのお銀が、人前もなく、からだつきまでトロンとさせながら、のろけてみせるのである。

「そうだとも。てめえがおとなしくしねえと、今夜はあの田吾作の命がなくなるんだ。わかってるだろうな」

悪七がいまいましげににらみつけた。

「わかってますとも。にいさんの目はシジミ貝みたいだけれど、よくにらみがきくんでねえ。おお、こわい」

「なにをぬかしやがる。ひととおりからだを調べるから、おとなしくしろよ」

「ホホホ、きょうは目つぶしもなにも持ってやしないからだいじょうぶ。けど、あの目つぶしは、わりによくきいたでしょう。にいさん」

ケロリとしているお銀だ。

「よけいな舌をたたくねえ――おい、岩ノ松」

悪七があごをしゃくって合い図すると、うなずいて音五郎はお銀のうしろへまわり、両手をつかんで押えつけた。その間に悪七が前から、ふところ、帯締め、背中と、この前ですっかりこりているから、しごく念入りにさぐりまわる。

「いいかげんにしてくださいよ、くすぐったいから」

「黙ってろい。猪崎さん、針一本持ってないようですぜ」

「その髪のかんざしを取りあげておけ」

さすがに猪崎は用心深い。いざという時の女の最後の武器まで取り上げて、やっとふたりの荒くれ男が手を放すと、お銀はけがらわしいものでも払うように、フッフッとからだじゅうを吹いて、両手でも払い、

「すみませんけど、あたしは癇性(かんしょう)でね、あの人にはなにをされたってうれしいけれ

ど、ほかの男だと寒けがするんですよ。変なからだなんですね」

と、またしてもあてつける。

「それで、あの人はどこにおじゃましているんでしょう」

「よし、見せてやるから、いっしょにこい。へたにやぼな声をたてると承知しねえぞ」

会わせるといわず、見せてやるというからには、やっぱり、どこかに監禁されているのだ。が、もう死んだのではないかとさえ、あんなにつらかった恋しい男に、とにかく、ふつかぶりで生きて会えるのだと思うと、うれしいような、悲しいような、さすがに胸がワクワクせずにはいられないお銀である。

それにしても、これはなんという奇っ怪な化け物屋敷なのだろう。ちゃんとした腰元が出てくるかとおもうと、がらの悪い悪党たちがわがもの顔にふるまっているようだし、今いくつか廊下を曲がっていくどの座敷もまっくらで、全く人けがないのだ。シーンとほこりくさい廊下の外には、深い森をゆるがしてくるからっ風がゴーッと雨戸を打ってきて、先に立つ悪七がかざしていくぼんぼりの光さえ、なんとなく暗くはためいて不気味である。と、どこからともなく、子もり歌の声がきこえてきて、お銀はハッと聞き耳を立てた。

ねんねんよう、おころりよ
坊やのおもりは、どこへ行た

哀調をおびた男の声で、心から歌っているさびた声にも調子にも、たしかに聞きおぼえがある。それはこの春、春駒太夫のことでひどいやきもちをやいて、自分でもどうしていいかわからず、むちゃくちゃになって男に飛びついていったとき、あの人がはじめて自分をヒョッと抱きあげて、だだをこねるでねえ、おとなしく寝るだ、と座敷じゅうを歌ってまわってくれた子もり歌だから忘れもしない。あの時は、バカバカしいような気恥ずかしいような、妙な気持ちだったが、いつまでもそれを繰りかえしてくれる男の大きな愛情が、やがて自然と胸へ溶けこんでくるあたたかさに、しまいには心なごみ、ただうれしくて、泣きながらほんとうに眠ってしまったのである。その同じ子もり歌を、あの人はこんな化け物屋敷で、いったいだれのために歌っているのだろう。

生きえ

「おい、黙ってよく見ておきな」

悪七が立ち止まったのは、どうやら座敷牢の前らしく、がんじょうな牢格子が天井まで組んである裏廊下で、ちょうど丸窓があるあたり、その牢格子が物を出し入れできるだけに切り抜いてある。悪七はそこから手を入れて、そっと丸窓の障子を三寸ばかりあけて、のぞいてみろというように、あごをしゃくった。

夢介の子もり歌は、たしかにそこから聞こえてくる。人情だから、いそいで中をのぞいて見たお銀は、アッと目をみはり、思わず牢格子を握りしめずにはいられなかった。中は八畳ほどの座敷で、まん中に、ぜいたくな絹布の寝床がとってあり、そのまわりを大きな夢介が、ひちりめんの長ジュバンをきたはでな切り髪の女に首っ玉へしがみつかれ、すそを乱したなんとなく淫蕩な感じの女のからだをしっかり横抱きにして、子もり歌をうたいながらノソノソと歩きまわっているのである。

あの時の自分の格好もこんなだったろうと思われるだけに、くやしい、とお銀は目がくらみそうな気持ちだった。ひとがやせ細るほど心配しているのに、こんなところでいい気になって、切り髪の女とふざけたまねをしている、恥ずかしげもなくあんな大きなおしりをして、甘ったれて抱かれているやつもいるやつだし、それをまたよろこんで抱いて、のろまげな歌をうたっているあの人の気もしれない。

憎らしい、どうしてやったら気がすむだろう。飛びこんでいって、横っつらをひっぱたいてやろうか、と歯がみをしながら、ふっとお銀は気がついた。

ここは座敷牢である。いくらのんびりした性分でも、牢の中で平気でいろごとをしてふざけていられるだろうか。いったい、あの女は何者だろう。どうして座敷牢なんかへ押しこめられているんだろう。落ち着かなくちゃいけないと思いながら、子もり歌をうたっている男の顔をじっと見つめて、世にも悲しそうな、いや、悲しいといっては当たらない、そうだ、相手をきのどくだと思ったときあの人がよくしてみせる慈悲の顔なのだ、まがぬけていると見える子どもっぽい真剣な顔で、そういえば無器用な子もり歌を、いっしょうけんめいうたっている。この声は、あの時も、あたしの怪しく燃え狂う胸の火をやさしくしずめてくれたが、今もそれを祈っているような、一点の邪念もないあわれみにみちた声ではないか。

「夢さん――」

たまらなくなって、お銀は夢中で残る障子を引きあけてしまった。ハッと立ち止まった夢介が、びっくりしたように目をみはって、

「ああ、お銀――」

なつかしさにツカツカとこっちへ寄ってきた。

「夢さん、きっとあたしが助けて――」

といいかけたとき、やいやいと、悪七があわててお銀の帯をつかんで引きもどそうとしたし、同時に抱かれている女がムックリと顔をあげて、目を妙につるしあげて、

「吉弥はやらぬ。だれじゃ、そなたは」

と、こっちをにらみながら、力いっぱい夢介の首っ玉をしめつけた。

「夢さん――」

「心配するでねえぞ。お銀。おとなしく家へ帰って待っているだ」

しっかりとした声を耳に聞きながら、お銀はその時、もう岩ノ松と悪七に両方からむりに手を取られて、ズルズルと廊下をひったてられ、ぼんぼりをわたされた猪崎がうしろの障子を邪険にしめきって、ムッツリとついてくる。

「どうでえ、おもしろかったか」

「おもしろいのはこれからさ」

争ってもむだだと思ったから、煮えかえる胸をお銀はじっと歯をくいしばって、すぐにもがくのをやめた。

「そうだともよ。おもしろいのはこれからよ。ご後室さまは色きちがいでおいであそばすからな、生きえがねえとあばれだしていけねえんだ。きのどくだが、あの牛みたいなまぬけやろうも、さんざん生き血を吸われて、おだぶつだろう」

せせら笑って見せる悪七だ。おだぶつはおおげさないやがらせだとしても、相手はどうやら身分のあるらしい屋敷だけに、外聞があるから、そんな秘密を見せておいて、そうあっさり帰せるはずはない。

ちくしょう、なんの罪もないあの人をだましてつれてきて、座敷牢などへ押しこめ、しかもひどい色地獄で苦しめる、こんな冷酷なことがまたとあるだろうか。もうそっちがいくら無事で帰ってくれといっても、だれがおとなしく帰ってやるもんか、いまに見ていろ、とお銀はすっかり火の玉になってしまったのである。

それにしても、あの人は、なんというりっぱな男なのだろう。あれほど人にひどい目にあわされながら、まだ色きちがいをあわれんで、ああして子もり歌をうたいながら、やさしくめんどうをみてやっている。まるで、仏さまの心だ。

(夢さん、あたしはもう生きてあんたのおかみさんになれないかもしれないけれど、死んだって、あんただけは、きっと、助けてあげますからね)

いわば自分がはねっかえりで、荒くれ者を相手に目つぶしなんか投げた、そのとばっちりをうけて、こんな災難をうけた夢介である。どうしても助け出さなければ、申しわけないお銀でもあるのだ。

いくつか、暗い廊下を曲がって、座敷牢のあるところからだいぶ離れたな、と見当をつけているうちに、急に明るく灯のともった座敷の前へ出た。

「やい、いま見てきた亭主の命が助けてえと思ったら、なんでも神妙にいうことをきくんだぞ」

悪七が立ち止まって、念を押した。

「それよりしようがないもの」

お銀がおとなしく答えると、岩ノ松が障子をあけ、

「さあ、はいれ」

悪七がドスンと、いきなりお銀の背中を乱暴に突きとばした。

「あぶないじゃないか」

お銀は座敷へよろめきはいって、ひざをつき、ジロリと中を見まわす。十五、六畳ほどの小広間で、正面の床を背に、一つ目のごぜん大垣伝九郎が、相かわらずムッツリと冷たい顔をして座につき、顔見知りの鬼辰や浪人者など男ばかり十二、三人、左

右に行儀よく並んで、酒盛りのさいちゅうだ。酒のさかなに、お銀をみんなであくどいなぶりものにして、このあいだの仕返しをしようというのだろう。

「へい、ごぜん、お銀のあまをつれてまいりやした」

深川の悪七が末席へついて、得意そうにおじぎをした。伝九郎は例によって、わずかにうなずいただけだが、一座の酒に燃えた目が、一度この女の全裸のすばらしい玉の膚を見て知っているだけに、ざわめきたって無遠慮にジロジロとからだじゅうに集まってくる。

「どちらさまもおそろいで、今晩は」

お銀はひざ前をなおして、すわりなおって改めてわざとていねいにおじぎをした。ずば抜けた器量なのだから、男ばかりの中で、それは全く目もさめるような、あざやかなとしまぶりで、今夜は内心おこって火のように燃えているので、涼しい目も、赤いくちびるも、すんなりとしたからだつきまで、いきいきとみなぎるような気魄をたたえている。

「深川のにいさん、一服吸いたいんだから、ちょいとタバコを貸してくださいよ」

お銀は気軽に手を出した。

「ごぜん、ようござんすか」

伝九郎がまたしてもおうようにうなずくのを見て、

「お許しが出た。それ、貸してやらあ」

悪七はすわったままタバコ入れを投げてよこす。

「ついでに、お安いご用、そのタバコ盆を投げておくれな。まさか、畳の上へ吸いがらを落としちゃ悪うござんすからね」

「タバコ盆が投げられるけえ。無精しねえで、てめえで立って取りにこい」

「フフフ、案外にいさんは邪険なんだね。黙って、色気ちがいのおもりをやっている人もあるのに、男なんてものは、もっと女に親切にするもんだよ。いばって見せなくたって、男は女より強いものにきまっているんですからね。――そうでしょう、皆さん」

お銀はわらいながら、キセルを取りあげて、器用にタバコをつめている。

「ついでだから、取ってやれよ、七。手間のかかることでもねえやな」

あにき分の鬼辰が横から口を出す。

「チエッ、やっかいなあまだ」

立つまでもなく、悪七のタバコ盆を、グイと押してよこす。

「すみませんねえ」

お銀は懐紙を出して、たんねんにキセルの吸い口をぬぐい、一服うまそうに吸って、

「さて、いずれを見ても山育ち、だれとうわきをしてみようかしら」

ニッコリわらって、人を食ったお銀だ。

「やいやい、ごたくもたいがいにしろい。てめえを遊ばせるために呼んだんじゃねえや」

「ホホホ、よくほえる七さんだこと。深川は犬の名所だったかしら」

「ぶんなぐるぞ、こんちくしょう」

「ぶんなぐらなくたって、にいさんのお強いのは、よくわかってますよ。それで、どうしたらあたしの亭主を助けてくれるっていう筋書きなんです」

「ごぜん、あっしから話してやってもようござんすか」

またしてもおうかがいをたてる悪七だ。伝九郎がそっぽを向いたままうなずく。エヘン。悪七は一つせきばらいをして、

「お銀、ありがたく思えよ。ほんとうなら、一つ目のごぜんにたてをついた憎いやつ、ふたりともおだぶつにして、大川へ投げこんでしまってもそれまでなんだが、それも少しかわいそうだ。それより、てめえはちょいとお面がいいから、まずごぜんの

まくらのおとぎをさせて、亭主の命だけは助けてやろうってことになったんだ。なんとありがてえ話じゃねえか」

「ほんとうですか」

「ほんとうよう。おまえが、うんと承知なら、その証拠にここで、右の乳へ伝九郎さま命と墨を入れて、すぐに亭主は座敷牢から出してやる。もっとも、ご後室さまのことが世間へ知れちゃ困るから、亭主やろうにゃよく口止めをして、ひと言でもしゃべったらおまえの命をとるといいきかせるすんぽうだ。もし、おまえがいやだというならしようがねえ。亭主は生涯座敷牢で生きえにして、おまえのほうはおれたちでいいようにおもちゃにしたうえ、かわいそうだが大川の底へ行ってもらうのよ。どっちにするか、よく考えて返事をしねえ」

タバコを吹かしながら聞いていたお銀が、さすがに力なくうなだれてしまった。どうやら、ホッとため息をついている。

「さあ、どっちにするんだ。早く返事をしねえか」

「まあ、待ってください。いまよく考えろって、おまえさんいったばかりじゃないか」

「そりゃあまあそうだけれど、そんなに考えなくたって、どっちが得だかすぐわかることじゃねえか」

「ねえ、じゃこうしてください。うちの人をここへ呼んで、あたしからもよくいい聞かせるし、いっそあきらめがいいように、うちの人の前で胸へ墨をいれて見せてやってください」

　お銀が哀願するようにいいだす。

「だからよう、先へ墨を入れてから、出してやるといってるじゃねえか。あのやろうはバカ力があるから、変なまねをされてもやっかいだからな」

「だって、墨を入れられて、伝九郎さま命になってしまってから、うちの人を助けるといったのはうそだ、いわれたら、あたしの立つ瀬がないじゃありませんか」

「そ、そんなことというもんか。一つ目のごぜんは、これでももとはりっぱなお旗本だ。ごしんせきにこんな大きなお下屋敷を持っている家があるくらいじゃねえか」

「おや、ここは一つ目のごぜんの親類の家なんですか」

「そうよ。ごぜんさまのおめかけにしてやろうっていうんだ。ありがたく思いねえ」

「じゃ、たった一つ、ごぜんにいわせてください」

「いうことがあるなら、なんでも早くいうがいいやな」

悪七も、聞いていた連中も、女め、とうとうかぶとを脱いで、せめても亭主の命ごいをするんだな、と思ったろう。そんな油断しきった顔つきだった。

「ちょいと、その正面にすわっているノッペリとした物もらいの大道こじき、あんまりいい気になって、ひとを甘くお見でない」

お銀の態度がガラリとかわって、なんとなく右手が大いちばんのまるまげへかかる。オヤッと一同があっけにとられている間に、

「そろいもそろって、頭の悪いやつばかりだねえ。あたしがうっかりその手にのったら、どうせ生かしてはこの屋敷を出せないふたり、さんざんからだをなぐさんだうえ、ざまあみやがれと、赤い舌が出したかったんだろう。やっぱり、こじきはこじきだけの知恵しか出ないとみえるんだね。あんまりあくどいまねをすると、はばかりながら、おらんだお銀は女でも、おまえさんたちよりちょいと江戸まえのいじを持っているのさ。このあいだの目つぶしより、もっと熱いおきゅうをすえられないうちに、早くあやまったらどうなんだえ」

「あま、ぬかしやがったな」

自分が応対していただけに、カッとなった悪七がおどりかかろうとしたときには、すばやく髪からまげ型を抜き取っていたお銀だ。

「うじ虫め、なにを騒ぐのさ。これでもくらえ」

ちぎったまげ型の一端をタバコ盆の火へあてると、それが口火になっているのか、シュッと火花がほとばしるやつを、いきなり飛びこんできた悪七の鼻っ先へ向けた。びっくりして、

「熱ツツツ」

と、横っ飛びにしりもちをつく悪七、同時に立ち上がっていた岩ノ松も、鬼辰も、アッと立ちすくんでしまった。その足もとへ、

「どいつもこいつも、焦熱地獄（しょうねつじごく）へおちるがいい」

と、焼け玉を投げ出した。それがまたネズミ花火のように猛烈な火の粉を吹いて、座敷じゅうを走りまわるものすごさ。しかも、手早く三つまでほうり出したので、ワーッと総立ちになった悪党どもは、火花のうずの中で、もうお銀どころではない。

「消せ、消せ、ふとんでおさえろ」

と、わめく者。熱い、と悲鳴をあげる者。その間にお銀はスルリと座敷を脱け出して、暗い廊下を走っていた。

くやしまぎれの焼け玉を投げ出したのはいいが、屋敷じゅう火がまわらないうちに、早く牢格子へ行って夢介を救い出さなければならないのである。

走っているうちに、ダン、ダン、ダンと焼け玉が三つ破裂する音を聞いたから、火はもう完全にふすまへ移ったに違いない。この風では、たちまち火は燃えひろがるだろう。

「夢さん――夢さん」

「夢さん――」

夢中になって一つの廊下を曲がったとたん、アッ、ドスンとだれかにぶつかって、あやうくその胸へガッシリと抱きささえられた。

「お銀でねえか」

「まあ、夢さん――どうして、どうして」

どうして牢が脱け出せたか、げせぬながらもひしと首っ玉へしがみついて、ほおずりしながら、気が遠くなりそうなお銀だ。

「おら、三太あにきさんに助けてもらったが、あねごさんはどうしたんだね」

「火事、火事なんです」

「火事が出たのかね」

「早く、早く逃げなくちゃ、夢さん」

ハッと気がついて、いきなり手を取って駆けだそうとするのを、

「あわてるでねえ、お銀」

夢介は落ち着いて、その肩を抱き止めた。火事だ、火事だ、という声がきこえて、もうプンと焦げくさい煙が廊下をはってくるのである。

「あにきさん——」

「おいらここにいるぞ。火事だってな、あんちゃん。おもしれえや。天罰でござんすからね」

うれしがっているような三太の声だ。

「あにきさん、すまねえがお銀をつれて、一足先へ、向島のほうへ逃げてくれないかね」

「あんちゃんは、どうするんだえ」

「おら、あの気違いさんを庭へ出していってやるべ。もし、だれも気がつかねえと、かわいそうに、焼け死んでしまうでな」

しんみりとした声音を聞いて、お銀は頭から水を浴びせられたように、シーンとなってしまった。

「がってんでござんす。お引きうけ申したでござんす」

「お銀、風がひどいから、気をつけて行くだぞ」

「あい」

思わずお銀はクスンと一つすすりあげて、

「甘ったれるでねえぞ、おかみさん」

と、ちんぴらオオカミにひやかされてしまった。近くで、けたたましく半鐘（はんしょう）が鳴りだしている。

膚ぬくもり

「おいら、約束だからね。だから、あんちゃんを助けに行ったのさ」

お銀と連れだって、向島堤（むこうじまづつみ）へ走りながら、ちんぴらオオカミの三太はいうのである。はるかあとになった水神の森のあたり、もう火の粉がまっかに夜空を焦がしている。

「ほんとうのことをいうと、おいら、おかみさんがかごにのせられるのを見て、そっとあとをつけたんだ。だから、あんまり自慢にゃならないね。それから、あの腰元が、門のくぐりをしめにきたところをつかまえてね、悪いことはできねえや、おいら、あんちゃんのいるところへ連れていけ、つれていかなけりゃ、もとはといえばおまえが悪いんだから、おまえを殺して、おれも死ぬと、五寸くぎをつきつけたんだ。話を聞いてみると、あの腰元も、いいつけられたからしかたなくやったんだけど、悪いことをしたと思って、心がとがめてしようがなかったんだとよ」

「いいつけたのは、やっぱり大垣伝九郎なの」

「うん。あのお屋敷をあずかって、色気ちがいのご後室さまのめんどうをみている中老さまってのが、伝九郎のねえさんだそうだ。あそこへは本家からめったにだれも来ないし、それで半分は悪党の巣になったんだとさ。かわいそうに、あの娘は、それがいやでひまを取ろうとしたんだ、が、そのたびに、伝九郎たちが、殺すとおどすもんだから、しかたなかったんだね。あんちゃんは偉い人だって、お腰元さん、すっかり感心していたよ。あんちゃんの子もり歌を聞いていると、それが夜でも昼でもなんだからほんとうに涙がこぼれたとさ。アッ、いけねえ、おかみさんやきもちやきだっけな」

「いいえ、今夜はもうやかないからだいじょうぶ」

なんとなく元気のないお銀だ。

「やいたっていいやね。やかれるあんちゃんのほうだって、まんざらでもねえだろう」

「そりゃ、あの人、あたしのほかには女のない人なんだもの」

「チェッ、すぐそれだ。かなわねえでござんす」

「それで、よく座敷牢のかぎが手にはいったわね」

「手にははいらねえでござんす。お腰元さんも、困ったわ、といったでござんす。おいらは案内だけしてもらえば困らねえでござんす。五寸くぎを持ってきたのは、そのためでござんす」

「三ちゃん、うちの人を助けてくれて、ほんとうにありがとう」

お銀はつと並んでいる三太の冷たい手を握りしめた。

「おいらをくどいたって、だめでござんす」

「くどくんじゃないの。あたしが前は悪い女だったから、こんなことをいうんだけど、その五寸くぎをねえ、これから決してよくないことに使っておくれでない。あたしにはもう、ひとごとのように思えないの。たのむわ、ほんとうに」

「あばよでござんす」

いきなり三太がその手を振り切って駆けだした。やがて牛の御前のあたりである。

「三ちゃん――」

「おかみさん、そのへんであんちゃんを待ってな。風が寒いから気をつけるんだぜ」

そのままどんどん吾妻橋のほうへ駆け去っていく。

立ち止まってお銀はホッとため息をついた。おとなしくしていても、あの人は、三太が助けてくれたかもしれないのに、女だてらに、あたしはまたしても焼き玉なんか使ってしまった。一つまちがえば、あの気ちがいのご後室さまばかりか、たいせつな男まで焼き殺してしまうところだったかもしれない。夢さんにあわせる顔がないと、いっそ隅田川へ飛びこんでしまいたいお銀なのである。その隅田川は、目の前に、黒々として、吹きまくる北風に波騒いでいる。

「お銀、なにをぼんやりしているだ」

肩をたたかれてハッと気がつくと、いつの間にか夢介がうしろへきて立っている。

「早かったんですね、あんた。あの気違いさん、どうした」

「助け出して、庭でうろうろしている中老さまに渡してきたよ。よろこんでいたっけ。けど、なんだな、あの化け物屋敷が焼けるなんて、三太ではないが、たしかに天罰だな」

「そうかしら」

「どうしただ、急に勢いのない顔をして――」

「なんだか、あたし、くたびれちまって」

「そんならいいけど、カゼでもひくと大事だからな。ようし、だれも見ていねえから、かごのあるところまで、おら、おぶってやるべ」

「だって――」

「恥ずかしがらなくてもいいだ。おら、気ちがいさんばかりお守りして暮らしたんで、なんだか、ばかにおらのお嫁さんおぶってみたくなっただ」

わらいながら向けてくる夢介の大きな肩へ、やっぱり両手をかけてしまって、ガッシリとからだをすくいあげられ、うれしいし、たのもしいし、

「いやだ、死んでも別れるなんて」

ひしと肩へしがみつくのを、

「いいだとも、死んだら一つ棺へはいるべ」

夢介もなつかしいお銀の体温をいとしく背中に感じながら、足もとも軽く、さっさと大またに歩きだすのであった。

第十一話　カマイタチの仙助

くちびる祝言

「お銀、おら近いうちに小田原へ帰ろうと思うが、どんなものだろうな」

まだ朝のうちの明るい縁側で、お銀とひなたぼっこをしていた夢介が、やぶからぼうにいいだした。

「ほんとう、夢さん」

お銀はギクリとしたように目をみはって、身にひけめがあるから、別れ話じゃないかしら、とたちまちほおから血のけがひく。

「どうしたんだね、あねごさん。いなか者になるの、そんなにいやかね」

「いやだなんて、そんな、そんな——」

憎らしい人、とお銀は思う。ほんとうは、夢介が故郷へ帰るときは夫婦になるというれしい約束があって、それを女の生きがいに、どうかして人なみないいお嫁さんになりたいと、きょうまでどんなに苦労してきたかしれないのである。

「じゃ、いっしょに帰るべ」

「だって、あたし、あんまりだしぬけで、夢じゃないかしら」

「目をあいているんだから、夢ってことはなかろ」

夢介のおだやかな目が深沈と感情をたたえながらわらっているのだ。やっぱり、うそではないらしい。と思ったとたん、急にうれしいような、こわいような、お銀はきむすめのように激しい動気さえしてきた。

「どうして、どうして夢さん、そんなに突然小田原へ帰る気になったのかしら」

それがわからないうちは、まだ安心のできないお銀である。

「なあに、おら江戸へ千両だけ道楽しに出てきたが、道楽ってもんはこんなものかと、もうたいていわかった気がするだ。それに、あねごさんのようないいお嫁は見つかったし、なんだか急にくにへ帰りたくなったのさ」

「ほんとうかしら――」

そういうお銀の顔は、世にも美しくトロンとして、これがおらんだお銀という、一つまちがえばとんでもない夜叉にも鬼神にもなる肩書きつきの女とは、どうしても思えない。

考えてみると、縁というものはふしぎなものだ、と夢介は思う。おやじさまに、千両だけ江戸で道楽させてくれとたのむと、おやじさまも風変わりだから、よかろう、若い者には道楽も修業のうちだから行ってこい、金は芝露月町の伊勢屋総兵衛さんが取り引き先だから、そこへ送っておいてやる、と許され、とりあえず百両持って夢介が小田原在入生田村をたってきたのはこの春だった。途中大磯の宿でこの女に声をかけられ、くさいなとすぐに気はついたが、こういうたぐいの女がどんなふうに人の胴巻きを抜くものか、それを見ておくのも道楽のうちだと思ったから、いわれるままに程ガ谷の宿へいっしょに泊まった。そして、みごとにその夜百両抜かれてしまったが、女というものは妙なものである。男がどうしても色仕掛けにのらないとなると、自分の美貌を無視されたような気がして、いじになったのだろう。

それからずっと、つきまとって、佐久間町のこの家へいっしょに住むようになり、はじめはいじで女房気どりだったのが、だんだん本気になって、とうとう命まで投げ出してきた。男だから、命がけで実意を見せられれば、やっぱりかわいくならずにはいられない。それに、いっしょに住んで気心が知れてみれば、この女だって根からのあばずれではなく、冷たい世間がいつかこの女に悪の道を教えてしまったのだと思うにつけても、いまほれた男に裏切られたら、再び悪へ逆もどりをして、一生不幸な女で終わる、とふびんさもてつだって、まだ一度も膚はふれないが、くにへ帰るときはきっと夫婦と、堅い約束をしてしまったのだ。

「くにへ帰ればおら百姓だが、あねごさんしんぼうできるかね」

「あたし、きっといいおかみさんになります」

「けど、ふしぎなもんだな。あねごさんのような江戸まえのべっぴんさんが、どうしておらのようなこんな田吾作なんかにほれたんだろう」

夢介はいまさらのようにお銀をながめる。それはまんざらおせじではなく、毎日見なれた顔ながら、この明るい日ざしの中にあって、膚はあくまで白々と輝くようなしま盛りの光沢をたたえ、いきいきと鈴を張った目、少しいじわるそうにキッと結んだ赤いくちびる、これでこわい肩書きさえなければ、全くもったいないような美人なのだ。

「迷惑なんでしょう、夢さん」

ふっとその鈴の張った美人の目が、光りだした。なにか気に入らないことがあると、たちまちあやしく光りだすのである。

「なにがだね」

「とぼけたってだめ。あんたは、あたしのような女にほれられて、ほんとうは迷惑してるんでしょう。ちゃんとわかってるんです」

「あれえ、もう夫婦げんかをやるんかね。けんかっ早いお嫁だな」

「とぼけちゃいやだったら。ほんとうのことをおいいなさいよ。迷惑なら迷惑、別れたいなら別れてくれって」

もうむきになって、グイとひざのそばへにじり寄ってくるあねごだ。そして、返事しだいでは、その器用でしなやかな指が、いきなり胸ぐらをつかみにくるか、太ももをねらって、しらうおのごとくつねりにくるのだから、油断ができない。

「おら、別れたくねえだよ」

「本気ですね、夢さん。だますと承知しないから」

「本気だとも。おら、本気であねごさんが好きだ。かわいいと思っているだ」

「じゃ、なぜ突然小田原へ帰るなんていいだしたの。あたしがいやになって、別れたくなったもんだから、それで逃げ出す気なんでしょう」

「そんなバカなことを考えるもんではねえだ」

「どうせあたしはバカなんです。バカだから、あんたに捨てられたら、死んじまう気でいるんです。憎らしい、お帰んなさいよ、かってにひとりでどこへでも」

「あれえ。じゃ、あねごさんは小田原へ帰るの、いやなんかね」

「しらない」

急にお銀はションボリとうなだれてしまった。

「お銀――」

夢介はそっとその肩を抱きよせて、

「おまえ、故郷のおやじさまがこわいのかね」

と、いじらしく顔をのぞきこむ。なんとなくべそをかいて、返事をしないお銀だ。

「心配するでねえ。おらのおやじさまは、話のわかった人だ。心配しねえで、おらに任せておくがいいだ」

「だって、旧家だっていうし」

「いいや。たとえばな、だれがなんといったって、おらはおまえをきっとお嫁にするだ。もう昔のことなんかにこだわることはねえ、おまえが今はいい心の女で、世の中でだれよりもおらのことを思っていてくれる女だってことは、おらがいちばんよく知っているだ」

「うれしいわ」

「ほんとうはな、小田原へ帰るの、なにもそう急ぐことはねえが、いつまでも江戸にいると、大垣伝九郎なんていう人騒がせな変わり者がいたり、いろんなことがあって、そのたびに、せっかくおまえがいいおかみさんになろうと苦労しているのに、とんでもない騒動ばかり持ち上がりたがる。おまえがかわいそうだし、もしもおまえにまちがいがあってからでは、いくら後悔しても追っつかねえと、おらそれが心配になってきてな、いっそ早くいなかへ帰って、静かに暮らすほうが、あねごさんも落ち着けるんじゃないかと、このあいだじゅうから考えていたことなんだ」

「すみません」

そんなに自分のことを思っていてくれるのかと思うと、お銀はつい泣けてくる。

「あたしはどうして、どうしてときどき、あんなに気が荒くなるんだか、自分でもこわい」

「心配しなくてもいいだ。気が荒くなったときは、おらいくらでも、あねごさんのしりにしかれてやるべ」

「またそんな――まじめな話だのに、憎らしい」

思わず手のほうが、つねりいい男の分厚いほっぺたへ走っている。

「痛いッ」

つねらせておいて、夢介のたくましい腕が、いつになくお銀の両肩をグイと抱きよせた。

「おらのお嫁――」

じっと目を見つめてわらいながら、大きな顔が急に顔へのしかかるように、はじめて愛情のくちびるが、くちびるへおおいかぶさってくる。ハッとお銀は身を堅くして、こんな昼間だのに、人に見られると恥ずかしいと思ったが、あまりにも激しい男のくちびるに、からだじゅうの血がいつか甘くしびれゆるんで、グッタリと目があいていられなくなってしまった。

つじ占い

「どうか、あたしの取り越し苦労であってくれますように」

それからまもなく、お銀はにぎやかな蔵前通りを雷門(かみなりもん)のほうへいそいでいた。目はなんにも見ようともせず、なにかいっしょうけんめいに思いつめている顔つきだ。

ついさっきまでは、男と女がくちびるをあわせれば、もう膚を許しあったのもおなじことだし、とうとうあたし夢さんのおかみさんになれた、と幸福で胸がいっぱいのお銀だった。それはどんなに長い間、うそのおかみさんで、まくらは並べていながら、あじけないいびきばかり聞かされ、情けなくなってこれでも女の端くれだのにと、そっとため息をついたことだったろう。それが、身にしみているから、

「ねえ。あたし、もういびきの番だけじゃいやだから」

恥ずかしかったけれど、目をつぶって言ってやると、

「そんなら、今夜から、寝言もいうべ」

あの人ったら憎らしい。そんなことをいって、なんだかくすぐったいと思ったら、いつの間にか、ひとの乳ぶさを黙ってつかんで、うれしそうな顔をしているのである。

「いやだわ、またこのあいだのように、三太さんにのぞかれると恥ずかしいもの」

「かまわねえだよ。これおらのもんだもの」

が、急にその愛撫の手をやめて、

「お銀、おらちょっと露月町の伊勢屋さんへ行ってくる」

と、まじめな顔になるのである。

「どうして、夢さん」

「お松もしあわせでいるかどうか、見てきてやりてえだ」

「いやな人、お乳いじっていて思い出したの？」

おかしくなって、つい笑ってしまったが、自分がしあわせのとき、人のしあわせが気になる、子どもっぽいといえば子どものようだけど、なんというこうれしい情のある人だろうと気がついて、グンと胸が熱くなってしまった。

「じゃ、行ってらっしゃいよ。お松さんきっとよろこぶわよ」

「うむ、あねごさんにも早く、おらの赤ん坊を生んでもらうべな」

　そして夢介を送り出してしまってから、お銀は急に心配になりだしたのである。

　人はあんまり幸福すぎると、とかく魔がさすものだという。いちばん気にかかるのは、やっぱり小田原のおやじさまのことだった。話のわかる人だからだいじょうぶだ、とあの人はいっていたけれど、はたしてこんな肩書きの女をせがれの嫁に許してくれるだろうか。

　もし、おやじさまが不承知だといったら、あの人はどうする気だろう。いや、あの人はさっき、だれがなんといっても、きっと夫婦になる、といいきっていた。ちゃんとそうはらがきまったから、おてんとうさまの前で、しっかりとあたしを抱いてくれたので、うそやうれしがらせのいえる男じゃない。

「こんな、こんな女を、ありがとう、夢さん」

お銀はまだからだじゅうに残っているような男の大きな愛情をかみしめて、今になってポロポロと涙が流れてきたが、それだけに、もしおやじさまが不承知で、勘当ということにでもなったらどうしよう。あたしのために、そんなことをさせていいのだろうか。

「いやだ、死んだって別れるなんて」

そうは思う。しかし、心から夢さんを愛しているなら、そのかわいい男をしばらくでも不孝者にして、苦しませてはならないのである。

「どうしてもすぐ、小田原へ帰らなければいけないのかしら」

苦しまぎれにお銀はそんなことまで考えて、いても立ってもいられない不安に、キリキリと胸が痛みだして、観音さま、と思わず手のひらを合わせて、そうだ、浅草の観音さまへおまいりをして、自分で自分を占ってみよう、と思いたったのだ。家を出て、おまいりして帰るまで、途中になんにもいやなことがおこらなければ、ふたりはきっと夫婦になれる。もし、夫婦になれないようなら、なにかいやなことがある。そう心にきめて、家を出てきたお銀だった。

「ナム大慈大悲の観音さま、一生に一度のお銀のわがままをどうぞ許してくださいまし」

苦しい時の神だのみ。しかも、てまえがってとよく知っているだけに、お銀は顔をあげて歩くのがこわい。こんなことなら、いっそ出てこなければよかった、と思い、何度途中から引き返そうとしたかしれなかった。

それでも、どうにか無事に観音堂へついて、ホッとして、どうしたのだろう、奥深いみあかしの前に立つと、罪深いからだだから、夫婦にしてくださいとは、どうしても祈れなかった。

「あたしは、あたしはどうなってもかまいません。どうか、あの人をしあわせにしてやってくださいまし。夢さんのためなら、この場であたしの命をさしあげてもかまいません」

拝んでいるうちに、ただ泣けてきて、人が見たらおかしいだろうとは思ったが、御仏(みほとけ)の前が去りがたく、合掌したまま泣けるだけ泣いてしまった。涙に洗われた胸の中へ、いつかあの人の大きな顔があらわれて、無邪気にわらいかけている。そうだ、あたしはこんなにあの人のことを思っているのだ。もうそれだけでいい。あとのことは、なにごとも観音さまにお任せしておこう、と、やっと少し気持ちが落ち着いてきて、合掌を解いた。もう一度ていねいにおじぎをして、涙をふいて、なんとなくすがしい、暗い御堂から正面の回廊へ出たとたん、ポンとうしろから肩をたたいた者がある。

「あら、三ちゃん」

ちんぴらオオカミの三太が、とぼけた顔をして、ニヤニヤ笑っているのだ。

「さっきからここにいたの」

「そうでござんす。見ていたでござんす。あねごさん、あんちゃんとけんかしたのかえ」

「どうして」

「いっしょうけんめい泣いていたじゃねえか。あ、わかった。またこれだね」

人さし指で角をはやしてみせて、ニヤリとする。にぎやかな境内から仲みせの雑踏が一目で見おろせる高い回廊の上だし、あたりに参詣人の上り下りが絶えないところだから、

「いや、三ちゃんは」

お銀はあわててにらんで、おもわず顔が赤くなってしまった。

「すみませんでござんす。ちょっと顔を貸してもらいてえでござんす」

三太も人目に気がついたらしく、さっさと東の回廊へまわっていく。そこは聖天門に向かっていて、いくらか静かだった。

「いやだなあ、こんな高いところでさらしものになるの」

「だいじょうぶだよ、まさか、おいらがあねごさんをくどいているとは、だれも見ないからね」

「なまおいいでない。なんの用なの」

「男の顔がたたねえてんだから、黙って十両貸してくんなよ」

ぬけぬけと右の手を突きつけるのである。

「そりゃ貸してあげないこともないけど、十両だなんて大金、なんにつかうの」

「チェッ、今いったばかりじゃねえか。黙って貸してくんな」

「まさか、悪いことに使うんじゃないでしょうね。それだけを心配するのよ」

「女郎買いに行くのさ。悪けりゃ貸してくんなくともいいや。職を働きゃ、十両ばかしなんでもありゃしねえ」

あくたれて、人を小バカにしたようにそっぽを向いてみせる。貸してくれなきゃ、きんちゃく切りを働いてやると、おどかすのだ。おどかすぐらいだから、職のほうはやめているとわかるし、この顔はなにか思いつめて、小悪党だからすなおに出ることができず、わざとあくたれているのだ。つまり、甘ったれているのである。

そう思ったから、お銀は壁のほうを向いて、内ふところのきんちゃくの中から十両

取り出して、

「さあ、お金――お女郎買いに行っておいでな」

ニッと耳もとへわらいながら、すばやく三太の手へ握らせてやると、その顔をチラッと見上げて、真剣な目がなにかいいたそうに光ったが、

「やっぱり、あねごさんは話せるでござんす。あんちゃんがだっこしてくれるでござんす」

「あら――」

「さいならでござんす」

いきなり欄干からヒラリと身軽に飛びおりて、ふりかえってニッコリして、たちまち聖天門から走り去ってしまった。

「だからあたしが、いやだっていったのに」

お銀はまっかになりながら、さっきのあれをのぞかれていたような気がして、しばらくぼんやりしていたが、考えてみると、そんなはずはない。礼がわりの口から出任せだったとやっと気がつき、ほっとして、こんどは赤くなった自分の人のよさがおかしくなってしまった。

「いやだなあ。男にほれると、こんなに甘くなるものかしら」

でも、うれしい。今のつじうらは、決して悪くないし、急に希望が胸にあふれてきて、早く夢介のところへ帰りたくなるのだから、正直なものである。

因果ばなし

あいかわらず、人と人とが、肩をすれあわせて歩いている繁盛な仲みせを通り抜けながら、お銀はもううなだれていなかった。いいつじうらにすっかり重い胸が晴れて、これなら無事に家まで帰れそうな気がするのである。観音さまへおまいりにきて、ほんとうによかったと思う。

「そういえば、ついうっかりして、三太には小田原へ帰ることを話さずにしまったけれど、もう一度会えるかしら」

ふたりで帰ると聞いたら、あの子も親身になってくれる者を持たない子なのだから、どんなに寂しがることだろう。フフフ、お女郎買いだなんて、あたしを小バカにして——しようがないあくたれ小僧だが、今は弟のような気がしている三太である。あの子の気持ちは、夢さんやあたしでなければくんでやれやしない。そう思うと、お銀はつい、しんみりせずにはいられなかった。

「おや——」

ふと気がついてみると、人ごみをいいことに、さっきから自分と右肩をならべて、離れようとしないやつがある。そこは、昔が昔だから、くさいやつ、はたく気かしら、とすぐピンときて、それとなく横目をつかって見ながら、さすがのお銀がサッと顔色を変えてしまった。

「あ？　カマイタチの仙助」

唐桟（とうざん）の対を着流して、ちょっと見ると商家のだんなといった堅気な身なり、年ごろ三十七、八のどこといってとりえのない平凡な顔つきだが、見そこなうはずはない。こいつ、たしかに江戸と大坂の間、東海道をまたにかけて歩く大どろぼうで、カマイタチと人に恐れられている仙助だ。

ひどく残忍なうえに神出鬼没で、おどりこみ（強盗）、やじりきり（土蔵破り）、追いはぎ、悪いことはなんでもやるが、仲間にさえ決して素顔を見せたことはなく、うっかり見たやつは、きっと殺される。白昼人通りのある町の中で、旋風（つむじかぜ）のように相手の心臓を一突きにたおして、しかもその手ぎわをだれにも見せないところから、カマイタチという恐ろしいあだ名がついた男だ。

お銀がこのカマイタチと道づれになったのは二年前。東海道薩埵峠（さったとうげ）を西へ上りの道だった。むろん、それがカマイタチの仙助と知っていたわけではなく、ふところが重い、たしかに百両のカモと見たから、こっちから話しかけていったのである。

相手は別に用心するふうもなく、むだ話をしながら峠を七分ほどのぼった林の中、前後に人けのないところで、いきなり右の手くびをギュッと握ってきた。

「おい、おまえはただの女じゃねえな」

ことばつきまでガラリと変わって、ヘビのような冷たい目が光っている。

「ホホホ、あんな冗談を――」

「しらばっくれちゃいけねえ、歩きっぷりでもすぐわからあ」

「そうでござんすかねえ」

取られた手をそのままに、向かい合って立ち止まって、お銀はまだ平気で笑っていた。

「どうだ、おれの女房になるか」

「おまえさんはだれ――」

「女房が承知なら名のってやる。いやなら黙って別れろ。仲間同士で、はたきっこしたってしようがねえ」

相手があんまり高飛車なので、つむじ曲がりだから、グッとしゃくにさわって、よし、からかってやれ、とお銀は思った。

「名を聞いて、好いたらしいと思ったら、女房になるかもしれないわ」

「そのかわり名のってからいやだというと、ここでおまえを殺すぜ。おれはそういう男だ」

「逃げやしませんよ」

「そうか。おれはカマイタチの仙助だ」

ああこれが評判のカマイタチか、とこわいものなしにあばずれていたさいちゅうのおらんだお銀だから、その時は別に恐ろしいとも思わなかった。いや、むしろ、黙って顔を見てわらっていると、そのカマイタチの冷酷な目に、急にムラムラと男心が燃えあがってきたのがはっきりわかったので、なあんだ、そこいらにざらにころがっているさかりのついた若い衆とちっとも違いやしない、とすっかりけいべつしてしまったくらいだ。

「女房にしたぜ」

カマイタチはつかんでいた手を、グイと引き寄せるのである。

「いやだわ、こんなところで、あたし夜タカじゃないんだもの」

わざと甘い鼻声になって、男の目を見つめてやると、さすがにてれたのだろう。

「フフフ、いい度胸だ。かわいがってやるぜ。名はなんていうんだ」

「おらんだお銀」

「お銀か。じゃ、そろそろ出かけるかな」

もう女房にしたつもりで、手を引いて歩きだす。ふん、二本棒め、だれがおまえなんかにかわいがらせてやるもんか、いまにびっくりするな。お銀はおかしかった。

そして、峠茶屋へ休んだとき、わざと奥座敷を借りて、そこでなびくように見せかけ、ちょうしをとって酌をして、親分、親分と、ほどよく甘ったれながら、おらんだ渡りの眠り薬を一服盛ってしまったのである。

「フフフ、カマイタチの親分、おまえさんの負けだよ。まあ、ゆっくり夢でもかわいがっておやんなさいよ」

みごとに胴巻きの百両を引き抜いて、さっさと峠をもとの道へ引き返してしまったのである。

あれから三年、当座はそれでも少し用心はしたが、その後カマイタチはどこへ行ったか、うわさも聞かず顔も見ず、今ではそんなことさえケロリと忘れていたお銀なのだ。

恐ろしい声

「きょうという日に、いじわるくカマイタチにめぐり会うなんて――」

お銀は世にも情けなかった。いや、今はすっかり堅気になって、夢介というかわいい夫まであるだけに、魂が凍るほどこわい。いっそ、この男の例の手で、黙ってズブリとやられてしまったほうがましだったとさえ思う。

むろん、カマイタチがそれをやらなかったのは、もっと残酷なたくらみがあるからに違いないのだ。どうしよう。

それにしても、ここでこんなやつに会うようでは、つじうらはいちばん悪い大凶に変わったのだ。お銀の幸福は、一瞬にして消え去ったのである。だれも恨むことはない。みんな身から出たさびで、あたしはとても堅気になれない星の下に生まれてきているのだろう。

「かんにんして、夢さん」

お銀は泣きたくなってしまった。そして、ちくしょうだれが泣くもんか、とくちびるをかみしめる。たった今、あたしは観音さまに、あの人のためになら即座に命をさしあげますと、拝んできたばかりじゃないか。戦ってやるんだ。どんなにカマイタチが恐ろしいやつでも、もとのおらんだお銀になれば、なんでもありゃしない。

「かんにんして、夢さん」

またしても涙が、ググッとこみあげそうになって、おもわず、乳ぶさへ手をやっていた。それはついさっき、おらのものだ、と夢介が大きな手でうれしそうにおもちゃにしていた女の命どころなのだ。そうよ、死んだって、これはあんたのもの、あたしの目の黒いうちは、きっとだれにもさわらせやしませんからね、とお銀ははかなく夢介のおもかげを追っている。

にぎやかな仲みせ通りを抜けて並み木町へかかってきた。カマイタチは連れのような顔をして澄まして肩を並べている。ちくしょう、だれがこっちから話しかけてなんかやるもんか、と強情だからお銀も口はきかない。通りすがりの男の目が、みんなその水ぎわだったお銀のまるまげ姿をながめていた。

「お銀、久しぶりだったな」

カマイタチが、さんざんじらしておいて、憎らしいほど冷静な口を切ったのは、やがて駒形へかかろうとするところであった。

「そうでしたね」

お銀もしごく冷淡である。

「どこかそのへんで一杯やろうかね」

「せっかくですけれど、亭主が家で待ってるもんですから」

「ふうむ」

二足三足歩いてから、ゆっくり、

「おまえの亭主はおれのはずだよ」

ズバリといいきるカマイタチだ。

「フフフ、夢みたいな話――」

すかさず笑ってやったが、やっぱり忘れていない。この男はあたしのからだに執念があるから、いきなり殺せなかったのだ、とお銀はゾッとせずにはいられない。

しばらく黙って歩いてから、

「おまえはおれの女房さ」

念を押すようにカマイタチは、ニヤリとわらった。

「いやですねえ、そんな冗談をいっちゃ」

「今の男にほれているのかえ」

「ええ、首ったけ。あたし、もうかわいくてかわいくて」

「今までの間夫は大目に見てやるよ。おれもカマイタチだからね」

「いいえ、間男なんかしたくないんです。これでもあたし、貞女なんですから」

「それならなおけっこう。今夜九つまでにしたくをして、両国の御旅所の前の石置き場へおいで」

「なにしに行くんです」

「バカだな、亭主にそんなことを聞くもんじゃない。九つまでとときを切ったのは、おれの人情だと思いなさい」

今の男に別れてこいというのだろう。

「おきのどくさま。どうもそんな気になれないんです。亭主はひとりでたくさん」

お銀はきっぱりとはねつけた。

「そうだろうとも。じゃ、今夜九つ、両国の石置き場だよ」

「間男なんかいやですってば」

「わかっているよ。そんなに迷惑なら、間夫をかたづけてやろう」

「なんですって――」

「夢介によくいって聞かせるんだね。あたしの亭主はこわい男だからと」

もう一度ヘビのような目がニヤリとわらって、

「じゃ、九つだよ」

カマイタチはグルリと、きびすをかえした。

「アッ、知っていたんだ、夢さんを――」

思わず立ち止まったお銀は、ジットリとわきの下へ冷や汗をかいて、目の前がまっくらになってしまった。

とんだ病気

「ごめんくだせえまし」

夢介は途中で手みやげをこしらえて、芝露月町の伊勢屋の内玄関をおとずれた。

近いうちにお銀をつれて小田原へ帰ろうと、はらがきまってみると、いちばん気になるのはやっぱり、このあいだ自分の妹ということにして、ここの若だんな総太郎のもとへ嫁入りさせたお松のことである。もとは下女で、若だんなの手がつき身重になったから、しかたなく嫁になおされたという事情はあるし、若だんなは気まぐれで、相当いかもの食いのほうだから、はたしてうまくいっているかどうか。

「ごめんくだせえまし」

走り出てくるようなお松の返事がして、静かに障子があいた。

「はい」

「まあ、にいさん――」

ういういしいまるまげに結って、まゆを落とし、かねをつけて、まごにも衣装髪かたちというが、見違えるように落ち着きをました若女房ぶりのお松が、サッとうれしげに顔を輝かす。

「お松、まゆを落としたね」

「ええ、おかあさんが、あの、もうただのからだではないから、早いほうがいいって――」

さすがにおもはゆげにほおそめる。

「けっこうだとも。よく似合うだ」

目を細くしながら、このぶんなら、うまくいっているのだろうと、夢介もうれしい。

「さあ、上がってくださいまし、にいさん」

「上がらせてもらうべ。総太郎さんはいなさるかえ」

「いますけれど、なんですか、さっきから急に頭が重いって、二階へあがったきり、ふとんをかぶっているんです」

　ふっと声をひそめるお松だ。

「ふうん、カゼでもひいたかな」

「あたしも心配ですから、熱があるんじゃないんですか、薬を持ってきましょうかっ
て、何度もきくんですけれど、そのたびに、うるさい、下へ行ってろって、おこるば
かりで――」

　これは穏やかでない、よろこぶのは少し早すぎたかな、と夢介はまゆをひそめて、

「いつもそうなんかね、お松。総太郎さんはずっとおこってばかりいるんかね」

心配だし、責任があるから、玄関の間へ立ったままきいてみた。

「いいえ、いつもじゃありません」

「あれから総太郎さん、家をあけたことあるかね」

「一度もありません」

「じゃ、若だんなはやっぱり、おれの子だからかわいいって、ときどき今でもおなか
さすってくれることもあるかね」

「ええ、毎晩なでてくれますわ」

お松がまたしても赤くなったところをみると、いつもは仲がよくて、きげんが悪く

なったのは、ついさっきから、ということになりそうだ。

「おら、とにかく二階へ見舞いに行ってみるからな。おふくろさまには、のちほど、ごあいさつ申しますと、つたえておいてもらいてえだ」

「そうしてみてください。おっかさんも心配しているんです」

お松は先に立って、夢介を二階へ案内する。なるほど、若だんなは子どものように、頭からふとんをかぶって寝ているのだ。

「あなた、小田原のにいさんがみえました」

「若だんな、どこかあんばいが悪いのかね」

夢介がお松の出してくれた座ぶとんにすわりながら声をかけると、

「やあ、夢介さんか」

総太郎はふとんからそっと青い顔を出した。

「カゼでもひきなすったのかね」

「そんななまやさしい病じゃないのさ」

「だから、あなた、あたしがさっきからお医者さまをお呼びしましょうかって、あんなに心配しているのに――」

お松がおろおろしてまくらもとへすわりこもうとする。

「いいから、おまえは下へいって、せっかく、にいさんがきたんじゃないか。早く酒のしたくでもしてきなさい」

「そんな、あなた、病人がお酒だなんて」

「うるさいねえ、おまえは。いうことをきかないとおこるよ、わたしは」

にらみつけられて、はい、とお松はたちまち小さくなり、にいさん、ごゆっくりとあいさつをして、おとなしく下へおりていく。ちょいといじらしい姿だ。

「どうでげす、夢介さん。いい女房でげしょう、すなおでね」

病人の若だんながムクリと床の上に起きなおって、ニヤニヤわらいだす。

「あれえ、若だんなだいじょうぶかね」

熱が脳へあがったんじゃないかと、夢介はびっくりした。

「夢介さんの前だが、お松だけは全く拾い物でげしたね。これで拙もさんざん道楽をしやしたがね、あんな膚の女も珍しい。顔だってあのくらい福相で、あいきょうがあって、おっとりしていると見あきがこない。いや、見ているうちにだんだんかわいくなるから不思議でげすな。世の中には美人でも、ずいぶん貧相で、冷たくて、すぐ鼻についてくる女があるもんだが、そんなのにくらべると、お松のほうがよっぽど女らしい。だいいち、お松のはすることが、なにからなにまで本気でげすからな。金でころぶ女たちなんかとは情合いが違いやす」

「けっこうでごぜえますだ」

夢介はすっかり当てられて、むろん決して悪い気はしないが、なんとなくお銀が恋しくなるから正直なものである。

「ところがねえ、だんな、これも身から出たさびでしようがないが、ちょいと困ったことができてしまったのさ」

総太郎が急にしょんぼりとなる。

「どんなことだね、若だんな」

「だんなはそれ、深川の梅次っていう芸者を知ってるはずだね」

「ああ、あの七五郎とかいう悪いひもがついてる女かね」

「あの時分は、拙も遊びがおもしろい盛りでげすからな。口約束じゃあったが、ついその梅次と夫婦約束をしたことがあるんだ。あっちじゃ、それを真にうけていたんだね。今になって、どうしてほかから嫁をとった、あたしはだまされてくやしい。ぜひ今夜会いにきてくれ。会いにきてくんなければ、兄の七五郎といっしょに、あすお店へ押かけていって、話をつけてもらうから、そう思ってくれって、さっき店へ手紙を持たせてよこしたのさ。考えて見ると、あの梅次って女は、かぎょうを放れて、拙には夢中でげしたからな」

　なるほど、そんな心配で急にふとんをかぶって寝てしまったのか、と夢介は内心その若だんな育ちらしい小心さがおかしくもある。

「しかし、家へなんか押しかけてこられちゃ、それこそ事だ。お松が流産なんかしちゃかわいそうですからな。どうだろう、夢介さん、おまえさんがついていてくれりゃ安心だ。両親だって、お松だって、心配しないで出してくれるから、ふたりでそっとこれから深川へ出かけよう。梅次を呼んで、あっさり騒いで、その場で梅次によく話してきかせて、三十なり五十なり手切れ金をやる。これなら八方うまく納まると思うんだがね」

　むろん、その遊びの費用から、三十なり五十なりの手切れ金まで、例によって夢介のふところがあてなのだろう。そうとあてがついたから、夢介の顔を見て急に元気になったのだ。

「若だんなは、まだ梅次って妓に未練があるんかね」

「なに、もう未練なんかありゃしない。ただ、その心根がふびんなだけなんだ」

「それがほんとうなら、会わねえほうがいいと思うだ。手切れの話なら、おらがひとりで行って、なんとかうまくかたづけてやるべ」

そうしてやらなければ、お松がかわいそうである。

「そうかね。拙が会うのは、かえって罪でげすかな。梅次にはかわいそうだが、じゃ、そうしてもらうかな」

ちょっと惜しそうな顔をして見せるのだからどこまで本気なのか、この若だんなの神経もたいしたものだ。

あねごさんの十両

まもなく夢介は下へおりて、おふくろさまにあいさつをして、きょうはわきへ少し用があって寄り道をしますから、と断わり、預けてあるうちから百両だけ金を出してもらって伊勢屋を出た。

「兄さん、うちの人の病気なんでしょう。お酒をのんでもいいんですか」

玄関の外まで送ってきたお松が、心配そうに聞くのだ。

「なあに、病気はおらがなおしてやったから、心配ねえだ。かえってお酒は少しぐらい薬になるべ」

「そうでしょうか」

「お松、おまえからだをだいじにして、カゼをひくでねえぞ」

「はい。あの、家へ帰ったら、ねえさんによろしくいってくださいまし。お松はしあわせですからって」

「うん、そういって、お銀をよろこばしてやるべ」

お松がしあわせになれることなら、どんな回り道も、金を出して人に頭を下げなければならない損な役まわりも、決して苦にはしない夢介である。その足で汐止橋から三十間堀ぞいに永代へ出て、深川の色まちへはいったのは、冬の日の暮れやすく、やがて寒々とたそがれて、町には灯がまたたいていた。

梅次の家は大新地横丁と聞いてきたので、二、三度人にたずね、ゴタゴタと置き屋の並んでいる路地をやっと探しあててはいると、

「あれえ、珍しいな、あんちゃん」

ふいに前へきて立った者がいる。思いもかけないちんぴらオオカミの三太だ。

「やあ、あにきさん」

「チエッ、あにきさんじゃねえや、あんちゃん。おまえこんなとこへ、なにしにきたんだえ」

妙に突っかかるような目を光らす。

「うん、少し人にたのまれたことがあるだ」

「どうだかわかるもんか。それでなけりゃ、あねごさんがあんなに泣いてるはずはねえからな」

「あれえ、お銀が泣いていたのかね」

これは夢介もちょっと意外だ。

「こっちへ来てくんな」

ちんぴら小僧と、人並みよりはずっと大きいいなか者が、路地のまん中でにらみあっていては人目につくし、じゃまにもなる。出入りのはでな、おんなたちが、みんな見てよけて通るので、三太は夢介の手をつかみ、路地の突き当たりの掘割のほうへつれてきた。

「あねごさん、さっき観音さまへおまいりして泣いていたぜ。あんちゃん、がらにもなく道楽を始めたんか。よせやい。あんちゃんにゃもったいねえような、きれいなかかあを持ってやがるくせに、罪なまねをするねえ」

「違うだよ、あにきさん。おら用があって、大新地の梅次ねえさんていう芸者の家をたずねるだ」

「梅次？　――あの悪七の情婦の梅次かえ、あんちゃん」

三太はなにかキョトンとしたような顔を見つめる。

「うん、その家を知ってるかね」

「知ってるとも、おいら今、梅次のとこへあばれこんでやろうと思ってたところよ」

「へえ、そりゃまたどうしてだね」

こんどは夢介がキョトンとする番だ。

「なんだか変なことになりやがったな。おいらのほうから白状しようか、あんちゃん」

「聞かせてくれるかね」

「聞かせやすでござんす。ほんとうは、おいらきょう観音さまでうまくあねごさんをつかまえてね、十両ゆすったんだ。あのやきもちかかあ、話がわかるな、あんちゃん。黙ってへそくりを十両貸してくれたぜ。おいらだって、ちょいと恩にきらあな。だから、あんちゃんが道楽するようなら、今夜ひとつじゃましてやろうと思ったのよ」

「お銀はどうして泣いていたんだろうな」

やっぱり気にかかる夢介だ。

「エヘヘヘ、心配になってきたかあんちゃん。いいとこあるな。観音さまを拝んで、シクシク泣いてたのはほんとうなんだ。けど、こっちもいそがしいからだでござんしてね。そこまで聞いてる暇はなかった。すみませんでござんす」

「まあ、いいだ。で、あにきさんはどうして梅次ねえさんの家へあばれこむんだね」

「悪七のやつが、あんまりあくどいまねをしやあがるからさ。おいらの知ってるなべ焼きうどん屋のおやじに、六兵衛ってていうじいさんがいるんだ。のんだくれじじいだけれど、親切でね、おいらの顔を見ると、やい宿なし、うどんを食っていかねえかって、ただ食わしてくれるのよ」

その六兵衛じいが四、五日前、どこかの賭場へ誘いこまれて、酔っていたもんだから、つい深川の悪七から十両借りてしまったのだという。のんだくれで、その日暮らしの六兵衛おやじなどに、ただ悪七が十両などという大金を回すはずはない。じいさんにはことし十六になるお米という孫娘がひとりある。器量よしなので、こいつをどこかへ売り飛ばして、ひともうけしようとたくらんだのだ。

だから、翌日さっそく浅草誓願寺裏の六兵衛の長屋へ押しかけてきて、三日のうちに十両返せ。賭場の金にゃ証文はねえが、そのかわり首がかかっているんだからな。金ができなけりゃ、首のかわりに娘をつれていくからそう思いねえ、と念を押して帰ったのだという。

「おいら、その話をけさになって、お米ちゃんから聞いたんだ。三ちゃん、あたしは地獄へ売られたって、おじいさんのためならしようがないけれど、あたしが行っちまうと、おじいさんひとりになってしまう。だれもめんどうを見てくれる身寄りはないし、あんなのんだくれだけれど、ほんとうはかわいそうなおじいさんなんだから、たのむわよって、泣かれちまったんだ」

三太はプイと暗い掘割のほうを向いてしまった。風はないが、シンと底冷えのする星月夜だった。

「くそくらいやがれ。今になって泣きっつらしたって始まるけえ。おいら、たんかを切って、突っ走ったでござんす。なあにね、あんちゃんの前だが、ちょいと職を働きゃ十両ぐらいなんでもねえんでござんす。けれど、今からいいカモを見つけていたんじゃまにあわねえ。お安いご用だ、こんなときにゃあんちゃんの金をつかうにかぎると思いやしてね、佐久間町へ飛んでいったでござんす。あんちゃんは留守で、あねごさんは観音さまだとわかった。おいらまた観音様へ突っ走ったでござんす。やっと十両あねごさんから借りて、誓願寺裏へ飛んでいったら、もうお米は悪七につれていかれたあとで、六じいのやつ、ポカンと家のまん中へあぐらをかいて、ポロポロ涙をこぼしてやがんのよ」

おじいさん、ぼんやりしてたって、お米ちゃんは帰ってこねえぜ。おいらがいつも話す小田原の夢介お大尽から、十両つごうしてもらってきた。いっしょに深川の悪七の家へ乗りこもう、そういって三太はすぐに六兵衛じいをつれて、大新地横丁の梅次の家へ駆けつけたのだという。

「おいら格子(こうし)の外で待っていたんだ。悪七ってやろうはふてえ悪党でござんす。おまえの家へ行ったときなら十両で勘弁するが、娘を家へつれてきちまってからでは手間賃がいる。かご代だってかかっていらあ。利息やなにやで、五両に負けておこう、十五両出せ、とぬかしやがるんだ。なんとじいさんが泣いてたのんでも、承知しやがらねえ。ちくしょう、承知しなけりゃしねえで、こっちにも覚悟があらあ。なあ、あんちゃん」

「じゃ、あにきさん、おじいさんはまだ梅次ねえさんの家にいなさるんだね」

「いなさるでござんす。額を畳へこすりつけて、たのんでいなさるでござんす。娘は二階へ押しこめられて、泣いていなさるでござんす」

「おらが行ってみべ。ほかにも用があるだから、あにきさん、その家へ案内してくれないかね」

珍しく底光りのする夢介の細い目だった。

掛けあい

「あら、おまえさんは――」

三太を表に待たせておいて、夢介が玄関から案内をこうと、これからお座敷へでも出るところか、梅次がはでなすそをひいて立ってきて、顔を見るなり、見おぼえがあったのだろう、ギクリとしたようだ。

「お晩でごぜえます。ねえさんには、この春のころ、たしか一度お目にかかっていますだが、おら小田原在の百姓の夢介でごぜえます。きょうは芝露月町の伊勢屋の若だんなの代理で、おじゃまにあがりましただ」

「まあ、若だんなの代理で――にいさん、どうしようねえ」

あくたれ芸者の梅次も、おりがおりだから、相手がうわさに聞いている夢介では、ひとりで計らいかねたらしく、茶の間の悪七のほうへ、そこに立ったまま聞いた。行儀の悪い女である。

「伊勢屋の代理ならかまわねえ、上がってもらいな」

男だから悪七はさすがにずぶとい。

「そんなら、ごめんくだせえまし」

夢介も遠慮なくあがって茶の間へとおった。長火ばちの前に、これまで一つ目のごぜんの取り巻きとして、たびたび敵味方の立場で顔をあわせてきた深川の悪七が、黒えりのかかったはでなはんてんをきて、ドッカリとあぐらをかいていた。こうして見ると、渋いつら構えの、ちょいとすごみのきく男ぶりだ。

そのそばへ梅次がすわって、澄ましこんでキセルを取りあげる。これもなかなか美人で、かぎょうがら水ぎわだった化粧ぶりだが、きょう若だんなの総太郎が珍しく名言を吐いていたとおり、これはどこか冷たくて、いじが悪く、少しもうるおいというものが感じられないほうの美人で、なるほど、これならおたふくでもお松のほうがよっぽど女らしい。

その茶の間の片すみに、古びたはんてんももひき姿の六十ばかりのじいさんが、石のように堅くなってうなだれているのが、ひどく寒げである。三太がいっていた六兵衛じいさんに違いない。

「夢介さん、とんだ対面だな。用ってのはなんだえ」

悪七がニヤリと薄らわらいをうかべる。

「さっそくでごぜえますが、きょうこちらさんから伊勢屋のほうへお手紙がありましたそうで、その件について、どのくらい手切れ金を出したらいいんでございましょうか」

「なんだと――」

「へえ、こちらの梅次ねえさんと、うちの若だんなと手を切ってもらうには、いくらぐらいお金をさしあげたらいいんでございましょう」

味もそっけもなく、平気で面と向かってくりかえす夢介だ。

「やいやい、冗談も休み休みいえ。だれが手切れ金をよこせといった。おれたちはゆすりじゃねえぞ。さんざん夫婦約束をしときやがって、いくら客と芸者にもしろ、ひと言の断わりもなくほかから嫁をもらうなんて、あんまりかってすぎらあ。いったい、梅次をどうしてくれるんだ。若だんなと堅い約束があるばかりに、今までせっかくいいだんながいくらもあったのに、みんな断わってきたんじゃねえか。この始末はどうつけてくれるつもりなんだ」

「それがほんとうなら、すまねえこってごぜえます。五十両出しますべ。それで勘弁してもらって、そのかわり、これからは、せっかくいいだんなを取ってくだせえまし」

なんだか頭から小バカにされているような口ぶりだ。悪七はカッとなって、

「こんちくしょう、あんまりなめたことをぬかしやがると、ただじゃすまねえぞ。ようし、もう承知できねえ。そっちがそんな了見なら、こっちにも覚悟があらあ。なあ、お梅、こうなったらなんでもかんでも若だんなの嫁にしてもらおうじゃねえか。——やい田吾作、伊勢屋へ帰って、若だんなにそういっておけ。あすの朝、こいつを連れていって、店先へすわりこんで、嫁にしてくれるまでは死んでも動きませんとな」

と、すごんでみせる。

「それには及ばねえこってごぜえますだ」

「そっちは及ばなくっても、こっちは押しかけるんだ」

「わかんねえもんだな。梅次ねえさんは、ほんとうにあの若だんなの嫁ごになりてえほどほれているんかね」

「あたりめえよ。それをたのしみに、きょうまで待ち暮らしていたんじゃねえか」

「よくわかりましただ。そんなら、あすとはいわず、今夜からおらが梅次ねえさんを、うちへあずかっていくべ」

「なんだと——てめえのところへ連れていって、お梅をどうしようっていうんだ」

「芸者の梅次ねえさんじゃ、ご近所さまのてまえ、大だなの嫁ごにゃできねえだ。いったんおらが預かっていって、おらの妹ということにして、りっぱに嫁入りさせるだ。そのかわり、七五郎さんとは兄妹の縁も、間夫の縁も、今夜かぎりキッパリ切ってもらいますべ」

　ぬけぬけとして言いきる夢介だ。

「こんちくしょう、ふざけたことを――」

片ひざ立ちになっては見たものの、夢介のすごい底抜け力は、たびたび見せられてよく知っているから、さすがに悪七も手は出しかねる。と見てとって、

「梅次ねえさん、おまえさまからも、にいさんによくたのんでくだせえまし。だました若だんなはさぞ憎かろうが、ここでおまえさまが無理をとおすと、たくさんの人が泣きを見るようになる。そこんことをくんでもらって、どうかよろしくたのみますだ」

　夢介はすかさず大きなおじぎを一つした。

「七さん、五十両で負けておきよ」

梅次がこっちの顔は見ず、ふてくされたようにいいだした。

「だって、おまえ、たった五十両じゃ――」

片ひざ立てたてまえ、すぐにはウンといいかねる悪七だ。

「いいじゃないか。一文にもならないよりましさ。せっかく出てきたんだから、ここはひとつ、いなかの大尽に花を持たせておやりな。功徳にならあね」

「おい、お大尽、五十両に負けとくとさ。金をおいて、さっさと帰りな」

「ありがとうごぜえます。そこで、もう一つ、ついでにたのみがありますだ」

夢介はそう言っておいてから、さっきのまま顔一つあげようとしない哀れな年寄りのほうを向いた。

「失礼でごぜえますが、浅草誓願寺裏の六兵衛さんでごぜえましたね」

「は、はい」

六兵衛がびっくりしたように、おどおど顔をあげる。

「おら、三太さんの知り合いで、小田原の夢介といいますだ。七五郎さんに賭場(とば)で借りた金は、たしかに十両でごぜえましたね」

「は、はい」

「七五郎さん、おらが利息の五両払いますべ。ついでに、娘さんをお年寄りに渡してやってもらえねえでごぜえましょうか。たのみますだ」

夢介は真正面からじっと悪七の目を見すえる。口は穏やかだが、なんとなく奥底のしれない大きなつら魂だ。

「よし、せっかくのお大尽の口ききだ、利息は十両、一文も負からねえよ。それでよかったら、手を打ってやろう」

　悪七もなかなか抜けめがない。

「ありがとうごぜえます。手を打ちますべ」

　夢介が内ふところへ手を入れて、二十五両づつみを二つ出してそこへおき、もう一つ出してプツリと封印を切ったとき、

「おじいちゃん――」

　二階からそっとおりてきて、ふすまのかげからでも聞いていたのだろうか、十五、六とも見える桃割れの娘が、いきなりはずむように駆けこんできて、六兵衛のひざにすがりついた。

「お、お米、すまなかった。か、かんべんしてくれ。おじいちゃんが、おじいちゃんが悪かった」

　その肩をしっかり抱いて、人前もなくウウッと、手放しで泣きだす六兵衛だ。小判を数えている夢介の手がかすかにふるえて、ホロリと涙がこぼれ散る。

「浮世の義理はつろうござんす」

ちんぴら三太は鼻歌をうたいながら、暗い夜の町を駆けだしていた。

夢介が六兵衛じいさんとお米をつれて無事に梅次の家を出たのを見かけ、うれしかったから、よっぽど飛び出していって、声をかけようと思ったが、それができない。出ていって、おじいさんやお米ちゃんに礼をいわれたり、ありがたがられたりするのがいやなのだ。礼なんてものは、口に出していうのも、いわれるのもてれくさい三太である。

夢介は大新地横丁を出ながらも、しきりに三太を捜しているようだったが、とうとう三太は出ていかなかった。どうせ親切なあんちゃんのことだから、おいらがいなければ、自分でふたりを浅草まで送って行くだろう。そうだ、そのかわり、おいらはやきもちかかあにご注進と出かけよう。とにかく、十両という大金を清く貸してくれたんだから、そのくらいの義理はある、と三太は気がついたのである。

「さいならでござんす。おいらはご注進でござんす」

気がつくといっしょに、三太はもう駆けだしていた。夢介が、おじいさんとお米をいたわりながら、ノッソリノッソリ歩いていたうしろ姿がまぶたに残ってあたたかい。

「あんちゃんはたいそう大バカでござんす」

大きなずうたいをして、悪七や梅次におじぎばかりして、しかもいいなりほうだいに六十両という小判を取りあげられたのを、三太は台所へ忍びこんで、障子の穴からすっかりのぞいて見ていたのだ。つら憎いのは悪七である。ズシリと重みのある金を手にのせてみて、まさかにせ金はまじっちゃいねえだろうな、とぬかして、ニヤリとわらいやがった。ちくしょう、そのうちに一度は、きっとてめえのふところをねらってやるから、おぼえてろ。

「フン、六兵衛じいさん、今夜はいやにしょんぼりとしてたぜ。からだらしがねえのよ」

少し飲んでいると、大きな江戸まえのたんかを切って、へそまがりで、世の中でこわいのはお米の小言だけといったふうなおもしろいおやじだ。さすがに今夜は手も足も出なかったようだ。娘の肩を抱いて、うれし泣きに泣いていた姿が、まだ目にちらついている。

「まあいいや。今夜はじじいと孫娘がまくらをならべて安心して寝られるだろう」

人のことでもうれしくなる。足をゆるめて一息ついていた三太は、またとっと駆けだした。

「浮き世の義理でござんす。おいらはご注進でござんす」

両国へ出て、浅草橋をわたって、左衛門河岸へ折れて、さて今夜はおかみさんあごをなんといってかついでやろうかな、と考える三太だ。

「このごろおかみさん、前ほどやかなくなったからな」

けど、昼間観音さままで、たしかに涙をふいていた。あんちゃんの口ぶりでは夫婦げんかをしたようでもないし、どうしたんだろう。なつかしい夢介の家の前へ出た。三太がおおいばりで出入りできるのは、この家だけである。

「お晩でごぜえます」

ガラリと格子をあけて、夢介の口まねが出る。

「どなた――三ちゃん？」

「へえ、三ちゃんでごぜえます。上がりますでごぜえます」

遠慮なく上がって、茶の間のふすまをあけると、長火ばちの前にすわっているお銀の顔が、いつになく青ざめているようで、しいてえがおを見せたが、なんとなくとがった目の光だ。

あれえ、こいつはおもしろいや、今夜は大やきもちだぞ、と三太は急にうれしくなってきた。

「あねごさん、おいら、さっき借りた十両だけ、おいらん買ってきたでござんす」

「そうお、おもしろかった？」

「おもしろかったでごぜえます。けど、悪いことはできねえもんでごぜえます。廊下でパッタリあんちゃんに会っちまったのさ、エヘヘ」

お銀は黙ってうつむいて、指で火ばちのふちをなでている。青白い富士額だ。いまにニョキリと角がはえそうだ。いよいようれしい。

「おいら、しかってやったのよ。あねごさんに十両借りた義理があるからね。義理はつろうござんすさ。あんちゃん、おまえなんだって、こんなところへきたんだ、田吾にはもったいねえいいかかあを持っているくせに、うわきもたいがいにしねえな、あねごさんが浅草の観音さまへおまいりして、泣いていたぜって、いってやると、それでもあんちゃんいいとこあるな、ほんとうにお銀、泣いていたかねって、べそをかいたぜ。きっとあねごさんに胸ぐらとられるのを考えて、恐ろしくなったんだな——あれえ」

うつむいていたお銀が、ツとそで口を見せて、そっと涙をふいたのである。そら、きた、と思ったから、

「いやだぜ、あねごさん、もうやきもちやいてんのか、涙なんかふいて」

「フフ、生おいいでない」

ぬれた目をしてにらんだお銀の顔が、さみしげにほほえみながら、なにかうれいに沈んでいるようだ。どうも、いつもとはだいぶ様子が違う。

黒ずきんの客

「あねごさん、今夜はよっぽどどうかしてるんだな」

いくらからかっても、お銀がいつものようにのってこないので、ちんぴらオオカミの三太はあきれてつまらなそうだ。

が、今夜のお銀はそれどころではない。カマイタチの仙助という恐ろしい男に、九つ(十二時)を合い図に両国の石置き場までこい、と呼び出しをかけられている。行くのは、仙助に負けて女房になるということだし、行かなければ、きっとなにかたたりが夢介にくるだろう。

──いざとなれば、あたしだっておらんだお銀だ、カマイタチなんかに負けてたまるもんか。

勝ち気だから、そうは思う。今夜石置き場へ行って、カマイタチをやっつけるか、自分が殺されるか、おらんだお銀ならあとへひきはしない。そのかわり、勝っても負けても、もう二度と夢さんのところへは帰ってこられなくなるのだ。

人の運命なんて、どうしてこんなに皮肉なものなのだろう。やっとあたしのまごころが通じて、小田原へつれて帰ると、あの人がいいだし、故郷のおとっつぁんが許してくれるかしらと心配したら、おらだれがなんといってもお銀が好きと、はじめてしっかり抱いて、くちびるまで吸ってくれたのは、たったけさのことなのだ。あたしはほんとうにうれしくて、このまま死んでしまいたいとさえ思った。そして、なんだかあんまり果報すぎる。なにか思いもかけない悲しいことが起きるんじゃないかしらと気にしていたら、案の定これなのである。いったい、どうしたらいいのかしら。あたしはやっぱり、あの人のおかみさんになれないように生まれついているのかもしれない。

「あのねえ、三ちゃん──」

われながら沈みこんだ声が出る。

「なんでござんす、おかみさん」

わざととぼけた顔をして見せる三太だ。

「ほんとうは、あたしたちね、こんど小田原へ帰ろうかって、相談していたところなの」

「ふうん、けっこうでござんすね」

「それが、急にだめになってしまったの」

「さいでござんすかね」

ああそうか、この子はへそを曲げている。肉親のない子だから、置いていかれるのは寂しいのだと気がついた。

「帰るときは、ぜひ三ちゃんも連れていくんだって、うちの人たのしみにしてたのよ」

と、お銀はそれとなくいい足した。

「おいら、いなかなんかまっぴらでござんす。この職は江戸にかぎるんだ」

「またそんなことをいう。どうせあたしは残るんだから、そんなにやけになっちゃだめよ」

「へえ。夫婦別れすんのかい」

妙にそこいじの悪い顔だ。一度ひねくれだしたら、なかなかすなおになれない性分らしい。もとは自分もそうだったのだから、その本心のさみしさは、わかりすぎるほどよくわかっているお銀である。

「そんなことになるかもしれないわ」

「よせやい。それであねごさん今夜は変なんだな。チェッ、夫婦げんかなんか犬も食わねえや」

「けんかじゃない、仲はとてもいいんだけれど、その仲を裂こうって悪党が出てきて、おれの女房にならなけりゃ、うちの人を殺すっていうんだもの」

お銀はやっぱりため息が出る。

「こいつはおもしろいや。それで、あんちゃんのほうがこわくなって、別れようっていうんかい」

「そうじゃない、あの人はまだ知らないんです。きょう観音さまで三ちゃんに別れてから持ち上がった話なの」

「ふうん。じゃ、あねごさんが、その悪党のほうもまんざらじゃねえから、あんちゃんを殺すのもかわいそうだし、ここいらでひとつ馬を牛に乗りかえてみようってのかい」

「承知しないから、三ちゃん。だれが馬で、だれが牛なのさ」

「そうよなあ、そりゃどうしてもあんちゃんのほうが牛だろう。ありゃたしかにノッソリ牛だもんな」

「おきのどくさま、あたしはなんの因果か、あのノッソリ牛がかわいくてかわいくてしようがないんですからね」

「エヘヘヘ、争われねえもんでござんす。ノッソリ牛のかかあがよだれを流してらあ。ばかにおもしろくなりやがったぞ」

「なにがおもしろいのさ」

「こんどはあねごさん、焼き玉か、卵の目つぶしか、どっちにするんだ。おいら、すけだちしてやるぜ」

「それがねえ」

お銀はまたしても急にションボリとなって、

「あたしがそんなまねをすると、うちの人がとてもいやがるもんだから」

「ああそうか。それで、あねごさん、あんちゃんの帰りを待ってんのか」

「ほんとうをいえばそうなの。今夜の九つに返事をしろっていうし、あたしどうしていいかわからなくなってしまった」

「その悪党ってのは、そんなに恐ろしいのかい」

「カマイタチの仙助といってね、恐ろしい人殺しなの」

「ふうん、カマイタチか。そいつはちょいと、驚いたな。まだ人に顔を見せたことがないやつだっていうけれど、くどかれるくらいだから、じゃ、あねごさんはそいつの顔を知ってるんだね」

　ちんぴらオオカミといわれるだけに、そういうほうにはよく知恵のまわる三太だ。

「知ってるわ。昔ならあたし、ちっともこわくなんかありゃしないけど」

「あんちゃんにほれてるから、急にこわくなったのかい。いいとこあるんだな。お銀あねごも」

「三ちゃんだからほんとうのことというけれど、あたしあの人と今さら別れるくらいなら、死んじまいます」

「あれえ、目の色が変わってきたぜ。さいならでござんす。おいら、牛あんちゃんを呼んできてやらあ。ノンビリ牛だから、また六兵衛じいさんと話しこんでいるといけねえからね」

「あら、あの人、じゃ、吉原にいるんじゃなかったの」

「アッ、いけねえ。さいならでござんす。浮き世の義理でござんす」

首をすくめてヒョイと立ち上がった三太は、玄関の間のふすまへ手をかけようとして、アッと飛びのいた。こっちがふすまをあける前に、向こうからスルリと音もなくあいて、そこに立っていたのは風よけずきんを目深にかぶった、どこか商家のだんなとも見えるガッシリした男で、

「小僧、おまえはそこにすわってな」

三太にへやのすみをあごでしゃくってみせながら、自分はうしろざまにふすまをしめて、お銀と差し向かいの長火鉢の前へ、スッとすわってしまった。

アッ、カマイタチ。

ずきんの中のカミソリのような目に射すくめられて、三太は直感でそう思いながら、ゾッと背筋が寒くなる。

「九つにはまだ間がありゃしませんか」

さすがにお銀あねごだ、とがめだてるようにいって、恐れげもなく男の目を見すえている。

「少し早いのは承知できたのさ。ひとりじゃおまえが出にくいだろう、おれから夢介によく訳を話してやろうと思ってきたんだが、留守のようだね」

ゆうゆうと腰のタバコ入れを抜きながら、カマイタチはずきんの中でニヤリと笑っ

たようである。

「うちの人帰ってきたら、気ちがいだと思って、びっくりするでしょうね」

口では負けていないお銀だが、まさか家へまで押しかけてこようとは、思いもつかなかったし、こんなところへなにも知らずにあの人が帰ってきたら、どんなことになるんだろうと考えると、気が気ではなくなってきた。といって、こうなってはしょせんただでは帰らないカマイタチなのである。

くだまき上戸

そのころ――

両国の『梅川』で、きのどくな六兵衛とお米に夕飯をちそうした人の好い夢介は、グデングデンに酔ってしまった六兵衛を背負って『梅川』を出なければならないはめになっていた。

「わたしはもう酒はやめます。酒さえのまなければ、こんなひどいめにも会わずにすんだんでございますから」

深川からの道々、何度もそういって後悔していた六兵衛じいさんだが、料理といっしょに一本ついてきたちょうしを、寒い時だから一本ぐらいはからだがあたたまって薬になるから、とすすめてみると、根が好きらしく、たちまち相好をくずして、いいえ、酒はもうやめますから、とは決していわなかった。

「おじいちゃん、もうごはんいただいたらどう――」

お米がそう心配しだした時分には、この二、三日の心労から救われてホッとしたのと、すきっ腹のせいもあったのだろう、コロリと酔ってしまって、

「べらんめえ、あっしゃこれでも江戸っ子だ。ねえ、だんな、世の中にあんなきたねえやろうはありゃしねえ。あんまり憎いことをぬかしやがるから、いっそたたっ殺してやろうかと考えていたのよ。なあに、年は取っても、べらんめえ、あんなきたねえ虫けらやろうなんかにゃ、まだ負けるもんか。若い時あっしはね、これでも草ずもうじゃいつも三役だったんだ。本郷（ほんごう）の六兵衛っていやあ、下町一帯を押しまわして鳴らしたもんさ。ほんとうですぜ。そういやあ、だんなのからだはまた、ばかにりっぱだねえ。このからだじゃ、どうしても大関だ。ね、そうだろう、だんな」

と、いいごきげんになってきた。

「その強い大関が、なんだって悪七なんかに頭を下げたんだね、あっしは気に入らないね。借りた金はまあしようがねえや。けどもよう、六十両という大金を耳をそろえ

てならべたあげく、大関が頭を下げることはねえや。あっしはくやしいよ。ばかにくやしいや」

「おじいちゃん、いやだったら」

お米が困ったように、はらはらしながら悲しい顔をする。

「なんだ、お米か。あ、わかってるよ、おじいちゃんが悪い。ちゃんとわかってるんだ。だんなは全く神さまさ。おじいちゃんはほんとうに助かった。神様のだんなの前だから正直にぶちまけるんだが、だんな、この娘はかわいそうなやつでしてね、実は父(てて)なし子なんでさ」

「おじいちゃんてば――」

「なあに、お米、だんなは神さまじゃねえか、みんな聞いといてもらおうや。あっしのひとり娘が、お光(みつ)ってあまでしたがね、親のあり金をさらって、地まわりのごろつきと駆け落ちをしやがって、そのためにまあ、あっしもやけになって、親の代からのそば屋をつぶしちまったんだが、それでもお光だけ満足に暮らしていりゃ、文句はねえとね、親バカチャンリンでさ。ばちあたりだから、そうは神さまが許さねえ。生まれたばかりのこの娘をかかえて、男に捨てられて、行くところがねえもんだから、こじきみたいになって、親んところへ帰ってきやがった。どうせばちあたりだから、すぐに死にましたがね。この娘にゃなんの罪はねえ。罪はねえのに親の因果で苦労するかと思うと、あっしはふびんで、どうしても人手にかけられねえ。やっとまあ、これだけに育てておいて、そのたいせつなお米を、ばくちであぶなく人にとられるところだった。ありがとうござんす、あっしはやきがまわってしまったんだ。年ですねえ、もしどうしても今夜、お米が取りもどせなかったら、あっしは大川へ身を投げて死ぬ気でござんした」

「もういいってば、おじいちゃん」

とうとうお米がシクシクと泣きだしてしまった。身なりこそ貧しいが、少しも貧に染まったところの見えぬおとなしそうないい娘である。

さて、勘定をすませて帰るとなると、草ずもうの三役の足も腰もフラフラになっていて、満足に歩けそうもない。

「あぶないから、そのへんまで、おらがおぶっていくべ」

夢介が『梅川』の玄関から背負って出ると、

「すまねえな、だんな。けど、おせじじゃねえが、大関だけあって、だんなの背中は大きいねえ。このくらいガッシリした肩幅だと、おんぶされても安心で気がねがいらねえや」

と、六兵衛じいさんはいい気なものである。ほんとうですね、おじいさん、と夢介とはたいてい顔見知りの『梅川』の女中が、みんなクスクス笑いながら見送っていた。

外は寒くて暗い星空だった。まだ小半丁も歩かないうちに、じいさんはおぶわれごこちのいい背中で、軽いいびきさえかいている。

長い年月ふびんな孫娘を男手一つで育てあげるために、精根をつくして苦労してきたきのどくな年寄りを、少しの間でも自分の肩の上で安心して眠らせてやれるのだと思うと、夢介はなんとなくゆたかな気持ちだった。

「お米さん――」

「はい」

じいさんのぞうりを持って、うなだれがちについてきたお米が、そばへ寄ってきた。

「おらの家な、ついそこの佐久間町にあるだ。寒いから、下谷まで帰っておじいちゃんがカゼひくといけねえ。今夜はふたりで、おらの家へ泊まっておいで」

「はい。でも、そんなに、そんなにご心配かけては申しわけないんですもの」

「なあに、そんな遠慮はいらねえだよ。おら三太あにきさんとは兄弟分の約束までしているだ。あっちがあにき分だ。おらお人よしの弟分さ」

「三ちゃんにも、こんどはすっかりお世話になっちまって――」

「あのあにきさんも、ふしあわせなあにきさんだもんな。それを、おじいちゃんやお米さんが、いつも親切にしてくれる。人間はみんなお互いっこのようなもんさ」

「あたし、どうしたら、だんなに、このご恩返しができるかしら」

「そんなことは、むりに考えねえでもいいだ。お米さんは親切だから、人に親切にされる、それでいいだよ」

浅草橋から左衛門河岸へはいって、まもなく佐久間町だが、そこに思いもかけない鬼が待っていようとは、全く知らない夢介である。

男と男

「お銀、今帰ったでごぜえます」

夢介はお米に格子をあけてもらって玄関へ立ちながら、明るく茶の間のほうへ声をかけた。

「お帰んなさい」

　返事はあったが、いつものようにすぐ立ってくるけはいはない。あれえ、帰りがおそかったんで、おらが嫁っ子、またへそが曲がったかな、と思いながら、

「お客さまをお連れ申したでごぜえます」

　夢介は六兵衛じいさんをおぶったまま、かまわず茶の間のふすまをあけた。おや、とびっくりする。ここにもずきんをかぶった妙な客がひとりあって、へやの片すみには三太が目をとがらせて、すわっているし、お銀はその客と長火ばちを中に差し向かいになりながら、なんとなく青ざめた必死の目を見あげてくるのだ。

「あれえ、お客さまかえ、お銀」

「すみません、立たないで」

「いいだとも。おらのお客さま少し酔っているで、そんなら奥へ案内すべ。お米さんもいっしょにくるがいいだ」

　夢介は小さくなっているお米をうながして、奥の間へきた。押し入れから夜具を出させて、まだいびきをかいている太平楽の六兵衛をそこへ寝かせて、

「お米さん、おらあっちのお客さんに、ちょっとあいさつしてくるから、待っていておくれ」

　と、きのどくそうな顔をした。

「いいえ、あたしたちはいいんですけれど、三ちゃんもきていましたね」

ただごとでない、とはお米の目にもわかったのだろう、不安そうにするのを、

「そうだ。いま、あにきさんを相手によこすべ」

夢介はなぐさめるようにいって、奥の間を立った。とにかく、ただごとではないとは、いくらノッソリ牛でもわかっているが、しかし、またたいていなことでは、あんまりあくせくしないとくな性分である。モソリと茶の間へもどってきて、自分のいつもの席には妙なずきんの男がおうへいにすわりこんでタバコを吹かしているので、末席へすわりながら、

「お晩でごぜえます。ただいまは失礼しましただ――お銀、どなたさまだね」

夢介はおだやかな目をお銀に向けた。

「気ちがいなんです、この人」

いいようがないのと、恋しい男の顔を見てやっぱり安心したのとで、目をつりあげながら、つい口走っているお銀だ。

「なにいうだ、お銀、そんな失礼なことをいうもんではねえ――お客さま、ごめんくだせえまし、家内はカッとなると、ときどきこんなことがあるんで困りますだ。どうぞ勘弁してくだせえまし」

「いいよ、おれはお銀のいうとおり、ことによると気ちがいかもしれねえ」

カマイタチはポンとキセルをはたいて、タバコ入れにしまった。

「夢介さん、なにを隠そう、おらあ浮き世の裏街道を行くカマイタチの仙助っていうぬすっとだ。名まえぐらいは聞いたことがあるだろう」

「さあ、おらまだ世間が狭くて、そのほうにはあんまりつきあいがごぜえませんから」

「そうでもあるめえ。この女はおらんだお銀というぬすっと仲間だ。おめえこの女とよろしくつきあってるようじゃねえか」

「あ、そうでごぜえました。うっかりしていましただ。けれど、うっかりしてるくれえでごぜえますから、お銀は足を洗って、いい女になりましたで、おらがほれて女房にしましただ」

少しもわるびれずに、ニコリとする夢介だ。

「そいつがおれは気に入らねえから、今夜おめえに掛け合いにきたんだ」

「掛け合いっていうと、どんなことでごぜえましょう」

「このお銀は、おれと三年前に、東海道薩埵峠(さったとうげ)で夫婦になるという堅い口約束があったんだ。してみりゃ、おれの女房同然のお銀を、おめえはだれにことわってかかあにしたんだ。と、いまさらそんなやぼを振りまわしたってしょうがねえ。どっちからほれてくどいたか知らねえが、ほれたから夫婦になったんだろう。それはそれで水に流してやらあ。が、流せねえのは三年前の夫婦約束だ。こともあろうに、この女は亭主のおれにおらんだ渡りの眠り薬を一服盛って、胴巻きまではたいて逃げやがった。黙って見のがしておいたんじゃ男の顔がたたねえから、今夜改めて受け取りにきたんだ。ほんとうなら黙ってつれていってもいいんだが、それも男らしくねえと思ったから、わざわざおめえの帰りを待っていたのよ。どうだ、渡してくれるだろうな、夢さん」

男がともかく自分の恥までさらけ出しての掛け合いだ、これはただではすまないと思いながら、

「ほんとうかね、お銀。おまえ、そんなことがあったんかね」

と、夢介はポカンとした顔をお銀に向ける。

「だから、だからこの人は気ちがいだっていったじゃありませんか」

なんといわれても言いわけのたたないお銀だ。ただ夢介にあいそうをつかされるのがこわい。

「いやだ、捨てちゃいやだ。捨てないで、夢さん。お願いだから」

もう恥もみえもない、お銀はカッとなって身もだえしながらいざり寄って、男のたくましい首っ玉へしがみついてしまった。

「なにも、泣かなくたっていいだ。子どもじゃあるめえし」

その肩を抱いて、静かになでさすってやりながら、

「仙助さん、おまえさま、この女にほれていなさるんだね」

夢介が二本棒といったのほうずな格好で、妙なことをきく。

「そいつは大きなおせっかいだろうぜ」

苦い顔のカマイタチである。

「おせっかいかもしれねえけれど、お銀はこんなにおらにほれているだ。うそでおらにかじりついているじゃねえのは、おまえさまの見ていなさるとおりだ」

「だから、どうしようっていうんだね」

「金は、その時奪った胴巻きの金は、おらがそっくりお返しして、おらも両手ついてあやまります。おらでなけりゃ、だれもこのお銀をしあわせにしてやれる男はねえだ。どうか勘弁してやってくだせえまし。お銀、おまえも両手をついて、仙助さんにあやまるんだ」

いやいやをして、放れようとしないお銀を、夢介はむりに引き放してすわらせよう

とする。

「ならねえ。そんなことでだれが勘弁するものか。フン、てめえもよっぽど大甘やろうだぜ」

「へえ、おら大甘太郎でごぜえます。だから――」

「おきやがれ。あんまりふざけたことをぬかすと、腕ずくでも、おらあそのあまをつれて帰るぜ」

ずきんの中の目がギラギラと殺気だってくる。かっとなると、いつアイクチを引き抜きざまにおどりかかるかわからない残忍なカマイタチだ。見ていた三太がひやりとして、思わず首をすくめた。

「親分さんはお銀をつれていって、どうしようってはらでごぜえますね」

「男のいじだから、一度は女房にする。飽きたら女郎にたたき売ってやるから、てめえ未練があるんなら、それから金で買いもどしゃいいだろう。あとのことは文句はいわねえよ」

「そりゃおら、考え違いだと思いますだ。男はひとりでも世の中の人のしあわせを考えてやるのが、ほんとうのいじというもんだ。ことに、弱い女はいじめるもんではねえ。おらたちはみんな、おふくろ様のお乳のんで、育ってきただからね。そのおふくろさまに免じて、どうか勘弁してやってくだせえまし」

「おい、もう文句は聞きあきた。ちょいと外へ出てくれ」

「へえ」

「それとも、黙ってお銀を渡すか」

「せっかくでごぜえますけど、おらの女房は渡せませせん」

と、きっぱりといいきる夢介だ。

「よし、柳原土手で勝負をきめよう。したくをしねえ」

「したくはいらねえだ。そんなら、どこへでもお供しますべ」

にらみつけて、ヌッと立ち上がるカマイタチと同時に、夢介もノッソリと立つ。

「夢さん」

サッと目を血走らせて、そでをつかんだお銀が、

「あたしも、あたしもいっしょに行く」

どうやら、おらんだお銀になりかけたようだ。

「なにいうだ。男は男同士、その荒い気を早くなおさねえと、いつまでもいいお嫁にはなれねえぞ、お銀」

いつになく夢介の目が男らしくキリキリと光る。

柳原土手

夢介はカマイタチの仙助と肩をならべて、新シ橋をわたった。やがて九つに近い片割れ月が郡代屋敷の森の上あたりから氷のような寒い光を投げかけていて、それでなくてさえ、夜はぶっそうな柳原土手だから、もう人通りなどあろうはずはなかった。

その柳原土手へ、これから命のやりとりに行くふたりだが、そうして肩をならべて歩いているところは、ちょっと夜道の連れとしか見えない。

──このやろう、いなか者のくせに、おれを甘く見ていやがるのかな。

カマイタチは夢介があんまり平気な顔をしているので、歩きながら、意外でもあり、つら憎くもなって、今にみろ、おれがどんなにすごい男か、その時になってほえづらかくなよと、いっそう残忍な気持ちをかりたてられてくる。

が、事実夢介は、たとえどんな凶賊であろうと、別に少しも恐ろしいとは思っていないのだ。腕に自信があるというより、今はかわいいお銀のために、どうしても戦わなければならないとすれば、男らしく戦うまでだと、野太くはらをすえているのである。

「おい、このへんでいいだろう」

ムッツリ歩いていたカマイタチが、急に立ち止まった。神田川にそってやや郡代屋敷のほうへ歩いた大柳のあたりである。月かげはさえているが、ここなら柳のかげになって、対岸から見とおされる心配はない。

「やるかね」

モソリと立った夢介は、相かわらず柔和な顔色を少しも変えなかった。

「したくをしねえか」

「おら、別にしたくはいらねえ」

「そうか、遠慮はしねえぞ」

ずきんの中のカマイタチの目が冷酷にせせらわらって、ギラリとふところのアイクチを抜いた。殺人鬼といわれる男だから、両手でつかを握りしめ、グイと胸もとへひきつけた必殺の構えで、きっ先はピタリと敵のみぞおちをねらっている。この手でいく人かの命を奪っているのだろう、勝ちほこった全身から、ゾッとするような殺気がみなぎりたっている。

ついに来るところまできたのだ。が、六尺ばかり離れて立った夢介は、まだひとごとのようにポカンとカマイタチのほうをながめながら、なんの敵意もなければ、恐怖らしいかげさえうかべていない。

「ちくしょう——」

カマイタチは低くうめいた。敵意でもいい、恐怖ならなお文句なしだ。相手に感情の動揺さえあれば、それにつけこんで一気に殺到していけるが、これは全く気合いが違う。強いのか弱いのか、見当がつかないのだ。人の命は平気でねらうが、自分の命は惜しいのが悪党の常で、こう八方破れに落ち着かれていると疑心暗鬼を生じ、ちょっと手出しがしにくい。

どこか遠い下町を火の番の拍子木がまわっている。ただ凶悪な目をギラギラさせているばかりだ。

「けんかはやめねえかね」

夢介がふっと、のんびりした声を出した。

「クソッ——」

その声がいかにもでくの棒のように聞こえたので、こいつ見かけ倒しだと感じたとたん、カマイタチは急に強くなって、タッと地をけっていた。

「あぶねえ」

からだごと火のように突っかかってきたアイクチの手を、モソリとは見えてもいざとなれば心得のある夢介だから、とっさに身をかわして流れるきき腕をグイとつかみ止めた。ハッとして、すばやくその手を振り切ろうとしたが、例の底なし力である。まるで万力にでもかけられたように、びくとも動かない。

「ウヌッ、放せ」

「放したらおまえさま、またおらを突く気じゃねえかね」

「しれたことよ」

口では強がってみたが、全く恐ろしい力だ。今にも骨が砕けそうな激痛が全身を走って、カマイタチは思わずのけぞるようにあぶら汗をうかべながら歯をくいしばり、ポロリとアイクチを落としてしまった。

「けんかはもうよすべ」

それとみた人のいい夢介は、つかんでいた手をあっさり放した。

「おら、まだ死にたくねえだ」

「なにをぬかしやがる。甘く見て後悔するなよ」

さすがに痛む手をさすってはいるが、ふてぶてしくにらみつけて、決して負けた顔はしないカマイタチだ。

「そういわねえで、勘弁してやってくれねえだろうかね、お銀はほんとうに、おらにほれているんだ。うぬぼれるわけではねえが、おらよりほかに、お銀をしあわせにしてやれる男はねえです。いやがるものをむりに連れていくのは罪というもんだ。男のすることではねえ」

「だから、おれが女郎にたたき売ったあとで、身請けするなり連れ出すなりして、せいぜいしあわせにしてやるがいいや」

あくまでせせら笑いながら、足もとへ落ちているアイクチを拾って、ふところのさやへおさめる。腕ずくではかなわないと、それだけは早くもあきらめたのだろう。

「じゃ、どうしてもお銀は勘弁してやってもらえねえのだろうか」

「いやだといったらどうするね」

「どうもしねえだ。おら、勘弁してもらえるまであやまります」

「けっこうだね。そこへ土下座して、額を地にすりつけて、百まで数えてみな」

「そうしたら許してもらえるかね」

「考えてみてやろうよ」

フフンと鼻の先でわらっているような信用のできない顔つきだが、男が土下座する、そこまで真実を見せたら、この悪党のひねくれた根性がひょっと人間らしくなってくれないとはかぎらないし、なにごともお銀のためなんだから、――夢介はそう考えたので、大きなからだを、いわれるままに土下座した。こごえついた寒夜の地の冷たさが、両の手のひらから、額からしんしんとしみついてくる。

——おや、このまぬけやろう。

カマイタチはあきれたらしい。月の中へガマのようにへいつくばった思いがけない格好を、ジロッと見おろして、一度はソロリとふところのアイクチをさぐりかけたようだが、急になにかうなずいて、二足三足あとへさがり、クルリと背を向けて風のように新シ橋のほうへ走り去る。

三太とお米

——罪障消滅ナム観世音大菩薩（だいぼさつ）、お銀の罪障を消滅させてくだせえまし。

夢介はカマイタチに土下座しているのだとは思わなかった。どうかして深い罪障からお銀を救ってやりたい、カマイタチのへびのような執念から解きほどいてやりたい、ただその一心のほかに、なんの邪念もなかった。むろん、カマイタチに置きざりをくって、ひとりで柳原土手の月におじぎをしているのだなどとは、全く気がつかないバカ正直な夢介である。

「夢さん——」

いつの間に忍んできていたのか、土手下からお銀が飛びつくように駆けよって、いきなり夢介の大きな肩に抱きついた。

「なにしてるんですよう、夢さん」

「あれ、お銀でねえか」

夢介はびっくりしたような顔をあげて、

「カマイタチの親分さんは、どこへ行ったろう」

と、キョトンとあたりを見まわしている。なんとも歯がゆいばかりのまのぬけた顔つきだ。

「もうとっくに行っちまっているのに。あんたって人は、どうしてそうお人よしなんだろう。あんなやつのいうことを真に受けて、子どもじゃあるまいし、なにも土下座までしなくたっていいじゃありませんか」

まゆをつり上げながら、お銀はひどく興奮しているようである。

「お客さまを置いて、あねごさんはどうしてこんなところへ出てきたんだね」

「心配であたし、とても家になんかじっとしていられやしません」

「そんなに心配しなくともいいだ」

「いいってことがありますか。もし、あたしがこなかったら、あんたはあんなやつにだまされて、いつまで土下座していたかわかったもんじゃないんです――くやしい、あたし」

　なんとなく目が血走っているお銀だ。

「なにがそんなにくやしいんだね」

「あんたに、あんたに土下座なんかさせるくらいなら、あたし、あんなやつ殺しちまう」

「そんな了見は起こすもんじゃねえ。おら、なにもあの男に土下座していたわけではねえだ。観音さまに頭を下げていただ」

「なんですって――」

「おらのお嫁、せっかくいいおかみさんになりたがっているのに、なんのかんのと、地獄の鬼がじゃまにくる。かわいそうだもんな。おらが土下座して、大慈大悲の観音さまがお嫁を守ってくださるなら、おらあすの朝まで土下座するだ。おら鬼なんかちっともこわがっちゃいねえし、また、だますのだまされたのと、そんな小さな了見は決して持っちゃいねえだ」

　澄んだ目がおだやかに微笑さえしている。その大地にゆったりとすわった姿が、全身に月光をあびて、輝くようにも見えたので、お銀はハッと胸をうたれながら、思わず目をみはった。

「いいお嫁になるんだぞ、お銀。おらがついているから、なにも心配することはねえだ」

大きな慈悲の手をしみじみと肩におかれて、

「夢さん――」

お銀はうれしいし、たのもしいし、昼間からの胸のつかえが一度に軽くなったような気がして、子どものように手放しで泣きだしながら、男にしがみついていった。

「さ、もう帰るべ。カゼをひくといけねえからな」

そのお銀を助け起こして、すそのどろを払ってやり、

「お月さまにわらわれるかもしれねえが、お嫁だからごめんこうむってな、お銀、そら、おんぶするだ」

と、自分から肩を向けて、もうたあいもない二本棒になりきっている夢介だ。

そのころ――

夢介の家の茶の間では、出がけにお銀から留守番をたのまれてしまったちんぴら三太が、奥からそっと出てきたお米と長火ばちを間にして声をひそめながら話しあっていた。

「そんな恐ろしいカマイタチに連れ出されて、夢介にいさんだいじょうぶかしら」

恩人のことだし、今まで会った人のうちでいちばん親切で心のりっぱな人と尊敬しているだけに、三太からひととおり話を聞かされたお米は、心配でたまらなかった。

「だいじょうぶさ。あにきはあれで、おこると強いんだぜ。大八車を平気で振り回すんだ。まあ、底なし力ってんだろうな」

その実、まだ一度も夢介のそんな力を見たことのない三太だから、これも内心は不安でたまらない。

「けど、あのやろうも殺しの名人だっていうからな」

「そんなこといっちゃいやだわ。あのおかみさんだって強いんでしょう」

「強いとも。卵の目つぶしだって、焼き玉だって使えるんだ。あにきの胸ぐらをつかんで振りまわすときなんざ、すごいからな」

「あら、あんな奇麗なおかみさんが、そんなことするのかしら」

「つまり、やきもちってやつだな。おもしろいぜ、あの大きい田吾あんちゃんが、めちゃくちゃにのされちまうんだからな」

「それだけ情が深いんだわ。夢介にいさんのような男はだれにも好かれるから、おかみさんだってきっと心配なのね」

もっともらしい顔をする十六娘である。

「へえ。じゃ、お米さんも、あにきにほれちまったのかえ。きょう会ったばかりで、ばかに気が早いんだな」

「ぶつわよ、三ちゃん」

お米はにらみつけて、赤くなりながら、

「でも、夢介にいさんのような人なら、ほれたっていいと思うわ。ちっとも恩人ぶった顔をしないのよ。おじいちゃんが、あんなにくだをまいたのに、いやな顔一つしないで、おぶって家へつれてきてくれるなんて、あたし心の中で拝んで泣いちまったわ」

と、目にいっぱい涙をためている。

「お米ちゃん、そいつをあねごさんの前でいってみな、すごくおもしろいことになるぜ」

へそ曲がりだから、三太はついひやかさずにはいられない。

「三ちゃんにも、もし三ちゃんの役にたつときがあったら、どんなことでもするわよ。三ちゃんきっと、こんどは、すっかり恩になっちまったわね、忘れないわ。あたしもあたしも、ふしあわせな孤児なんですものね。ほんとうにきょうだいになったつもりで、お互いに力になりっこしましょうね」

ほんとうのことをいわれると、三太もジーンと胸にこたえてくる。だから、ほんとうのことはいいたくない三太だ。どこかで犬がけたたましくほえたてたのが耳についた。

「あれ、犬がほえてやがらあ。あの犬も孤児で、兄弟がほしいんかな」

「おそいわねえ、夢介にいさん」

「さいでござんす。おいらちょっと様子を見てくるかな」

「そうしてくれない、三ちゃん。なんだか、あたし心配だわ、あんなに犬がほえるんだもの」

「よしきた。ついでにおいら、ほえるんじゃねえ、お米ちゃんが心配するからって、よく犬に意見してきてやらあ」

三太が笑いながら中腰になったとたん、目の正面にあるふすまがスルリとあいた。

「アッ――」

黒ずきんのカマイタチである。

カマイタチがここへくるからには、当然夢介になにかまちがいがあったと思うよりほかはないから、三太もお米もサッと顔色をかえてしまった。

「小僧、動くんじゃねえぞ」

カマイタチはスッと長火ばちのわきへきて立って、ふたりを見おろした。ちんぴらオオカミの三太がどうくやしがっても、段が違うから、無気味なカマイタチににらみすえられては、身動き一つできない。

「お銀はどこへ行った」

「知らねえよ」

「ほんとうのことをいわねえと、ためにならねえぞ」

「ここのあんちゃんはどうなったんだえ、おじさん」

「よけいなことをいうな」

「じゃ、黙ってるよ」

三太はわざと口を堅くつぐんでみせる。

「あまはいねえか」

三太は答えない。

「娘、お銀は家にいないのか」

「ねえさんにどんなご用があるんでしょう」

ふるえてはいるが、お米もただでは返事をしない気である。ほうぼうで犬がほえだした。

「ちくしょう。それじゃ、あとを追って出かけやがったんだな」

つぶやくようにいって、さすがにカマイタチは察しが早い。表のけはいに耳を澄ましながらどうしようかとちょっと考えるふうだったが、大胆にも長火ばちの横へすわりこんだ。

「静かにしろよ」

冷たい目でふたりを見くらべながら、タバコ入れを出して、一服つける。

「おじさんは、おじさんは、もしやにいさんを」

ギロリとにらみつけられて、お米はみんなまでいえなかった。なんともいえない寒々としたものが、ふたりを圧倒するのである。

コトリとくぐりのあく音がした。

ハッとして、お米と三太が顔を見合わせているうちに、カマイタチはタバコ入れを手早くしまう。

「あれ、お銀、おまえあけっぱなしで飛び出したんかね」

のんびりした夢介の声が玄関できこえる。

「そんなことありません。どうしたんでしょうねえ」

「さあ、どうだかな。おらのことばかり心配して夢中で飛び出して、しめ忘れたんさ。そうにちげえねえだ」

「いやだ、からかっちゃ。もうおろして」

お銀の甘ったるい鼻声から察するに、まだお銀をおぶっているらしい。

「そらきた。こんどはげたを脱いであがるだぞ、お銀」

「いやだってば、そんなことばかし――」

そして、もつれるように茶の間のふすまをあけた夢介もお銀も、アッと息をのんでしまった。カマイタチが、しかもとっさにお米の胸ぐらをとってひきつけ、そののどへアイクチを突きつけてふたりを迎えたのである。

「あれえ、かんにんして、おじさん」

びっくりしてお米は恐怖の金切り声をあげたが、あまりの恐ろしさに、二声とはたてられない。

「夢介、さいころの目は逆になったぜ」

「ひきょうだ。男のくせに、そんな——」

お銀がまっさおになって叫ぶ。カマイタチは冷酷にニヤリとわらっただけで、

「どうだ、夢介。お銀をすなおに渡すか」

と、女は相手にしない。

「まあ、待ってくだせえまし、早まったことをしちゃなんねえだ」

だいじな人質を取られていては、手も足も出ない夢介である。

「よし、おれは早まらねえから、お銀の手をうしろ手に縛れ」

「縛って、どうするだね」

「黙って縛りゃいいんだ」

縛りたくはない。が、人の娘を殺しては、それこそ申しわけないのだ。

「お銀——」

せっぱつまって、夢介はお銀の肩をつかみながら、悲しげに顔を見つめる。

「すまねえが、縛られてくれ——な、お銀」

「縛らないでください」

突然お米が叫んだ。カマイタチがのどをしめつけるように突然、きっ先を近づける。

「てめえは黙ってろ」

「殺してください、おじさん。あたしはきょう一度死ぬところだったんです。それを、それを助けてくれた恩人に、ご迷惑はかけたくありません。おじさん、あたしを殺してねえさんを助けてくれるんなら、あたしの命をあげます。ひと思いに突いてください」

おとめ心の一筋で、そうと覚悟のきまったお米は、静かにいって目を閉じた。そのまぶたからスッと涙があふれ出て、

「おじいちゃん、長生きして――」

それが死んでいく身の、せめてもの心残りなのだろう。

「夢さん、あたしを縛って――」

お銀がたまらなくなったように、手をうしろへまわしながら背を向けた。

ガラリと廊下の障子があいて、

「お米、どうしたんだ。なにを泣いてるんだ――アッ」

六兵衛がよろめき入りながら、ひと目様子を見るなり、ギョッと棒立ちになった。

「だれだ、てまえはだれだ。だれにことわって、おれのだいじな孫を、そ、そんなめにあわせやがんだ」

まださめきれない酒の力で、カッとからいばりにわめきたてたが、カマイタチが無言でアイクチをお米ののどへ取りなおしてみせると、

「いけねえ、助けてくれ。親方、お願いだ、このとおりだ」

ヘナヘナとそこへすわって両手をついた。

「な、親方、お願いだ。親方はなんにも知らねえから、そんなまねが平気でできるんだ。おれの身にもなってみておくんなさい。この娘はかわいそうな父なし子なんだ。男なんてものはかってなものよ。人のだいじな娘をおもちゃにしやがって、娘がはらんだとなると、まるで犬かネコのように捨てやがった。おれは腹がたって、お光のあまをたたっ殺してくれようかと思ったが、生まれてくる腹の子になんの罪があるんだ。な、親方、おれはそう思って、がまんしたんだ。お光はばちがあたりやがって、産後が悪くて死んじまったが、おれは涙一つこぼしてやらなかったぜ。ほんとうの話だ」

そのくせ、だらしなくはなをすすりあげて、握りこぶしで目をこすっている六兵衛だ。カマイタチは知らん顔をしてそっぽを向いている。

「そのかわり、おれは、生まれたそのお米を、水っ子のときから、ふところへ入れてよ、もらい乳をして歩いて、おれはその娘のためにどんな苦労も苦労にゃしなかった。なあ、親方、そのお米は因果な親たちを持ったばかりに、人なみにおやじの顔もおふくろの顔も知らねえかわいそうな娘なんだ。それだけに、おれにとっちゃふびんが深いや。どういうもんか、この娘がまたおじいちゃん思いで、こんな飲んだくれのじじいに孝行してくれるんでさ。お米を殺されるくらいなら、おらが死んだほうがましだ。ねえ、親方、こうしようじゃねえか。いっそおれを殺しておくんなさい。てめえでかってに死ねってんなら、そうだ、おれはここで首をくくってみせるから、どうかお米だけは勘弁しておくんなさい——だんな、だんなもひとつ親方にたのんでおくんなさい。たのみます。このとおりだ」

六兵衛はポロポロ涙をこぼしながら、あっちへもこっちへもしらが頭をこすりつける。

「夢さん、あたしを縛ってくださいってば」

お銀が泣きながら、背中を押しつける。ふいにカマイタチがお米を突っ放して立ち上がった。ハッと一同の目が驚いているうちに、アイクチをふところへおさめ、あけ放しのふすまから、風のように音もなく去っていく。

「どうしたのかしら」

お銀はあきれ、夢介もポカンとうしろ姿を見送っている。

「アッ、親方、勘弁しておくんなさるか。ありがてえ。拝みます。お米、よかったなあ」

思わず娘に飛びついていく六兵衛だ。が、お米はじっとからだをかたくして、うなだれたきりだ。

「どうしたんだよう、お米。しっかりしてくれなくちゃいけねえやな」

「おじいちゃん――」

お米がまっさおな顔をあげた。

「なんだ、どうしたんだ」

「あの人、いまの人、あたしの顔を見て、なんだか、涙をためて」

「なんだって――」

「お米、お米ってたしかに呼んだわ」

「――」

ギョッとしたように、六兵衛がお米の顔を見つめる。

「おとっつぁんじゃないかしら」

フラフラとお米が立ち上がった。

「ば、ばかなことをいうねえ」

「いいえ、あたし、あたし、もう一度あの人に会ってくる」

狂ったように玄関のほうへ走り出すお米だ。

「ま、まってくれ、お米」

泳ぐように六兵衛があとを追い、なんと思ったか三太がそれにつづく。

「おとっつぁん――」

お米の必死な声が、もう門の外から聞こえた。

顔を見合わせて、立ちつくしている夢介とお銀だ。

第十二話　故郷の使い

延びるお床入り

「お銀、おら浅草へ行って、ちょっと六兵衛さんの様子を見てきてやるべと思うが、どんなもんだろうか」

　翌朝、夢介はおそい朝飯をすますと、お銀に相談した。

　ばあやはきのうの朝、娘のところへ急用があって帰ったまま、まだ帰ってこない。だから、けさのごはんごしらえは、お銀が早く起きて、といってもゆうべのごたごたでつい朝寝坊をして、かせぎ人のある家ではとっくにあとかたづけの終わった時分に起きだしたのだが、それでも寒い思いをして、珍しく自分の手で心をこめていそいそとこしらえたものなのである。そのことについては、なんにもいってくれない夢介だ。

「夢さん、けさのごはんの味はどうだったんです」

なんだか不平で、お銀はちょいと白い目をしないではいられない。

「ああ、そうだった。たいへんけっこうなあんばいでごぜえました」

夢介はわらいながら、おおげさに頭を下げてみせる。

「おみおつけは――」

「とてもけっこうでごぜえました」

「ほんとうなんですね。ばあやがいない間は、これから毎日こうなんですよ。ようござんすか」

「おら人間が甘くできてるせいか、あねごさんの甘みそのおみおつけのほうが、口にあうようでごぜえます」

「しらない」

わざとプッとふくれてみせたが、おせじにもせよ一度ほめてもらえば、それで気のすむお銀である。

「ついでに、ぬかみそもほめてやるべか」

「おあいにくさま。これはばあやが買っておいてくれたおたくあんです」

「道理で塩っぱくて、しなびているだ」

「バカばっかし。ふやけているおたくあんなんて、気の抜けたわさびと同じで、売り物になりはしません」

「なあに、そんなのはまた福神づけ屋が安く買って、しょうゆで煮て、福神づけにするだ」

「へえ、福神づけってそんなんですか」

お銀はからかわれたような顔つきである。

「ところで、六兵衛さんのことだがね――」

ゆうべ、カマイタチのあとを追ってお米が飛び出し、その孫娘のあとを六兵衛が追い、それをまたちんぴらオオカミの三太が追って出たっきり、どうしたものか三人とも、いつまで待っても帰ってこなかった。なにかまちがいがあったんじゃないでしょうか、とお銀はしきりに気をもんでいたが、そうじゃないだろう、まちがいがあれば三人のうち、だれかが引き返してくる、あんまり深追いして遠くなりすぎたんで、そのまま浅草へ帰ってしまったんだろう、と夢介は答えておいた。

それから奥の座敷へいつものように寝床を二つ並べて寝るとき、りちぎな夢介はきちんと床の上へすわっていった。

「お銀、おらたちはもうご夫婦になったも同じこったが、人の道だから、お床入りだけは小田原へ帰って、おやじさまに杯さしてもらってからにすべな」

「あたしはどっちでも、もう夢さんしだいなんだから」

お銀はちょっと顔を赤らめただけで、しごく神妙だった。男の深い愛情はわかりすぎるほどわかっているのだし、きょうは思いがけないカマイタチのことがあって、痛い古傷にさんざん悩まされたばかりである。しかも、その古傷へは二度とふれないように話を避けて、ひと言も口にせず、そんなことはもう許しているのだというしるしに、黙って抱きよせてくちびるを合わせ、

「そんなら、おかみさん、お休みなせえまし」

と、笑いながらまくらについた。

とたんに、いつもの大いびきだったので、いやだあ、夢さんは、とお銀はあきれながらも、心になんのわだかまりもないから、こんなにすぐいびきがかけるのだと、しみじみとその邪心のない大きな寝顔をながめながら、うれしくて、ついまくらをぬらさずにはいられなかったのである。

「六兵衛さんがどうしたんです」

そのゆうべのつづきだから、お銀はまだ神妙のつづきである。

「おら、ゆうべ、寝てからいろいろ考えただ」

「うそばっかし、すぐ大いびきをかいていたじゃありませんか」

「あれえ、そうだったかね」

おぼえがあるから夢介は、二の句がつげない。

「いいからお話しなさいよ。いびきをかきながら、なにを考えたんです」

「六兵衛さんはもう年だからな、なべ焼きうどんは無理だと思うだ。それに、あの娘さんは十六だというし、ほんとうならどこか堅い大だなへあずけて、女ひととおりの行儀を見習わせるのがいいだが、あのぶんではおじいちゃんが手放せねえだろう。いっそ六兵衛さんに、なにか孫娘とふたりでできるような小あきないでも世話してやったらと、おら考えたのだが、どんなもんだろうな」

「そうですねえ。けど、あのおじいちゃん、相当飲んだくれのようだから、すぐ飲みつぶしてしまうんじゃないかしら」

お銀はそれが心配である。

「なあに、もし飲みつぶしたらまたその時のことにして、あの娘さん、なんだかかわいそうな生まれつきのようだから、できればお松のように、いいお婿さまもらってやりてえものな」

「そうでしたね。お米ちゃんのことを考えてやらなければいけませんでしたね」

カマイタチにアイクチをつきつけられて、恩人に迷惑はかけられないから、あたしを殺してくださいと目をつぶったゆうべのいじらしい姿が、すなおな心根が、はっきりと思い出される。

「けど、カマイタチの仙助は、ほんとうにあのこのとうさんでしょうか」

女だから、やっぱりそれが気になる。

「お銀、それだけは、二度と口にするのはよすべ」

たしなめられて、ハッとした。お銀にしても古傷にふれられるのは痛い。まして、なんにも知らずにいた十六娘が、自分の父は世間から鬼のように憎まれている凶賊とわかったら、どんな気がするだろう。ああそうか、ことによるとそれを恥じて、あの娘は二度とここへ引き返せなかったのではなかろうか、とやっとわかったような気がするお銀だ。

「夢さん、早く浅草へ行ってみてあげてください。ぜひ力になって、あたしたちがしばらくてつだってもいいから、なにかあきないをさがしてあげましょうよ」

「そうすべ。そのかわり、あねごさん、小田原へ帰るのは少しのびるかもしれねえから、おらたちのお床入りもそれだけのびるのだぞ」

「しらない。そんなことというと、なんだかあたしばっかしお床入りをいそいでいるようじゃありませんか」

いってしまってから、ほんとうは、あたしのほうがそうしてもらわないうちは安心ができないのだと気がついて、お銀はまっかになってしまった。

「いやだったら、顔を見ちゃ」

「あれえ、急にどうしただね」

夢介はまだわからない顔つきである。

やけ酒

興奮していたようだから、むろんゆうべはなにも聞かなかったし、夢介はこれからもカマイタチのことはなるべく口にしないつもりである。が、出がけにお銀が自分でいっていた。

「夢さん、観音さまの前を通ったら、あたしのかわりに、よくお礼をいっておいてくださいね」

「どうしてだね」

「あたし、きのう、あんたが出ていくとすぐ、観音さまへお参りに出かけたんで。その道で、行って帰るまでにいやなことにあわなければ夫婦になれると、自分でつじ占いをきめたんです」

「ああそうか。三太の話では、あねごさん観音さまのお堂の上で泣いていたというでねえか」

「ええ。ほんとうはあたし、夫婦にしてくださいって拝むつもりだったんですけど、いざとなると、どうしても、そんなわがままいえなくなってしまって、こんなからだですから、あたしはどうなってもかまいません、あの人を幸福にしてくれますようにって、拝んでいました。そしたら、つい涙がこぼれちまったんです」

その帰り道で、人もあろうに、いちばんいやなカマイタチに出会って、あんな脅迫を受けてしまったのだという。

「わかっただよ、あねごさんのかわりに、よくお礼申し上げてきてやるべ」

だから、夢介は家を出るとまっすぐ浅草の観音さまにさんけいして、心からお銀のために祈ってやった。

――ナム観世音大菩薩、お銀はだんだん女らしくなってめえりました。このうえとも罪障を消滅させてやってくだせえまし。

そして、きょうはもうひとり祈ってやりたい者がいる。

——二つには、哀れな宿命を持って生まれたお米に、なにとぞ深いお慈悲をたれたまえ。

六兵衛の住まいはそこから近い誓願寺裏の長屋だと聞いている。そのへんへ行って聞いてみると、ああ、あの飲んだくれじいさんの家だねとすぐ教えてくれた。来てみると、ひどい貧乏長屋の一軒で、軒下にここだといわぬばかりに、なべ焼きうどんの荷が片寄せてある。玄関もなにもないから、台所口に並んだ障子の前へ立って、

「ごめんくだせえまし。六兵衛さんのお宅はこちらでごぜえましょうか」

と、声をかけてみると、

「だれだえ、六兵衛さんのお宅ってほどのお屋敷じゃねえから、かしこまった仁義なんかいらねえよ。遠慮なくあけてくんな」

と、はなはだ威勢のいい返事である。

「おら、ゆうべお目にかかった夢介でごぜえます」

障子をあけてみて、二度びっくりした。道具らしいものはなんにもない四畳半のまん中へしちりんを出して、その前へ大あぐらをかいた六兵衛じいさんが、目刺しを焼きながら茶わん酒をあおっている。片すみにお米が目を泣きはらして、しょんぼりと

すわっているのだ。

「やあ、大将か。よく来たなあ、さあ、上がってくんな。ずっと上がってくんな。と
いったって、これっきりのとこだがね」

「ごめんくだせえまし」

煙にまかれながら、上がって、うしろの障子をしめると、お米が悲しげな顔を恥ず
かしそうにして、ていねいにおじぎをする。

「お米さん、どうかしたんかね」

「まあいいやな」

と、六兵衛が引き取って、

「家へ上がるなり、娘に目をつけちゃいけねえよ。そいつは女衒か女たらしのするこ
った。男は男が相手でなくっちゃいけねえ」

と、一本きめつけられてしまった。

「気のつかねえことをしやした。勘弁してくだせえまし」

「まあ一杯飲みねえ。小言はいうべし、酒は買うべしだ。なあ、大将、そうだろう」

そこにあった湯飲みを突きつけて、貧乏どっくりを取り上げるのである。

「いただきますでごぜえます」

夢介は決して逆らわない。

「ところでだんな、おれは今も考えていたんだがね、きのう深川の悪七にやった六十両は、どう考えてももったいねえ。おれは金が惜しくっていうんじゃねえよ。そりゃ、だんながいなかでどんなお大尽かは知らねえが、その金はおまえさんが汗水たらしてかせいだ金じゃねえだろう。おまえさんのおとっつぁんか、おじいさんか、どっちみちだれかがいっしょうけんめい働いて残しておいてくれた金なんだ。金のほんとうのありがたみを知っている人間でなくちゃ、ほんとうに生きた金はつかえねえもんだ。おまえさんなんざ、まだあんな大金をパッパッとつかうがらじゃない。おれにいわせりゃ、ちっとばかし生意気だぜ。ああいうときは、同じ出すにしても悪党にただで取られる金じゃねえか。べらんめえ、あっちの言い値どおりに出してやるおおべらぼうがあるもんか」

「もっともでごぜえます。これからはきっと気をつけますだ」

まるでしかられにきたようなものだ。お米がはらはらしながら、小さくなって石のようにうなだれている。

「そうだとも、これからはよく気をつけなくちゃいけねえや。まあいいや、グイと一杯やんな。小言はいうべし、酒は買うべしだ」

その酒も、もう残り少ないようである。

「ときに、ゆうべはあれから無事にまっすぐ帰ったんでごぜえましょうね」

夢介はそれとなく切り出してみた。

「あたりめえよ。あんな寒いからっ風の吹く晩に、いつまでうろうろしているもんか。のら犬じゃあるめえし」

「ごもっともでごぜえます」

「おれはしかりつけてやったんだ。べらんめえ、あんなふてえやろうがお米のおやじだなんて、とんでもねえ話だ。そんなどこの馬の骨だかわからねえようなやろうを、なにも夢中になって追いかけることはねえっていうのに、このあまはメソメソ泣きやがって、いいえ、たとえどんな人でも、おとっつぁんならもう一度会いたいと、いいやがる。バカ、おじいちゃんは、あんなやつをおとっつぁんと呼ばせるために、これまで苦労しておまえを大きくしたんじゃねえぞ、べらんめえ。たとえばよ、ひょっとあれがほんとうの父親でも、娘をさんざんおもちゃにして捨てたような人でなし、おじいちゃんの目の黒いうちは、だれがなんてったって、おとっつぁんと呼ばせねえ、とおれは言いきってやったのさ。なあ大将、そうだろう。おれのいうことにまちがいはねえだろう。そしたら、このあま、けさになって、おじいちゃん、あたしを善光寺へやってください、尼になりたい、といいやがる。なんで尼になんかなるんだと聞くと、おとっつぁんの罪ほろぼし、一つにはあたしのために死んだおっかさんの菩提のため——ちくしょうめ、そうなったら、おじいちゃんはどうなるんだ。いいや、おれはどうなってもいいや。べらんめえ、もうそう長いしゃばじゃなしよ、どうなったってかまわねえが、おれはお米を尼なんかにするために、十六にまでしたんじゃねえ」

お米がワッと泣きながら突っ伏した。六兵衛はあふれる涙を横なぐりにして、

「なあ、親方、よくいって聞かしてやっておくんなさい。父親でもねえやろうのために、なんの罪ほろぼしだ。なにも、なにも自分で自分の世間を狭くすることはありゃしねえ。なあ、親方、お米はおれの孫だ。おれは飲んだくれの六兵衛だが、まだ曲がったことは一度もしたおぼえはねえんだ。そのおれの孫がよ、どうして世間を恥ずかしがらなくちゃならねえんだ。なあ、大将」

と、ひとりで強がって、いっしょうけんめい涙をかくそうとする。

「どうだろうな、おじいちゃん、きょう一日、おらにお米さんを貸してもらえねえでごぜえましょうか。おらお米さんとふたりきりで、ゆっくりと納得のいくように話してみるだ」

夢介が目をしばたたきながら、さっき女衒といわれたばかりだから、おそるおそる

たのむように切りだしてみる。

「だんな、たのみます。おれの手には負えねえ、だんなからよく言い聞かせてやっておくんなさい。こいつは、こいつはかわいそうな娘でござんす。どうかしからねえで、いく日かかってもかまわねえから、ようく話してやっておくんなさい。このとおりだ」

急にヘタヘタとそこに両手をついて、はなみずをすすりあげる六兵衛だ。強がってはいたが、孫娘いじらしさに、すっかりもてあまして、朝からやけ酒をあおっていたのだろう。これもまた世にも不幸な年寄りなのであった。

入れ違い

お銀は夢介を出してやってから、つくねんといつまでも長火ばちの前にすわって、物思いにふけっていた。同じ物思いにしても、前夜と違って、なんという甘い、そしてたのしい物思いなのだろう——いやだあ、あの人はお床入りだなんて、思いだしてもほおがほてる。そりゃ、晴れてお床入りができたら、どんなに楽しいかもしれないけれど、あたしはなにも急ぎはしない。いや、小田原へ帰るのは、どうしてもこわい気がするのだ。もしや、帰って、あの人のおとっつぁんに生木を裂かれるようなくらいなら、お床入りはしなくてもいい。いつまでもこうして、ここにふたりで暮らしているほうがましなのだ。

——悪女の深情けってのは、こんなのかもしれない。あの人はきっと迷惑なのかもしれないけど。

その迷惑も、今では決して迷惑でないことを知っている。あの人は抱いてくちびるを吸ってくれたり、あたしの乳ぶさをおもちゃにしたり、いいえ、あたしのためには、ゆうべ土下座までしてくれたではないか。心からかわいくなければ、あんなまねはできるはずがないのだ。

——うれしいわ、夢さん。

思っただけでも胸がジーンとしてきて、われながらとろけそうな顔つきになったのがわかる。でも、だれも見ているわけじゃなし、とそのままとろけっぱなしにしていると、

「今日は、あんちゃんいるかえ」

ガラッと格子があいたと思うと、ちんぴらオオカミの三太が、例によって、もう旋風のように飛びこんできた。

「あいにく留守よ」

「へえ、それにしちゃ、あねごさん、ニヤニヤしてるねえ。ああわかった、思い出し笑いってやつでござんすね。ごちそうさまだなあ」

「きかないわよ。なまばかりいってないで、そこへすわったらどうなの。お行儀の悪い子ねえ」

「もう子じゃござんせん。これでも吉原(なか)へ行けばおいらんが、主(ぬし)さん、きなんしたか、って長火ばちの前へちゃんと厚い座ぶとんをお直しになるあにきでさ」

三太はチョコナンと長火ばちの前へあぐらをかいてみせた。

「そういえば、三ちゃん、あれからお米ちゃんはどうしたの。待っていたんだけど、だれも帰ってこなかったのね」

「あんちゃんとおかみさんが、デレッとなりっこしている顔なんか見ちゃきのどくでござんすからね」

「どうしてあんたは、そう憎まれたいんだろうねえ」

「憎まれ盛りなんでござんしょう」

あくたれてはいるが、このごろ三太には暗いかげがなくなったようである。

「ほんとうは、ゆうべ、あれからちょいとかわいそうだったんだぜ」

「カマイタチに追いつけたの」

「だめさ。そんなまぬけなカマイタチじゃねえからね。それをお米ちゃんが、おとっつぁん、おとっつぁんって呼びながら、どこまでもうろうろと捜していくんだ。六兵衛じいさんがしまいにはおこっちまって、往来のまん中で抱き止めて、お米、気でも違ったんか、なんであんなやつをおとっつぁんだなんて呼びやがるんだ、とどなりつけたのさ」

「お米ちゃん、どうしたの」

「もう一度会いたい。たしかに、あれはおとっつぁんに違いありませんて、泣いていたっけ。お米、つまらねえことをいうと承知しねえぞ、あれがもし、ほんとうのおとっつぁんだったら、世間さまになんていうんだ、だいいち、今夜助けてもらっただんなやおかみさんに、顔向けができねえことになるじゃねえかって、じいさんがしかると、急にしょげちまって、それっきりふたりとも口をきかなくなっちまった。おいら見ちゃいられなかった」

「かわいそうにねえ」

　暗い町をじいと孫娘が、とぼとぼと帰っていく姿が目に見えるようで、お銀は思わず目がうるんでくる。

「そりゃ、自分の親ときまれば、だれだって会いたくなるのがあたりまえです」

「おいら、親なんかにゃちっとも会いたくねえね」

三太はチラッといじの悪い目を光らせたが、

「なまじ親なんてわかるから、尼になりたくなるんさ」

と、変なことをいう。

「だれが尼になるの」

「お米ちゃんだよ。おいら心配になるから、けさちょいと家へ行ってみたんだ。お米ちゃんは親の罪ほろぼしに、尼になりたいって泣いているし、あんなやろうはおまえの親じゃねえって六兵衛さんはやけ酒をのんでおこってるし、手がつけられねえ。こんな時にゃ、のんびりしているあんちゃんを呼んでくるにかぎると思ってね、実は飛んできたのさ。どこへ行ったんだえ、あんちゃんは」

「そりゃちょうどよかったわね。むしが知らしたのかしら。あの人、心配になるから様子を見てくるって、ついさっき、六兵衛さんのとこへ出かけたところなの」

「へえ、気が早いんだな、あんちゃんは」

といったが、へそ曲がりの三太だから、先まわりをされた気がして、妙におもしろくない。

「女のことっていうと、いやにあんちゃん親切になるんだからな。けど、もうまにあわねえかもしれねえな」

「どうして――」

「あのぶんじゃ、お米ちゃん、きっと家出してらあ」

「まさか――」

ないことではないので、お銀がなんとなく顔色を変えたとき、玄関の格子があいて、

「ごめんくだせえまし。夢介さんのお宅はこちらでごぜえましょうか」

と、おとなう声がした。

「あれえ、あんちゃんだぜ、あねごさん。またあねごさんをからかって、うれしがろうってんだ。ようし、その手は桑名(くわな)の焼きハマグリでござんす」

三太がすばやく立って、足音を忍ばせながらふすまぎわへ忍び寄った。

「ごめんくだせえまし。お留守でごぜえますか」

「バア――」

いきなりふすまをあけて、アカンベエをしてみせた三太が、アッといって飛びのいた。

「おかみさん、たいへんだぜ」

と、首をすくめている。

国のがんこじじい

「いらっしゃいまし」

お銀は三太にかわって、いそいで玄関へ出て三つ指をついた。玄関に突っ立っているのは、もう六十がらみとも見えるがんじょうそうないなかのおやじで、あまり新しくないもめん物のすそっぱしょり、あさぎのももひき、わらじばき、どう見ても百姓じじいが江戸見物といった格好である。

「ここは小田原在から出ている夢介さんの家だろうか」

「そうでございますけれど、あなたさまはどなたさまでございましょう」

「わしは小田原から来た下男の嘉平だと、若だんなに取り次いでくだせえまし」

お銀はドキリとした。小田原からどんな用があって来たのだろう。ひょっとすると、おやじさまのいいつけで、あんまり江戸の滞在が長くなるものだから、夢さんを迎えに来たのではあるまいかと、始終そのことが胸にあるだけに、青くならずにはいられない。

「まあ、お見それいたしました。あいにく、ただいまちょっと出かけていますけれど、すぐもどりましょうから、どうぞ上がってくださいまし」

「あれ、若だんな、留守かね」

「はい、でも、じきに帰ると思いますから」

「失礼だけんども、おまえさま若だんなの留守番かね」

ジロジロとがんこそうな目をすえてくる。

「いいえ、留守番というわけでもございませんけれど――」

さすがに、女房ですと自分の口からいいかねるお銀だ。

「そうかね。わし、いなか者で、歯にきぬきせねえほうだから、腹だってもらっちゃ困るだが、なんでも若だんなにはお銀とかいう性の悪い女がくっついて、おかみさん気どりでいるって聞いてきただ。ほんとうのことだろうか」

もうだめだとお銀は思ったとたん、ちくしょう、負けるものか、こうなったらいじでも夢さんは帰さないから、と持ちまえのきかぬ気が頭をもたげてきた。

「そのお銀というのは、あたしなんです」

「やっぱりおまえさまか。面はいいし、まるまげだし、たぶんそうでねえかなと見ていたが、よくねえ了見だぞ」

「なにがよくない了見なんです」

「若だんなだまして、おかみさんになろうたって、そううまくいくもんでねえ」

「まあ、いやですねえ、じいやさん。そんな玄関先へ立ったままで、いきなりしかられてるみたいじゃありませんか。今おすすぎを取りますから、とにかく上がってくださいまし」

わざとニッコリしてみせたが、がんこじいはそんな手にのりそうもない。

「おせじつかったってだめだ。わし、道理のとおらねえうちは、あがらねえだ」

「じいやさんは江戸見物に出てきたんでしょう」

「バカいうもんでねえ。このいそがしい年の暮れに、そんなのんきな暇はねえだ。若だんなの身持ちがよくねえって、ご親類さまがたがあんまりうるさくいうもんで、わし様子見ながら、みっちり意見しに出てきただ」

「いいえ、身持ちが悪いだなんて、あたしというものがちゃんとついているんですもの、そんなことはさせません」

「そのあたしが、だいいち気に入らねえだ」

「困りましたねえ」

「こっちのほうがもっと困っているだ。わし歯にきぬはきせねえぞ。おまえさまは若だんなにほれたんでなくて、若だんなの金にほれたんだろう。それでなくて、おまえさまのようないい女が、あんないなか者にくっついているわけはねえ」

　お銀はムッとしたが、こんなわからず屋をつかまえておこったってしようがないと思い直し、

「ははかりさま、そんなんじゃありません。といったところで、色恋のことは、じいやさんなんかにわからないでしょうね。どうせ、じいやさんは、あたしたちの生木を裂きにきたんでしょうから、いっそ夢さんを勘当してくださいまし。そして、あの人が国を出るとき持ってきて、芝の伊勢屋さんにあずけてある千両、いくら使って、いまいくら残っているか、あたしは知りませんけれど、みんな持って帰ってください。ほんとうのことをいえば、あたしは夢さんがお金持ちのせがれだというのが、いちばん心配で気に入らなかったんです。お願いしますよ。ああ、さっぱりした」

　と、涼しい顔をして見せて、ほんとうに胸がスーッとした感じである。

「そっちはさっぱりしても、こっちはそうはいかねえだ。若だんなは、たったひとりしかねえ、たいせつな跡取りむすこだから、めったに勘当できるもんでねえ。おまえさま、そこをちゃんとつけこんでいるんだろう。恐ろしい女だ」

「金持ちって、どうしてそう疑い深いんでしょうねえ。かわいそうに、そんなよけいな心配をしないで、くにへ帰ったら、うるさいご親類さまがたと相談して、早くいいご養子をおとりなさいまし」

「そんなこと、おまえさまひとりできめて、若だんなが承知するかね」

「承知しますとも。あの人のほうが、あたしなんかより、もっと欲がないんです。男は裸一貫、なまじ金なんかじゃまだって、くにから持ってきた千両もたいてい人助けのためにつかっちまったくらいなんです」

これだけは半分ほんとうだから、お銀もいばっていえる。

「しようのねえ若だんなだ。親の金つかって、なにが人助けだ。そんな世間知らずだから、おまえさまのような女にだまされて、いい気になって金をまき散らしてよろこんでいるだ。みっちり意見してやんなけりゃなんねえ」

がんこじじいは、いよいよ苦い顔つきだ。

「むだでしょうよ、およしなさいまし。あの人は仏性なんですから、自分の着ているものを脱いでも、困った人は助けたいんです」

「そんなの仏性ではねえ、貧乏性っていうだ。人の世話ばかりやいていて、いまに自分がこじきになるのを知らねえでいるだ」

「憎らしい――出ていってください。あたしの目の黒いうちは、だれが夢さんをこじきになんかするもんですか。縁起でもない」

お銀はカッとなって、とうとう嘉平をにらみつけてしまった。

「そうはいかねえだ。若だんなに会って、みっちり意見してやんねえことには、わしの役目がすまねえからね。すすぎを取ってもらうべか」

つむじ曲がりが、いまさらになって、ぬけぬけとそんなことをいいだす。

「勘当した人に意見なんかいらないじゃありませんか。はばかりながら、夢さんのことはお銀が引きうけましたから、安心して帰ってくださいまし」

ツンと澄ましてやる。いい気持ちだ。

「ほんとうに、おまえさま、若だんなが勘当されてもいいんかね」

「どうぞ勘当してくださいまし。あの人もさぞさばさばしたって、大よろこびでござんしょう」

「でたらめぬかすでねえ。親子の仲へひび入らしてよろこぶなんて、全くおまえさまはあきれた毒婦だ」

アッとお銀はたじろぎかけたが、こうなれば、もういじずくであとへはひけない。

「あたしが毒婦なら、おまえさんは夫婦の仲を裂こうとするやきもち鬼です。早く角をお出しなさいよ」

「なんて口の減らねえあまだろ」

「おまえさんこそ、なんてがんこな鬼かしら」

「年寄りつかまえてそんな悪態つくと、いまにばちがあたるぞ」

ブルブルくちびるをふるわしておこっている年寄りを見ると、お銀は悲しくなってしまった。

「あたしだって、おとっつぁんみたいなお年寄りをつかまえて、なにも、なにも悪態なんかつきたくありません。ひとが、ひとがせっかく夢さんの情けにすがって、いい女になろうと思っているのに、あんまりです」

「むしのいいことをいうもんでねえ。そんな毒婦の涙なんかにだまされねえぞ」

「帰ってください。ここはあたしの家です」

「帰らなくってよ。大だんなさまにみんないいつけて、若だんなは勘当してもらうだから、そう思うがいいだ」

「ホホホ、どうもありがとうございます。お赤飯をたいて待っていますわ」

「その口を忘れるでねえぞ」

嘉平じいは、さも憎げに目玉をむいてにらみつけて、プイと玄関を出ていってしまった。

娘ごころ

ぼくとつそうな年寄りが肩を怒らせて出ていくうしろ姿を見送ってしまうと、お銀は張りつめていた気がゆるんで、やるせなさにドッと涙があふれてきた。

——すみません。じいやさん。

みんな自分の前身が悪いのである。おらんだお銀と肩書きのある女、それが国もとへ知れれば当然こうなるだろうと考えて、日ごろから心配していたことなのだ。とうとう悲しい日がきてしまった。堅苦しい親類じゅうがなんのかんのとうるさくいうので、ものわかりのいいおやじさまも、つい聞きかね、あのじいやに様子を見せによこしたに違いない。それはよくわかっていたが、頭から金が目あてで夢さんをだましているんだろうといわれては、どうにもがまんができなかった。いや、たとえおとなしく言いわけをしたところで、弁解すればするほど疑われるにきまっている。

——いやだ。どんなことがあったって、夢さんだけは、だれにもとられたくない。正直にいって、国のおやじさまには申しわけないけれど、いっそ勘当してもらったほうが、お銀としてはどんなに安心かしれないのである。

が、むりにわがままを通して、りちぎそうなじいやをあんなにおこらせて追いかえしてしまったと思うと、お銀はやっぱりせつなくて、つい泣かずにはいられなくなってしまう。

「あれえ、どうかしたのかえ、あねごさん」

茶の間からちんぴら三太がひょいと顔を出して、ふしぎそうに目を丸くした。

「今のけんかは勝ちじゃねえか、なにが悲しいんだろうな」

「聞いてたの、三ちゃん」

「すっかり聞いてたよ。バカにしてやがら、金にほれたんだろうって。あのじじいなんにも知りやがらねえで、あねごさんがあんちゃんに、どんなにデレンと目じりを下げているか、ほんものを見せてやりてえや。ふざけやがって」

「しようがないわ、あたしが悪いんだから」

「悪いことなんかあるもんか。こっちがせっかく親切にお上がんなさいっていうのに、道理のとおらねえうちは上がらねえだとよ。そんなら、初めっからこなけりゃいいじゃねえか。おまけに、毒婦だの、悪い了見だのと、てまえがってなことばかりぬかしやがって、おいら金持ちは大きらいだ。あねごさん、心配しなくったっていいぜ、おいらあんちゃんにいってやらあ。勘当されてがっかりするようじゃ男じゃねえや。なあ、そうだろう、あねごさん」

「そうねえ」

「そうだともよ。男は親の金なんかあてにするもんじゃねえや。てめえで働いて食うのがほんとうよ。おいら、あんちゃんといっしょに働いてやるぜ。そのほうが、小田原なんかへ帰るより、よっぽどおもしろいや」

ああそうか、この子も夢さんを小田原へとられるのがいやなんだ、と気がついて、お銀はジーンと胸が熱くなってくる。

「三ちゃん、いっしょにあの人を励ましてやりましょうね」

「さいでござんす。手なべさげてもでござんす。ついでに、目じりを下げて、よだれたらして、チェッ、おいらおてつだいでござんすから、うしろを向いて、目をつぶって、がまんしますでござんす」

「ぶつわよ」

「お門違いでござんしょう」

「いいわ。みんなでかってに、あたしをおなぶんなさいよ」

「どういたしまして、あんちゃんがかわいがってくれるでござんす。そうだ、おいらあんちゃんを呼んできてやろう」

三太は玄関へ飛び出して、ぞうりを突っかけた。

「いいのよ、三ちゃん、わざわざ呼んでこなくても」

「その遠慮にゃ及ばねえでござんす。さいなら」

思い出すと、もう風のようにすっ飛んでいかなくては気のすまない三太だ。

お銀は長火ばちの前へもどって、炭箱を引きよせた。なんとなく胸が重い。あんな大きな口をきいてしまったんだから、いじでも伊勢屋さんのお金はあてにはできない。

金はあたしだってまだ百両ぐらいは持っているけれど、その金を食いつぶしてしまわないうちに、なにか商売を始めなければならない。こうなれば、あたしはなんだってするけれど、あの人はなんていうだろう。いや、ひとりでかってに勘当を承知してしまって、あの人はおこりはしないだろうか。

——そうだ、あの人にとってはたいせつなことなんだもの、きっとおこるに違いない。

今さらのようにお銀はこわくなってきて、身ぶるいが出てきた。そんな考えのない女では、末が思いやられる、おらのお嫁にはできねえだ、ともし開きなおられたら、どう弁解のしようもないことだし、今となってあの人に見限られるくらいなら、いっそ死んでしまったほうがましなくらいである。

——とんでもないことをしてしまった。

あたしはどうしても人並みなおかみさんにはなれない女にできているのかもしれない、とお銀はしみじみ自分のふがいなさが情けなくなってしまった。

午後からまた風になったらしく、ゴトゴトと戸障子の鳴っているのが、世にもはかない。

「あねごさん、ただいまけえりました」

格子があいて、きげんのいい夢介の声がする。お銀はハッとして、悪夢からさめたように飛び出していった。

「お帰んなさい。寒かったでしょう」

「寒かったでごぜえます。あれえ、あねごさん泣いたような目をしてるだね」

目ざとく見つけられて、ドキリとしたが、

「なんでもないんで。途中で三ちゃんに会いませんでしたか」

お銀はいそいで話をそらす。

「あにきさんがきていたんかね」

「ええ。お米ちゃんが尼になりたいっていっているから、心配してあんたを迎えにきたんですって。ちょうど六兵衛さんの家へ出向いたところだっていったら、今まで遊んでいってくれたんです」

「そりゃあねごさん、寂しくなくてけっこうでごぜえました」

ニッコリしながら長火ばちの前へすわって、人から見れば二本棒としか見えない甘い夢介である。

こんなにやさしい心づかいをしていてくれるのに、と思うと、きょうのことはどんなふうに切り出したものか、どうにも話しづらくて、お銀はソワソワと茶を入れながら、

「それで、お米ちゃん、どうなったんです」

と、またしてもわき道へ逃げてしまった。

「おじいちゃんもお米ちゃんも、きのどくな人たちさ」

夢介は大きな手で茶のみ茶わんを取りながら、しんみりとした顔をする。

「おら、おじいちゃんに断わってな、お米ちゃんを家へつれてきて、女は女同士、あねごさんからよく話してやってもらうべと思って、いっしょに家をつれて出ただ」

「あら、そんならどうして家へつれてこなかったんです」

「それがよ、途中で道々、お米ちゃんが尼になりてえっていう心持ちはよくわかるが、それじゃおじいちゃんが少しかわいそうじゃないだろうかって、話しながらきただ。おじいちゃんは取る年で、どうせ先へいかなくちゃならない人だ。いってみれば、そんなに長い世の中じゃねえが、お米ちゃんのおっかさんのことでさんざん苦労して、ああいうおじいちゃんだから、そりゃ口じゃ悪くいっていなさるけど、親子だもんな、腹ん中じゃ不幸な死に方をした娘がふびんで、かわいそうで、いまだに忘れられない。その子のお米ちゃんだから、よけいかわいくって、こんどこそしあわせにしてやりてえ、おふくろの二の舞いはさせたくねえと、いっしょうけんめいになっていなさるだ。わかるだろう。お米ちゃん、て聞くと、わかりますって、涙をふいているだ」

「あの子、すなおですね」

「うむ、そのすなおに育ったのも、半分はおじいちゃんという肉親がいてくれたからさ。おら、いってやったのさ。お米ちゃんは自分ほど不幸な者はないって思うかしらねえけど、三太あにきさんには親も兄弟もない。おらの家のお銀も、やっぱりそうだった。ひとりぼっちで、どんなにつらい思いをしてたかわからねえが、それでもみんな、ああしてしんぼうしているだ。それから思えば、お米ちゃんにはまだ、おじいちゃんという人がついている。そのおじいちゃんをひとり残して自分だけ尼になったら、それこそ先のないおじいちゃんが、いちばんきのどくじゃないかね、っていうと、にいさん、あたし帰ります、って急に立ち止まるんだ」

「あら、どうしたんでしょう」

「ちょうど駒形まできたときだったが、おらもびっくりすると、おじいちゃん、あんなに酔っていたから、きっとうたた寝しています。カゼをひくと心配だから、ここから帰らせてくださいっていうんさ」

「いやだあ、夢さんは。あたしまで泣きたくなっちまった」

お銀がいそいでそで口に目を当てる。

「おらもうれしかった。そんなら、お米ちゃん、尼になるのを思い止まってくれるんだね、って聞くと、あたしが悪かったんです。帰って、おじいちゃんにあやまって、いつまでもいつまでも長生きしてもらいますって、いじらしいことをいう。それがいいだ、おらたちも及ばずながらきっと力になってやるだ。そんなら家まで送ってやるべ、って長屋のかどまで送ってやっただ」

「どうして家まで行ってやらなかったんです」

「なあに。帰る道で、おじいちゃんももう年だから、なにかお米ちゃんにもできる店をやったらどうだろうって、相談してみたんさ。お米ちゃん考えていたっけが、にいさん、あたしおじいちゃんにかわって、なべ焼きうどん屋をしちゃいけないでしょうか、っていいだすんだ。おら、胸が痛くなっただ」

「無理だわ。夜の商売だし、だいいち、娘にあんな荷がかついで歩けるもんですか」

「おらもそれが心配になっただが、お米ちゃんのは別に考えがあるのさ」

「どんな考えなんでしょう」

「夜の商売だから、ひょっとしたらおとっつぁんにもう一度会えないだろうか。そんなことは、おじいちゃんにも、おらたちにも相談はできないが、きっとそれが目あてなんだろうよ。つまり、親が捜したいんでね」

「まあ――」

「だから、おら、そのことはよく考えておくから、まだおじいちゃんにはいわねえがいい。今夜、おじいちゃんのお酒がさめたら、ふたりでおらの家へ泊まりがけで遊びにこないかね。そのとき相談すべ、っていい聞かせ、わざと家へ寄らないで帰ってきたのさ。こんなことを口にするのはよくねえが、カマイタチがもしほんとうのおとっつぁんで、そんないじらしい娘の気持ち聞いたら、どんな気がするだろうかと思ってな。おらまで、なんだか急にくにのおやじさまに会いたくなっちまった。いくつになっても、親ってもんはいいもんだからな」

子どものように目を輝かしている夢介を見て、アッとお銀はうなだれたっきり、顔があげられなくなってしまった。シットリとわきの下へ冷や汗が流れてくる。

浮き世の風

「アハハハ、悪いことといったかな、お銀は親の味知らなかっただね」

気がついて、わびるようにいう夢介だ。

「けれども、小田原へ帰れば、あねごさんにも、こんどはおやじさまができるだ。おらのおやじさま、嫁いじめするような、わからず屋ではねえから、まごころでぶつかってみるがいいだ。――あれ、どうしただ、お銀」

そのお銀が、まっさおな顔をあげたのである。

「夢さん、もしあたしたち勘当されたらどうする」

「なにいうだ。そんなよけいなこと考えるもんではねえ」

「いいえ、聞かしてください。もし、あたしのような女と夫婦になるなら勘当すると、おやじさんがおこったらどうするつもり」

「おらのおやじさま、そんなわからず屋ではねえだ」

夢介はわらっていて、相手になろうとしない。

「そりゃ、くにのおとっつぁんはわかったかたでも、旧家だというし、きっとご親類が承知しませんもの」

「おら、ご親類中のためにお嫁もらうでねえもの」

「だって、ご親類中は、あたしが毒婦で、夢さんにほれているんじゃない、金にほれているんだ、といっているんです。くやしい、あたし」

「さあ、わかんねえ」

「だから、あたし、いっそ勘当してくださいっていってやりました。あの人だって、ほんとうはお金持ちは迷惑なんです。くにから持ってきた千両は、みんな人助けのためにつかってしまったくらいですって、たんかを切ってやると、親の金つかって、なにが人助けだ、勘当されたらこじきにでもなるかって、憎らしい顔をするんだもの」

「だれが憎らしい顔をしただね」

「下男の嘉平だっていっていました」

「あれえ、それじゃ、じいやが出てきたんかね」

夢介のあきれた顔を見たとたん、お銀はああもうだめだと思い、カッと逆上しなが

ら、

「かんにんして、夢さん。捨てちゃいやだ。死んじまう。あたし、捨てちゃいやだ」

いつの間にか男のそばへいざり寄って、首っ玉へしがみついて、目を血走らせていた。

「気をしずめるだ、お銀」

濃厚な脂粉の香を抱きしめるようにして、夢介は、とにかくお銀の肩をやさしくなでてやった。

「いってください。きっと捨てないって、ひと言、お願い、夢さん」

「なにいうだ、おらあねごさんを捨てるなんて、まだいったおぼえはねえだ」

「でも、こわい――」

「まあ、静かに話してみろよ。おらにはどうも、よくわかんねえ」

「それがこわいんだもの、捨てないっていってくださいってば」

「捨てやしねえだよ。あねごさんは、おらのかわいいお嫁でねえか。まだお床入りはしねえけど、夫婦ってものは二世の深い縁があるだ」

「うれしいッ」

ほおをほおへ押しあてたまま、子どものように泣きだすお銀だった。

「じいやはいつきたんだね」

「つい、さっきなんです」

お銀はまだ男の首っ玉を離れようとしない。

「それで、今どこへ行っているんだね」

夢介はまだお銀の背中をなでてやっている。

「知りません。あたし、けんかして追い出しちまったんです」

「あれまあ、もうけんかしたんかね」

「あんまり憎らしいんですもの」

「あれはがんこで、歯にきぬきせねえからな」

「きせなすぎるんです。自分でさんざんひとのことを毒婦だの、悪い了見だのって悪態をついておいて、年寄りに悪態をつく、ほんとうに勘当されてもいいんかって、カンカンにおこるんだもの。かまいません、いくら残ってるか知らないけれど、うちの人が伊勢屋さんにあずけておいたお金も、みんな持って帰ってください。早くさばさばするように、こっちじゃお赤飯たいて待ってますって、いってやったんです」

「えらいことといったねえ。それじゃ、じいやもおこったろう」

「すみません。ほんとうはあたし、おとっつぁんみたいな年寄りに悪態ついて、おこらせたと悲しくって、あたしは泣いちまったんです」

お銀はまたしても激しくむせび入る。一つには夢介の大きな胸の中へ抱かれて、ホッと安心して、――安心してみるとやっぱり、なにかすごすごと帰って行った年寄りに、心から申しわけなくなってくるのだ。

「じいやは、おやじさまの使いで出てきたといっていたかね」

夢介がおだやかに聞く。

「いいえ、ご親類中があんまりうるさいから、あんたに意見しに出てきたんだっていっていました」

「そうかね。まあ、いいだ。あねごさん、涙ふけや。またお客さまでもくると、あわてなけりゃなんねえだ」

そうだ、こんなところを三太にでも見られたら、それこそ赤い顔をさせられなければならない、と気がついて、お銀は自分の涙でよごした男のほっぺたを、そっとたもとでふいてやった。

「ねえ、もし勘当されたって、あたし、きっと働いてみせるから、がまんしてくださいね」

「なあに、心配いらねえだ。おら、あねごさんさえいいお嫁になってくれれば、当分勘当されてもかまわねえだよ」

「ほんとう、夢さん――」

「お銀、おらたちはまだまだ苦労が足りねえ、もっとうんとふたりで苦労するだ。そして、どんなに苦労しても、きっとあねごさんは、おらのいい嫁になんなけりゃいけねえぞ」

しみじみと愛情のこもったまなざしを向けられて、

「夢さん、あたし、もう死んでもいい」

お銀は身を投げ出すように、もう一度男のひざへしがみつかずにはいられなかった。ゴーッとからっ風が戸障子を鳴らしながら、いつか寒々とした夕暮れが忍びよろうとしている。


（「夢介千両みやげ　完全版」下巻へ続く）

おことわり

本作品中には、今日では差別表現として好ましくない用語が使用されています。

しかし、作品が書かれた時代背景、および著者（故人）が差別助長の意図で使用していないことなどを考慮し、あえて発表時のままといたしました。この点をご理解下さるよう、お願いいたします。

（出版部）

本書は一九九五年十二月に「講談社大衆文学館」として刊行されたものです。

|著者| 山手樹一郎　1899年栃木県生まれ。明治中学卒業。博文館の編集者だった1933年「サンデー毎日」の大衆文芸賞で佳作となり、これ以来山手樹一郎を名乗る。'39年、博文館を退社、長谷川伸の門下に。翌年にかけ新聞に連載した『桃太郎侍』が成功を収める。以後、大衆の求める健全な娯楽作品を次々書き、貸本屋で第1位の人気を得た。『夢介千両みやげ』は戦後日本の心を潤した代表作である。'78年逝去。他作品に『遠山の金さん』『崋山と長英』(野間文芸奨励賞)など多数。

夢介千両みやげ(ゆめすけせんりょう)　完全版(かんぜんばん)(上)

山手樹一郎(やまてきいちろう)

定価はカバーに表示してあります

2022年2月15日第1刷発行

発行者――鈴木章一
発行所――株式会社　講談社
東京都文京区音羽2-12-21　〒112-8001
電話　出版　(03) 5395-3510
　　　販売　(03) 5395-5817
　　　業務　(03) 5395-3615

Printed in Japan

デザイン―菊地信義
本文データ制作―講談社デジタル製作
印刷―――豊国印刷株式会社
製本―――加藤製本株式会社

ISBN978-4-06-527338-8

講談社文庫刊行の辞

二十一世紀の到来を目睫に望みながら、われわれはいま、人類史上かつて例を見ない巨大な転換期をむかえようとしている。

世界も、日本も、激動の予兆に対する期待とおののきを内に蔵して、未知の時代に歩み入ろうとしている。このときにあたり、創業の人野間清治の「ナショナル・エデュケイター」への志を現代に甦らせようと意図して、われわれはここに古今の文芸作品はいうまでもなく、ひろく人文・社会・自然の諸科学から東西の名著を網羅する、新しい綜合文庫の発刊を決意した。

激動の転換期はまた断絶の時代である。われわれは戦後二十五年間の出版文化のありかたへの深い反省をこめて、この断絶の時代にあえて人間的な持続を求めようとする。いたずらに浮薄な商業主義のあだ花を追い求めることなく、長期にわたって良書に生命をあたえようとつとめるところにしか、今後の出版文化の真の繁栄はあり得ないと信じるからである。

同時にわれわれはこの綜合文庫の刊行を通じて、人文・社会・自然の諸科学が、結局人間の学にほかならないことを立証しようと願っている。かつて知識とは、「汝自身を知る」ことにつきていた。現代社会の瑣末な情報の氾濫のなかから、力強い知識の源泉を掘り起し、技術文明のただなかに、生きた人間の姿を復活させること。それこそわれわれの切なる希求である。

われわれは権威に盲従せず、俗流に媚びることなく、渾然一体となって日本の「草の根」をかたちづくる若く新しい世代の人々に、心をこめてこの新しい綜合文庫をおくり届けたい。それは知識の泉であるとともに感受性のふるさとであり、もっとも有機的に組織され、社会に開かれた万人のための大学をめざしている。大方の支援と協力を衷心より切望してやまない。

一九七一年七月

野間省一